Sylvia van Wijhe

Sternenpendler

AF625376

Sylvia van Wijhe

Sternenpendler

Die Abenteuer der Astrogatorin Rafale Goeland

FSC
www.fsc.org
MIX
Papier aus verantwortungsvollen Quellen
Paper from responsible sources
FSC® C105338

Bibliografische Information der Deutschen Nationalbibliothek:
Die Deutsche Nationalbibliothek verzeichnet diese Publikation in der Deutschen Nationalbibliografie; detaillierte bibliografische Daten sind im Internet über http://dnb.dnb.de abrufbar.

© 2015 Sylvia Marlene Ineke van Wijhe

Umschlagbild: Stephanie Sigel
Illustrationen: Gloria H. Manderfeld/ Stephanie Sigel
Satz: Sylvia Wagner

Herstellung und Verlag: BoD – Books on Demand, Norderstedt
ISBN 978-3-7386-1158-8

Das Werk, einschließlich seiner Teile, ist urheberrechtlich geschützt. Jede Verwertung ist ohne Zustimmung des Verlages und des Autors unzulässig. Dies gilt insbesondere für die elektronische oder sonstige Vervielfältigung, Übersetzung, Verbreitung und öffentliche Zugänglichmachung.

Inhalt

RAFALE
GM 12

Die Heldin

Wer die rothaarige Colerianerin kurz beschreiben will, liegt mit „chaotische Glücksritterin“ bisweilen gar nicht so daneben. Stets im Zwist von Pflichtgefühl und Faulheit, Versiertheit und Versoffenheit, Loyalität und Lasterhaftigkeit, und dabei leicht proletenhaft, aber auch aufrichtig, fürsorglich und vielseitig begabt, laviert sie sich durch ein Raumfahrerleben mit immer neuen Herausforderungen. Wer wie Rafale mit möglichst wenig Stress möglichst gelassen sein Geld verdienen und verjubeln will, der braucht schon eine unbekümmerte Natur. Diese ist reichlich vorhanden und bringt sie ebenso schnell in Schwierigkeiten, wie sie sie auch wieder hinaus führt. Und gerade letzteres zählt ja am Ende. Oder etwa nicht?

Freier Fall

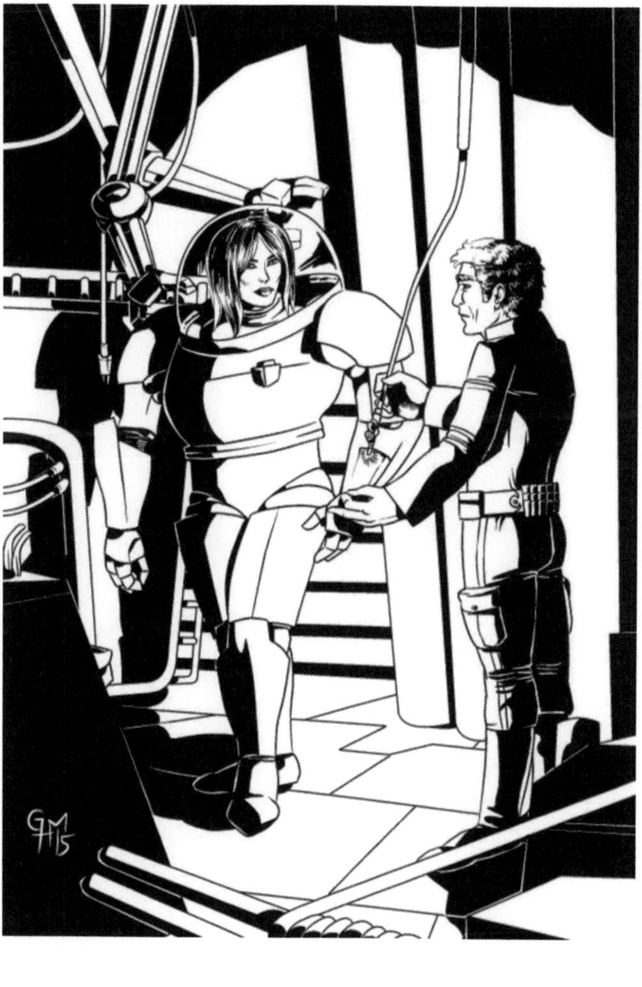

Für Sylvia S., deren Todesnachricht mich am Abend der Fertigstellung dieser Geschichte erreichte.

Kapitel 1: Kopf oder Zahl?

Ein Schlag auf die Schulter konnte so vieles bedeuten. Unter alten Kameradinnen, wie es Rafale Goeland und Belle Durain waren, lag in einem solchen Knuff mehr, als es eine zehnminütige Konversation auszudrücken vermocht hätte. Und so viel Zeit hatten die beiden nicht. Jeden Moment würden sich die Hangartore des Raumhafens von Toutaine öffnen und die grelle Wüstensonne hineinlassen. Und es war nicht die Wüstensonne selbst, die ihre Routine aufwühlte, es war der Zeitplan, der mit diesem Öffnen zu laufen begann, enger gestrickt als die Maschinen-Overalls der beiden Testpilotinnen.

Schließlich erfasste die angespannte Stimmung auch Rafale und Belle, sie waren beide Profi genug, um ganz und gar in diesen komplexen, hundertprozentig durchgeplanten Tagesablauf einzutauchen. Das Herumflachsen ebbte ab und beiden wurden sichtlich selbst diese knapp bemessenen Momente des Unwägbaren zu viel, es sollte endlich losgehen. Da! Mit einem Surren und Schmatzen erwachte die Hydraulik des Torantriebes zum Leben und schob die riesigen Stahlschotte auseinander, die die beiden von ihren genau ausgetüftelten Rollen in diesem großen Plan trennten.

„Na endlich tut sich was, wird auch Zeit!“, blaffte Belle vor sich her. Mehr um die Spannung etwas zu lockern, denn außer Rafale Goeland war niemand der zahllosen Mitarbeiter dieses Projektes in unmittelbarer Nähe, und der Mikrofonbügel des abgeschalteten Kommunikators hing noch leblos um ihren Nacken.

„Na, sei mal nicht so ungeduldig“, frotzelte Rafale zurück. „Du kannst dir noch früh genug den Hals brechen!“ Sie wusste um die Ironie in ihren Worten, war sie doch selbst ungeduldig bis zum Platzen.

„Du hast gut reden, du musst dir ja nicht auch noch diese Blechkleidung überziehen, sondern könntest glatt in Unterwäsche losfliegen. Oder bist du etwa doch neidisch, hm?“ Belle grinste sie provokant an, aber es war die Art Frechheit, die zwischen den beiden Frauen seit jeher herrschte.

Seit sie beide gemeinsam die Raumpiloten-Akademie auf Coleria Prime absolviert hatten, wurden sie stets auf Wettbewerb untereinander gedrillt. So war es im Pilotenalltag üblich, und jeder, dem diese Mentalität nicht lag, fand sich früher oder später als Fahrer eines städtischen Müllgleiters oder in der Verwaltung wieder. Rafale und Belle hatten sich mit der auferlegten Rivalität abgefunden, aber diese hatte es nie geschafft, ihre Freundschaft zu untergraben. Sie beide hatten das Kunststück fertiggebracht, dieses unmenschliche Moment in ihre menschlichen Züge einzubauen, eine Legierung ihrer Mentalitäten daraus zu schmieden. Und natürlich halfen auch die zahllosen Nächte in den Bars des Akademie-Viertels Rafale dabei, in Belle Durain sowohl eine Kameradin, Konkurrentin als auch Freundin zu finden.

„Neidisch? Ich? Pfft, vergiss es, Schätzchen!“, erwiderte sie. „Erstens haben wir gelost und zweitens muss ich zugeben, dass du in Freifall-Anwendungen wirklich eine Spur besser bist als ich. Blindes Huhn findet auch mal ein Korn, eh?“

Sie wusste selbst, dass Belle nicht nur in dieser Disziplin besser war, aber diese Erkenntnis musste sie Belle ja nicht noch unter die Nase reiben.

„Pass nur auf, dass das blinde Huhn dir nicht mal versehentlich in den Arsch pickt!“, rief Belle, die sich schon ein paar Schritte von ihrem Platz vor den Hangartoren in Richtung des Raumschiffes entfernt hatte.

„Hey, reg dich ab, Schätzchen! Und lass mich alte Frau hier nicht allein stehen, irgendwer muss das Schiff ja doch fliegen, eh?“

Sie wandte sich ebenfalls von dem grellen Wüstenmorgen zwischen den Toren ab und lief Belle nach, jedoch nicht zu auffällig hastig. Sie ließ es sich nicht anmerken, erst recht nicht unter den mit Sicherheit laufenden Hangar-Kameras, aber sie schmunzelte bei dem Gedanken, dass sie beide nun fast vierzig waren und sich immer noch wie raufende junge Hunde benahmen: Mochten sie sich noch so sehr anknurren, zwischendurch mussten sie einander immer mal versichern, dass es nicht ernst gemeint ist.

Sie sah Belle nach. Obwohl diese gut einen Kopf kleiner war als Rafale, wirkte die energiegeladene Frau mit den kurzen schwarzen Haaren gerade wie eine Gladiatorin auf sie. Gut trainiert und mit aufrechtem Gang stapfte sie dem Ausrüstungslager entgegen, wo man ihr den *Titan*-Kampfanzug anlegen würde, während Rafale weithin unbeachtet ihrem Schiff, der *Gambier Bay,* entgegen schritt. Sie versuchte ihren eigenen Gladiatorengang, aber es war wohl mehr eine Vorstellung für ihr persönliches Ego – alle Augen, ob physisch oder elektronisch, waren auf Belle Durain gerichtet.

Sie schluckte eine aufkommende Bitterkeit herunter und betrat über die dienstbereit abgesenkte Rampe ihr Reich. Die 800-Tonnen-Raumyacht war der Inbegriff von Startbereit. Rafale wusste das und schenkte sich den Kontrollgang rings um das Schiff, eine alte und potentiell lebensrettende Angewohnheit. Die Gambier Bay war vor diesem Experiment einer dreifachen Hauptuntersuchung unterzogen worden, die Software der Fluglagenkontrolle komplett de- und neuinstalliert und geprüft. Sämtliche Notfallsimulationen, die die galaktische Flugsicherungsbehörde vorschrieb, waren mehrfach und in einem Bruchteil der vorgeschriebenen Abstände und Reaktionszeiten durchgespielt. Reflexhaft schenkte die rothaarige Colerianerin den verschiedenen Einrichtungen einen prüfenden Blick, als sie durch das startbereite Schiff zur Brücke schlenderte. Die abgebrühte Gelassenheit einer Pilotin mit der Hyperraumlizenz A+ und über 4000 Manöverstunden schwang bei jedem Schritt mit, auch wenn niemand es sah. Sie würde auch auf diesem Flug allein sein, von der Phalanx der zusätzlich montierten Kontroll-, Auswertungs- und Kommunikationscomputer, die sich in der zentralen Messe auftürmten, mal abgesehen. Mit einer fast schon anbiedernden Informationslust flimmerten die Kontrollleuchten der Terminals ihr entgegen, bis sie das Brückenschott hinter sich schloss. Sie war jetzt allein mit sich und ihren Gedanken, bis man sie rief. Abwesend warf sie sich in ihren Astrogatoren-Sessel und schloss die Augen, ließ die vergangenen Monate Revue passieren.

Der colerianische Herbst strich schon um die noch grünen Bäume, als Belle und sie im Auditorium der Behörde für militärische Entwicklung BfmE saßen. Wie immer, wenn Freiwillige für die Erprobung neuer Technik gesucht wurden, war der Saal aufwendig abgeschirmt. Wo sonst nur interne Beamte den Alltag organisierten, standen jetzt bewaffnete Patrouillen der Marine. Konnte man sonst den herrlichen Ausblick auf den Park genießen, waren jetzt die Blenden heruntergelassen und die allseits unbeliebte Kunstbeleuchtung grell hochgefahren, was dem Saal die Heimeligkeit eines Gefechtsbunkers verlieh. In den Ecken und am Eingang standen Intelli-Bots mit ausgefahrenen Jammer-Antennen, die, zu Rafales Missfallen, jeglichen Kommunikatorbetrieb verhinderten. Dennoch: Die Zuteilung zu einem der höchst geheimen Rüstungsprojekte war etwas, das sich jeder akkreditierte Testpilot gern in sein Portfolio schreiben wollte. Und nicht zuletzt würde eine reichliche

Entlohnung verhindern, dass man sich die nächsten Monate mit der Ausgangsprüfung reparierter Transportschiffe abplagen musste.

So lauschten Belle und Rafale, genau wie die anderen knapp vier Dutzend Testpiloten dem Mann, der am Fuße des Auditoriums stand. Er hieß Nestor Gontscharow, Rafale und einige andere kannten ihn schon. Er war einer der Direktoren der Schule für mobile Kriegsführung. Rafale mochte diesen Mann ebenso, wie man einen Taschenkalkulator oder ein KomLink mögen würde. Sie schätzte seine Fachkompetenz, aber er war ein Technokrat, in dem man das menschliche Leben scheinbar mit der Lupe suchen musste. Sie hatte Belle immer zugeflüstert, dass Gontscharow sich wahrscheinlich daheim in Synth-Lackleder auspeitschen lässt, was Belle mit fast planerischer Sicherheit in einen Lachanfall trieb und somit für eine willkommene Rauchpause Anlass gab.

Der untersetzte Endfünfziger warf Tabellen und animierte Holografiken in den Raum, aus Geheimhaltungsgründen wurde nicht wie üblich synchron auf die Datenpads der Zuhörer übertragen. Man musste also schon genau zuhören, und das fiel Rafale üblicherweise schwer. Dieses Mal jedoch war es anders. Was Direktor Gontscharow da offenbarte war nicht mehr und nicht weniger als eine Revolution der Landungstechnik. Gebannt vornüber gebeugt saß sie in ihrem Plastostuhl und lauschte. Der angetriebene *Centaurus*-Kampfanzug war eine bewährte Ausrüstung der mechanisierten Infanterie im colerianischen Imperium. Ein Hybrid aus einem motorisierten Schutzanzug, in den man hineinsteigen konnte und einem computergestützten, vollvernetzten Waffensystem. Das sah aus wie ein kleines Männchen, das in ein größeres kopfloses Männchen hineinklettert und aus der Sichtkuppel im Rumpfoberteil hinaus lugt. Das Grinsen verging einem aber schnell, wenn man einen *Centaurus* im Einsatz beobachten konnte. Der Minireaktor des Anzugs bewegte kräftige elektrohydraulische Servos und diese ließen den Zweieinhalbmeter-Riesen mit Leichtigkeit kleinere Landfahrzeuge anheben oder eine senkrechte Felswand hinaufklettern, in Betoplast-Hauswände mit bloßer Faust Löcher schlagen und Plasmakanonen tragen, für die man sonst eine Selbstfahrlafette brauchte. Dazu war der Apparat schussfest gegen fast alle Infanteriewaffen und mit einem eigenen Lebenserhaltungssystem ausgestattet, was ihn – theoretisch – sogar im galaktischen Vakuum und in Giftgas-Atmosphären einsetzbar machte. Weil in den Armen und Beinen des Centaurus die Arme und Beine des Bedieners steckten, erübrigte sich ein Steuerknüppel. Das eingebaute Elektronengehirn koordinierte die Arm- und Beinbewegungen des Bedieners mit den Rückmeldungen der Lagestabilisatoren, was dem Stahlriesen die Beweglichkeit einer Ballerina verlieh. In Notfällen konnte der Bediener jedoch auch auf manuelle Notsteuerung umschalten oder einem externen Koordinator die Bewegung seines Gerätes übergeben, um besser in Gruppen zu agieren.

Die einzigen Nachteile dieses Systems bestanden darin, dass der Anzug von einem geschulten Bediener gefahren werden musste und dass er eine sehr geringe Autonomie besaß. Centaurus-Anzüge mussten erst umständlich mit Transportern bis an die Front gebracht werden, um von dort ihre Einsätze zu beginnen. Rafale wusste von Vorfällen im vergangenen Kartellwelten-Krieg, bei denen Centaurus-Einheiten aufgrund von Kompetenzgerangel mit den Transportkolonnen gar nicht erst an die Front gekommen waren, und mehr als einmal wurde ein Landeschiff mit Dutzenden dieser wertvollen Geräte ganz simpel abgeschossen, bevor es seine kostbare Fracht abladen konnte.

Dies alles sollte nun vorbei sein, wenn es nach Direktor Gontscharow ging. Rafale war nicht sonderlich politisch oder gar kriegsbegeistert. Ihr wäre es nur recht gewesen, wenn sich das Imperium und die Kartellwelten einfach am Biertisch geeinigt hätten, der Sektor war schließlich groß genug. Aber sie war auch Realistin genug zu wissen, dass es immer Gründe für Krieg geben würde, von diffus bis berechtigt. Und wenn einem selbst keine einfielen, so würden sie einem anderen einfallen. Mehr als dies faszinierte sie aber der technische Aspekt des Projektes *Freier Fall*.

Man wollte einen Centaurus-Anzug mit einem Bodeneffekt-Satz ausrüsten. Eine Art Rucksacksystem, das ausklinkbar mit dem Anzug verbunden wird und einen Energiespeicher und einen Steuerungssatz aus Schwerkraft-Generatoren enthielt. Ein Raumschiff würde eine solche Einheit – nunmehr *Titan* genannt, um ihre absolute Macht zu unterstreichen – in der Stratosphäre eines Planeten absetzen. Der Titan-Anzug mit seinem Piloten darin begab sich dann in einen durch die Grav-Paddel kontrollierten freien Fall. Erreichte der Titan eine Höhe, in der ein abwärts gerichtetes Grav-Feld eine Abstoßung gegen den Boden erzeugen konnte, so bremste er seinen Sturz damit ab, bis er mit beiden mechanischen Beinen aufsetzte. In der Holo-Simulation, die Gontscharow in den halb abgedunkelten Raum stellte, sah das so aus, als würde ein überdimensionierter Schuljunge gerade einen Hüpfer von einem Gartenzaun gemacht haben. Die hochentwickelte Navigation und Lagestabilisierung dieses Schwerkraft-Fallschirmes würde von der Steuerung des ursprünglichen Centaurus-Elektronengehirns übernommen, die Leistung war bei dessen Entwicklung bereits großzügig genug bemessen, so der Direktor.

Am Boden angekommen, würde der Landerucksack ausgeklinkt und der Titan verwandelte sich wieder in einen Centaurus, nur diesmal ohne Logistikprobleme und Verwundbarkeit auf dem Anmarsch. Eine wahre Höllenmaschine, die vielleicht einen nächsten Kartellkrieg verhindern könnte, hieß es. Im Rahmen des Projektes Freier Fall hatte der Titan schon umfangreiche Tests bestanden. Hatte man die ersten Versuche noch in der Computersimulation mit einem hinterlegten physikalischen Modell durchgeführt, so „bemannte" man den Anzug in der nächsten Teststufe mit einem handelsüblichen Kampf-Bot und warf dieses Gespann aus immer größeren Höhen ab. Scheinbar hätte man sich diese Vorsichtsmaßnahme sparen können, denn sämtliche Praxistests waren ohne einen nennenswerten Vorfall perfekt abgelaufen. Jetzt war es am Menschen selbst, die Tauglichkeit dieses Systems vorzuführen. Im abschließenden Test, mehr Spektakel als eine Generalprobe, sollte dem colerianischen Verteidigungsministerium vorgeführt werden, dass man sich auf der Schwelle zu einer neuen Ära der mobilen Kriegsführung befand. Dem Test würden nicht nur der BfmE-Stab, sondern auch Vertreter des Ministeriums, ausgesuchter Holo-Zeitungen sowie Technologen der beteiligten Rüstungsfirmen beiwohnen. Und, so munkelte man, vielleicht auch Imperator Claudanus III. höchstpersönlich. Wessen Name im Zuge eines so ausgezeichneten Projektes genannt wurde, der konnte mit Schlagzeilen rechnen, das war sicher.

Rafale hörte jedoch nur mit halbem Ohr zu, ihr schwirrten bereits begeisternde Bilder durch den Kopf, von einem freien Fall mit diesem tonnenschweren Panzeranzug durch die Wolken hindurch, gefolgt von einer butterweichen Landung auf dem Kraftfeld-Kissen. Eine Absurdität, eine Vergewaltigung der Naturgesetze und der Schöpfung, aber eine faszinierende! Als Gontscharow seinen Vortrag abschloss, gab es nicht einen der Anwesenden, der sich nicht bei dessen unscheinbarem Assistenten in die Bewerberliste eingeschrieben hätte. Offenbar teilten alle Testpiloten diese lebhafte Fantasie.

Was folgte, war weit irdischer als die hoch fliegenden Fantasien. Das Auswahlprogramm war hart. Nicht nur wurde jeder Bewerber medizinisch auf den Kopf gestellt und sein Portfolio akribisch durchleuchtet, alle Kandidaten mussten auch intensive Tests durchlaufen. Kraft- und Ausdauertests, Blutproben, Sehtests, Wissensprüfungen, Fragebögen des Ministeriums für politische Moral und sogar der jedes Mal aufs Neue belächelte Erinnerungstest, bei dem man den Inhalt eines Gespräches vom Vortag möglichst wortgetreu wiedergeben musste. So siebte die BfmE feiner und immer feiner aus, bis schließlich nur noch die akkreditierten Testpilotinnen Rafale Goeland und Belle Durain übrig blieben. Beide hatten in der körperlichen und geistigen Gesamtwertung etwa gleich gut abgeschnitten, beide Führungszeugnisse waren ohne jeden Makel und beide waren von ihren Vorgesetzten ausdrücklich empfohlen worden. Die Hinweise, dass beide weder Ehepartner noch Kinder hatten und die Infanterie diese Anzüge als „Sarg mit Gliedmaßen“ bezeichnete, taten sie als Neiddebatte der abgelehnten Bewerber ab. Der Himmel gehörte nun mal den Adlern, nicht den Spatzen. Was blieb, war der Zieleinlauf. Es wurde nur ein Titan-Bediener gebraucht, aber auch ein fähiger Pilot in der Statistenrolle, der Stratosphären-Taxi spielen musste.

Und so kam Rafale auf die unselige Idee mit dem Losentscheid. Belle ließ sich darauf ein und Gontscharow war es letztlich egal, er hatte die beiden denkbar besten Kandidatinnen für sein Projekt. Kopf oder Zahl? Hauptrolle oder Statistin? Dieser Satz ging Rafale durch den Kopf, damals wie heute, als sie ihre Münze warf. Als sie die Münze fing und mit der anderen Hand bedeckte, klopfte ihr das Herz. Würde das kühne Portrait von Cornelius dem Vierten sie begrüßen oder die solide 100? Noch heute spürte sie die Anspannung in sich, die ihren Körper kurz zu

Holz erstarren ließ, als sie die Augen schloss und schicksalsergeben die abdeckende Hand wegzog. „Zahl!“, jubilierte Belles Stimme. Sie würde Geschichte schreiben.

Das Aufleuchten einer Bereitschaftsanzeige riss die Statistin Rafale G. Goeland aus ihren Gedanken. Es kam aus dem Panel der Frachtraumkontrollen und signalisierte ihr, dass die Gambier Bay ihre kostbare Fracht übernommen hatte. Während sie ihren Gedanken nachhing, hatte der Trupp der Ladeleute seinen Teil im Plan abgearbeitet. Im Monitor der unteren Außenbordkamera sah sie, wie einer nach dem anderen den Bereich verließ und sich wieder den Bereitschaftsräumen im hinteren Teil des Hangars zuwandte. Weil Belle in ihrem sperrigen Panzeranzug nicht einfach durch eine geöffnete Ladeluke heraus spazieren konnte, erst recht nicht in der Stratosphäre eines Planeten, wurde Rafales Schiff mit einer Art Bombenschacht an der Rumpfunterseite ausgestattet. Dort waren hydraulische Greifer montiert, die den „bäuchlings“ eingehängten Titan sicher festhielten, bis der Moment zum Ausklinken kam. Ergänzt wurde dieser Schacht durch die notwendigen Leitungen für das Lebenserhaltungssystem, die Kontrollsensoren und die Kommunikation. Pikanterweise konnte der Titan-Bediener jederzeit seine Einheit vom Schiff lösen, falls es wider Erwarten Probleme gab, die Pilotin jedoch hatte keinen Einfluss auf die Halterungen. Lediglich die Bodenstation, *Primus* genannt, besaß ein weiteres Eingriffsrecht. Es zeigte nur allzu deutlich Rafales Bedeutung bei der Sache, und sie musste erst einen Geschmack von Verbitterung herunterschlucken, bevor sie die Meldung mit einem entschlossenen, fast zu heftigen Tastendruck quittierte. Zahl verliert.

„Primus an Gambier Bay! Captain Goeland, sind Sie so weit?“ Die Stimme gehörte Calvet, dem Cheflotsen des Flugfeldes.

Toutaine war nicht ohne Grund Schauplatz dieses Spektakels. Die rötliche Staubkugel war unwirtlich und lud wenig zur Besiedlung ein, der Stand der zivil erhältlichen Technik war hier nicht allzu hoch und so konnte man sich recht ungestört unter dem einsamen Himmel bewegen. Mehr als einmal war dieses Flugfeld Ziel der BfmE-Tourneen, und mehr als einmal war Rafale schon dabei.

Sie kannte Calvets Stimme und mochte seine ruhige, modeste Art, die ihn so wohltuend von vielen anderen Projektteilnehmern unterschied. Und in diesem Moment, da er sie berechtigterweise „Captain" titulierte, noch etwas mehr. War es doch Balsam für ihr angekratztes Selbstwertgefühl. Der Junge verstand doch etwas von der alten Schule: Wer ein Schiff kommandierte, war eben ein Captain.

„Hier Captain Goeland", gab sie in den gesichtslosen Äther zurück. „Ich bin startbereit, erwarte Startbefehl."

„Primus an Titan! Durain, sind Sie auch bereit?"

Es dauerte einen Moment, die Kontrollen verrieten Rafale, dass Belle erst jetzt ihr Mikrofon einschaltete.

„Durain hier", gab Belles Stimme zurück. „Alle Systeme arbeiten einwandfrei, ich bin startbereit."

Rafale konnte deutlich die freudige Aufregung heraushören und sie ihr voll und ganz nachfühlen. Sicherlich beneidete sie ihre Freundin um diesen Augenblick, aber zugleich gönnte sie es Belle auch von Herzen. Sie hatten nicht zum ersten Mal so etwas durchgezogen, und oft genug waren die Rollen auch anders herum verteilt gewesen. „Am Ende des Tages ist es nur wichtig, dass wir uns respektieren und aufeinander verlassen können, egal, wer dieses Mal wessen Rücklichter sieht!", hatte Belle ihr einmal gesagt, und sie hatte Recht.

„Primus an alle: Bereitmachen. Gambier Bay rückt vor auf das Startfeld."

Von der Aufbruchstimmung angesteckt, ergriff Rafale die Kontrollhebel der Manövertriebwerke und stellte ihre Füße auf die wartenden Steuerpedale. Mit einem leisen, fast unhörbaren Rauschen fuhren die kleinen Düsentriebwerke hoch, dann übertönte das bassige Summen des Grav-Generators diese. Die Gambier Bay ruckelte leicht, als das Fahrwerk sich vom Boden löste und das Schiff auf seinem Schwerkraftkissen allein ruhte. Ein letzter Seitenblick galt dem zusätzlich angebrachten Monitor der Kamera des Abwurfschachtes. Der Titan hing absolut korrekt in der hydraulischen Umarmung, alles lief nach Plan. Kein Wunder bei dem Aufwand, den die colerianische Militärforschung wie üblich an den Tag legte. Rafales Linke drückte den achsengeteilten Schubhebel nach vorn, der geringe Impuls ließ das Schiff sacht vorwärts gleiten, auf die grell scheinende Öffnung des Hangars zu. Noch bevor die Gambier Bay die Nase in Toutaines Wüstensonne stecken konnte, tönten die automatischen Filterpigmente die Fensterscheiben nach, die Brücke wurde von einem hellbraunen Schein geflutet, der an den colerianischen Herbst erinnerte.

Das Erwachen ihres Raumschiffes begeisterte Rafale, die Testpilotin, auch nach so vielen Jahren noch immer. Es war ein stets feierlicher Moment, auch jetzt, innerhalb dieses noch viel feierlicheren Momentes. Und er gehörte ihr, immerhin etwas. Vergessen waren die Rivalität, die unschönen Gefühle und die Enttäuschung. Jetzt, wo sie wie ein mächtiger Vogel ihre Schwingen ausbreitete, war sie Teil des Ganzen, Teil dieser perfekt arbeitenden Maschine des Projektes Freier Fall. Es würde ein herausragender Tag werden, an dessen Ende alles ganz anders sein würde als eben noch. Rafale Ghauri Goeland wusste in diesem Moment noch nicht, wie Recht sie damit haben sollte.

Kapitel 2: Höher und höher

Toutaine, der Wüstenplanet, begrüßte die Versuchsgruppe mit dem für diese Jahreszeit üblichen Wüstenmorgen. Eine tiefstehende orangegelbe Sonne an einem hellblauen, stillen Himmel. Imposante Felsformationen, die lange Schattenfinger über den noch nachtkühlen Sand streichen ließen. Bilder, wie man sie auf Coleria auch kannte, wenn die Kolonisierungsbehörde wieder einmal Siedler für ferne Planeten anwarb. Bilder, die Lust auf ein Leben in Freiheit und Unbeschwertheit machen sollten, ohne jedoch zu suggerieren, man hätte dies nicht auch schon auf Coleria Prime. Ein argumentativer Spagat, fast ein Widerspruch in sich, und so nahm es nicht Wunder, dass der Zuspruch in der colerianischen Bevölkerung eher verhalten war.

Rafale brauchte keine politische Debatte, um das zu bewerten, sie kannte den Planeten. Und sie hasste ihn auch. Toutaine war eine zickige Braut, ein hässliches Gesicht unter dem Schleier. Wer sich mit ihr einließ, musste mit Überraschungen rechnen. So strahlend blau und unschuldig der Morgenhimmel auch aussehen mochte, so hundsgemein konnte der Planet zu denen sein, die es wagten, einen Fuß auf ihn zu setzen. Sprunghafte Temperaturanstiege, Hitzetornados mit Kerntemperaturen, die Buntmetalle schmelzen konnten, und in den Wintermonaten blitzartige Regenschauer, aus denen der harte, abweisende Boden alles zerstörende wandernde Springfluten machte. Toutaine ist ein Schwein, so lautete der Spruch unter Siedlern. Auch unter denen, die blieben. Mehr als einmal waren ganze Siedlungen auf Hilfslieferungen aus der Luft angewiesen, oder auf ein rasches Ausfliegen der Überlebenden. Und mehr als einmal wurden dafür eilig Piloten aus den Lehrgeschwadern und den Versuchsabteilungen der Marine zusammengekratzt. Die Elite Colerias, der Regierung zum Stillschweigen verpflichtet. Rafale war eine von ihnen und sie hatte diese schweinische Seite Toutaines schon zur Genüge kennengelernt.

„Calvet, wie ist das Flugwetter im Sektor Vier?", schickte Rafale in den Funkverkehr. „Bitte um Aktualisierung."

Es war wichtig, jederzeit die atmosphärischen Daten aktuell zu halten. Veränderungen in der Dichte der Luftschichten konnten entscheidend für den freien Fall des Titan sein. Das war wie ein Sprung aus dem Fenster auf einen Matratzenstapel. Da war es auch wichtig, wie hart welche Matratze ist und wo sie im Stapel liegt. Ganz zu schweigen von etwa sich bildenden Hitzetornados. Jede Kleinigkeit musste perfekt abgestimmt sein, sonst wäre der Fehlschlag unausweichlich.

„Wetterlage ist stabil, Goeland. Ich schicke den neuesten Datensatz an ihren Navigationscomputer über den grünen Kanal." Der grüne Kanal war eine reine Militärfrequenz, dessen geringe Bandbreite ausschließlich für Navigations- und Wetterdaten genutzt wurde.

„Verstanden, Primus. Gambier Bay wartet auf Starterlaubnis."

Rafale warf den verschiedenen Anzeigen auf der Brücke einen weiteren überflüssigen Blick zu. Alles verlief absolut perfekt. Sie brauchte nur noch den Startschuss, um ihren Teil zu erfüllen. Wenn es auch nicht sie war, die den spektakulären Sprung vollführen durfte, so konnte sie immerhin eine Empfehlung als perfekter Captain vor den Augen des interessierten Fachpublikums abgeben. Vielleicht müsste sie dann die nächste Zeit keine Abnahmeflüge von klapprigen Raumfrachtern machen.

„Primus an Gambier Bay. Sektor Vier ist für 120 Minuten frei von Flugbewegungen, keine genehmigungspflichtigen

Bodenfahrzeuge in der Abwurfgegend. Ideale Bedingungen für einen Ausflug unter blauem Himmel. Starterlaubnis erteilt! Primus Ende."

Ein Knacken in der Leitung des roten Kanals, jemand schaltete sich ins Interkom ein. „Herrschaften, ich bitte um Ernsthaftigkeit bei der Sache! Ich erteile dem Navigator Calvet einen Verweis!"

Das war McBraene, der Seniordirektor des Projektes. Ein unerträglicher Miesepeter und Pedant, gegen den sogar sein Untergebener Gontscharow wie ein ausgeflippter Junkie wirkte. Nun gut, es wäre ja albern gewesen, anzunehmen, dass sie mit Calvet im Interkom allein war. Sie schluckte einen bissigen Kommentar herunter. Da der Kanal still blieb, ging es Calvet offenbar nicht anders.

Die Gambier Bay war nun vollends aus dem kühlen Schatten des Hangars heraus und nahm ein erstes Bad in der Sonne.

„Auf geht's, Lady!", gluckste Rafale vor sich hin. „Wir spielen heute Einweg-Taxi!"

Zuvor hatte sie sichergestellt, dass das Mikrofon des Interkoms abgeschaltet war. Hätte sie normalerweise die Nase der Raumyacht steil in den Himmel gereckt, um so früh wie möglich die Sublicht-Triebwerke zu zünden und die „Lady" steil in den Himmel schießen zu lassen, so ging sie dieses Mal anders vor. Mit dem Schwerkraft-Emitter würde sie das Schiff so lange anheben, wie der Bodeneffekt nutzbar war, unterstützt von den nach schräg unten arbeitenden Manöverdüsen. Der Titan mit Belle darin hing schließlich bäuchlings in der improvisierten Ladebucht und jede unnötige Belastung durch Beschleunigungskräfte war untersagt. Außerdem schirmte die flache Kontur des Rumpfes der Gambier Bay auf diese Art perfekt gegen die noch tief stehende Sonne ab. Schließlich musste man die Kühlsysteme der Fracht nicht schon beim Aufstieg unnötig fordern.

Was den Komfort betraf, war Rafale durchaus froh, dass sie die Reise in die Stratosphäre nicht in diesem Roboter-Anzug antreten musste, sondern recht bequem in ihrem Astrogatoren-Sessel hing. Solange sie die Fluglagen sicher kontrollierte, konnte sie es sich sogar leisten, die Repulsor-Kraftfeldgurte locker zu lassen. Es war streng verboten, aber ein guter Captain kennt sein Schiff und weiß, wo welche Sensoren zu überbrücken sind. Freiheit fängt im Kleinen an, dachte sie sich.

Die untere Kamera zeigte Bilder eines immer kleiner werdenden Raumhafens. Calvet, McBraene und alles andere bekamen immer mehr Abstand, das übliche Hochgefühl des Piloten stellte sich ein, wenn das Schiff seine irdischen Fesseln endlich abwerfen durfte. Erst das Plärren einiger Statusmeldungen, die quittiert werden wollten, holte Captain Goeland wieder in die Nüchternheit zurück. Sie beeilte sich, die fälligen Meldungen zu quittieren, auch wenn sie diese nicht wirklich las, jede entgangene Meldung würde unweigerlich im Log des Schiffes festgehalten werden.

Auf 3500 Metern wirbelte vor den abgetönten Frontscheiben ein feiner rötlicher Schleier. Flugsand. Ein prüfender Blick auf die grünäugige Anzeige des Wetterscanners bestätigte, dass dessen Sensoren die Störung längst erfasst und analysiert hatten. Calvets Daten stimmten, es war nur eine unbedeutende Verwirbelung, weder ein Sandsturm noch ein beginnender Hitzetornado. Rafale hätte ihr Schiff auch im Automatik-Modus dem Elektronengehirn des Navigationssystems überlassen können, aber wie so viele Captains der alten Schule zog sie es vor, manuell zu fliegen. Etwaige Einträge in ihre Dienstakte wegen minimaler Abweichungen von der Norm nahm sie gern in Kauf, um sich wenigstens eine Illusion von Entscheidungsfreiheit zu bewahren. Und sie war gut darin, die Abweichungen minimal zu halten.

5800 Meter. Die Steigrate der Gambier Bay ließ auffällig nach, sie verließ jetzt den Bereich des Bodeneffektes. Es war Zeit, die Sublicht-Triebwerke zu starten, die bisher nur Leerschub lieferten. Ihre Rechte erhob sich von der Lehne und ergriff den Schubregler. Die langen schlanken Finger, die ihr oft eher den Anschein einer Malerin oder Musikerin verliehen, schoben den Hebel langsam aus der Leerlaufraste. Ein bassiges Fauchen begann, das sonore Zischeln der Manövertriebwerke zu übertönen. Das Schiff nahm wieder Fahrt auf. Rafale übernahm den Feintrimm direkt von den Vorschlagswerten der Triebwerkssteuerung. Die Düsen waren feinstmöglich ausgeschliffen und die nötige Korrektur mehr eine Formsache. Kein Grund, hier Eigenmächtigkeiten zu probieren.

Während ihr Schiff höher und höher stieg, dem grenzenlosen Blau entgegen, dachte Rafale an frühere Zeiten. Sobald man einen gewissen Teil seines Lebens in Raumschiffen verbracht hatte, klopften diese Erinnerungen so regelmäßig an die geistige Haustür, wie Verwandtenbesuch zur Kaffeezeit. Wie frei man doch früher war! Früher hätte man während eines solchen ereignislosen Aufstiegs noch Kunstmanöver eingestreut. Loopings, Rollen und die Sterne wussten, was sonst noch an spontan erfundenen Figuren aufkam. Sie erinnerte sich an einen Piloten, einen Bekannten von Belle, der grundsätzlich im Scherenflug aufstieg, damit er die Raumschiffseite möglichst lange der Oberfläche von Coleria Prime zugedreht hielt. Er hatte ein Werbelogo darauf angebracht und der Vertrag wurde nach Dauer der Sichtbarkeit abgerechnet.

Solche und ähnliche Absurditäten passierten, und damals waren die Elektronengehirne noch längst nicht so weit, dass man jederzeit gefahrlos der Automatik die heißen Kartoffeln geben konnte, wenn eine Fluglage außer Kontrolle geriet!

Heute erzählte sie den Jungfüchsen diese Geschichten und sie wusste genau, dass diese innerlich mit den Augen rollten und es nur aus Respekt vor der erfahrenen Astrogatorin nicht zeigten. Ganz genau so, wie sie es damals nicht zeigte, als man der jungen Kadettin Goeland noch viel wildere Geschichten auftischte. Zeiten ändern sich, die Menschen jedoch nie.

Ein Aufmerksamkeitssignal ertönte. Das Stratosphären-Taxi hatte seine planmäßige Flughöhe fast erreicht und ging in einen gedrückten Parabelflug über. Ein leichter Schwenk in den richtigen Korridor, hoch über der einsamen Wüste Toutaines, jetzt waren es nur noch wenige Minuten bis zum Ausklinken des Titan. Der Countdown lief.

Tief unter ihr, im Kontrollzentrum Primus war man sicherlich auch ebenso nervös wie bemüht, es nicht zu zeigen. Die Unruhe der Profis, die unter einer dicken Kruste von Erfahrung brodelt. Nur Anfänger und Narren sind durch und durch ruhig.

„Raf, wir nähern uns der Abwurfzone, ja?“

Das war Belle über das Bordnetz. Sie hatte McBraenes miese Laune mitbekommen und wohl keine Lust, sich den feierlichen Moment über den allgemeinen Funkverkehr versauen zu lassen. So waren die beiden Frauen allein unter sich, die Jammer der Gambier Bay schirmten vorschriftsmäßig jeden Funkverkehr außerhalb der offiziellen Kanäle ab.

„Aye, Schätzchen. Ich hab dir astreines Flugwetter bestellt, und es wurde pünktlich geliefert. Möchtest du eine Tüte alturanische Frühstücksbrötchen mit runter nehmen?“

„Ich glaub, unten erwarten uns Jahrgangssekt und Häppchen, wenn wir gelandet sind. Deine alten Brötchen kannst du von mir aus behalten, stopf sie dir doch in den BH, um die Kadetten zu beeindrucken.“

Rafale konnte mit den Kameras unter dem Bauch ihres Schiffes zwar den Titan in seiner Halterung sehen, nicht jedoch in dessen Kanzelvisier. Trotzdem wusste sie genau, wie Belles Gesicht gerade von einem schalkhaften Grinsen überrannt wurde, das sich von den Mundwinkeln bis zu ihren ausgeprägten Lachfältchen zog.

„Vielleicht schmier ich auch eins dick mit Sahne und drück es dir ins Gesicht, du Droyk!" Belle war allergisch gegen Milcheiweiß.

„Wenn du so weitermachst, klink ich mich schon vorher aus, nur um deinen dummen Sprüchen zu entkommen!" Jetzt lachte Belle herzhaft, ein unglaublicher Kontrast zu der ansonsten so nüchternen Umgebung des Projektes Freier Fall.

„Vorher setz ich dich über der Jauchegrube einer Sandfarm ab. Und jetzt halt die Klappe, wir sind fast am Abwurfpunkt! T gleich minus 60 Sekunden."

Die Leitung war jetzt ruhig. Rafale wusste nur zu gut, dass Belle gerade in stillem Gedenken zum tausendsten Male den Plan der nächsten Minuten durchging.

„30!"

Das Protokoll sah so eine feierliche Ansage gar nicht vor, aber Rafale wollte einfach nur das angespannte Schweigen auflockern. Der Countdown kam von Primus direkt auf die Head-up-Displays vor Rafales und Belles Augen, aber das Abzählen verlieh den nüchternen Zahlen eine beinahe ausgelassene Stimmung. In wenigen Augenblicken würde die Bodenstation wie vorgesehen den Impuls zum Ausklinken geben.

„20!"

Ein letzter Blick auf die Kontrollinstrumente, ein unnötiger, nur um sich zu beschäftigen. Wie eine Ewigkeit zogen sich die letzten Momente dahin.

„10… 9… 8… 7… 6… 5… 4… 3… 2… 1… ABWURF!"

Ein schwacher, kaum fühlbarer Ruck ging durch das Schiff, als Primus die Verriegelung der Greifer öffnete. Die tonnenschwere Fracht löste sich mit der Leichtigkeit einer fliegenden Feder aus dem Abwurfschacht der Gambier Bay. Der Titan war im freien Fall.

Rafale schloss die Augen, während ihr Schiff gemächlich seine Parabel durch Toutaines äußere Luftschichten zu Ende flog. Sie war in Gedanken bei Belle. Gewohnheitsmäßig schickte sie ein kurzes Stoßgebet zur kosmischen Schöpfung, dass alles gut gehen möge. Zwar war alles denkbar narrensicher geplant, aber man wusste ja nie. Dann dachte sie an das hinreißende Gefühl, so völlig frei zu schweben, den Vögeln näher als den ewig gebundenen Menschen. Sie war in ihrer Ausbildung oft genug mit einem Grav-Schirm oder Raketentornister ausgestiegen, und jedes Mal war sie überwältigt von diesem Eindruck. Und das war natürlich niemals aus einer derart großen Höhe. Wie sehr sie gerade Belle beneidete!

Ein Räuspern aus dem roten Kanal des Interkoms riss Rafale unsanft aus ihren Gedanken. McBraene schaffte es, sogar ein Räuspern mit Vorwürfen zu füllen.

„Primus an Gambier Bay und Titan. Statusreport."

Sie schenkte den reflektierenden Glasflächen der Instrumente ein ironisches Grinsen. Wie desillusionierend, wie unromantisch. Typisch McBraene. Trotz der großen Fallhöhe dauerte der Test nur rund anderthalb Minuten, der Titan erreichte dabei in idealer Fluglage beinahe Schallgeschwindigkeit. Wollte McBraene ernsthaft großartige mündlich formulierte Forschungsberichte von Belle hören? Die Bedienerin war nur im Titan, um zu zeigen, dass auch Menschen mit diesem Ding landen können und würden. Wenn er noch Ergebnisse wollte, hätte er sich ja diejenigen von den Vorversuchen mit den Robotern ansehen können! Nein, ihm ging es einfach nur um die Kontrolle, bestimmt hasste er es, wenn alles so perfekt lief, dass er selbst bedeutungslos geworden war.

„Gambier Bay an Primus“, kürzte Rafale die nervige Situation ab. „Alle Systeme arbeiten perfekt, führe Weiterflug nach Plan durch. Goeland Ende.“ Sie wusste sehr wohl, dass ihre Rolle momentan eh wenig gefragt war.

„Titan an alle! Lage ist stabil, die Automatik arbeitet hervorragend, jede kleine Auslenkung wird sofort korrigiert, es ist fantastisch!“

Rafale konnte Belles Euphorie in jeder Silbe heraushören, die Stimme kiekste untypisch. Die unmittelbaren Überwachungsmöglichkeiten von Bord der Gambier Bay waren trotz der eindrucksvollen Ladung eher begrenzt, waren die ganzen Geräte doch für die spätere Analyse der gesammelten Daten ausgelegt. Die Maschinen hinter ihr im Schiff waren geschäftig, aber sie petzten nicht. Was ihr blieb, war das Bild der unteren Kamera, in welcher der Titan kerzengerade fiel und fiel, ein Punkt hoch über dem Wüstenboden, der rasant kleiner wurde. Und natürlich der Funkverkehr über den roten Kanal.

„Es ist alles so unglaublich frei und friedvoll!“, fiepte Belle ins Mikrofon.

Rafale musste schmunzeln. Bei dieser unsachlichen Versuchsbeschreibung war es nur noch eine Frage der Zeit, bis sich McBraene das Mikrofon schnappen und Belle zurechtweisen würde. Vor ihrem geistigen Auge sah sie seine schmächtige Gestalt mit den schütteren Haaren schon vorspringen und energisch die Sprechtaste drücken. Doch dazu kam es nicht mehr.

„Rafale! Oh wenn du das hier doch nur miterleben könntest, Rafale! Ich kann nicht mehr…“

Und dann kam ein seltsames Geräusch, als würde Belle nach Luft schnappen und sie dann anhalten, dann prustete sie laut ins Mikrofon. Rafale gefror das Blut in den Adern. Etwas lief schief, fürchterlich schief.

„Primus an Titan!“, grollte McBraene in den Kanal. „Statusreport, Durain!“

So ein Schwachsinn, dachte Rafale. Wenn Belle mitteilen könnte, was passiert war, dann würde sie es ja wohl unaufgefordert tun. Aber im Kanal waren nur seltsame Atemlaute zu hören, als würde sich ein Athlet mit einem zu schweren Gewicht herumplagen. Als hätte die Abweichung vom Plan alle in Katatonie verfallen lassen, verstrichen die Momente ungenutzt, mögen es in Wahrheit auch nur Sekundenbruchteile gewesen sein. Selbst Captain Goeland, die erfahrene Astrogatorin, ließ ihrem Schiff noch immer freie Hand und flog dahin, als sei nichts gewesen.

Und dann begannen die Schreie. Belle schrie. Das riss Rafale endgültig aus ihrer Schockstarre. Mit geweiteten Augen und so weit aus dem Sessel vorgebeugt, wie es die Gurte nur zuließen, starrte sie den Lautsprecher vor sich an, aus dem fürchterliche Schmerzensschreie quollen. Ein Blick zum Monitor der unteren Kamera. Der Titan war kaum noch zu sehen. Hektisch rammte sie den Hebel des motorischen Zooms an den Anschlag, das Bild vergrößerte sich so weit, wie es die Linsenmechanik zuließ.

„Zu wenig, viel zu wenig!“, fluchte sie vor sich hin.

Dennoch, das Bild zeigte noch deutlich genug, dass der Titan ins Trudeln geraten war! Aber wie konnte das geschehen? Wie konnte die Automatik derart versagen? Das war doch völlig unmöglich!

Die Stimmen im roten Kanal wurden lauter und aufgeregter und rüttelten an ihrer Aufmerksamkeit.

„Durain! Durain! Was ist los? Statusreport, Statusreport!“

„Schieben Sie sich Ihren Statusreport in den Arsch!“, bellte Rafale ohne weiteres Nachdenken ins Mikrofon.

Es war schwer zu sagen, ob es Wirkung hatte, der Sprechverkehr wurde sowieso durch Belles Schmerzensschreie schrill übertönt. Wenn der Titan bei dieser

Fallgeschwindigkeit unkontrolliert ins Trudeln geriet, erging es ihm nicht anders als einem Gleiter, die Turbulenzen würden ihn verbiegen, verknäulen und schließlich zerreißen. Belle wurden gerade bei lebendigem Leib alle Knochen gebrochen. Um das zu verstehen, bedurfte es keiner Statusreports mehr.

Es ging alles viel zu schnell, um überhaupt intensiver nachzudenken, aber das war für Rafale auch nebensächlich. Ihre heißblütige colerianische Natur und ihre über viele Jahre antrainierten Reflexe übernahmen nun das Kommando. Wenn auch jede Notsituation im Laufe eines Raumfahrerlebens immer eine Feuertaufe für sich darstellte, so hatten sich doch einige Handgriffe stets bewährt. Und dieses Notprogramm lief jetzt ab. Schon war die rechte Hand am Leistungsregler der Haupttriebwerke und riss diesen mit einem hörbaren „Tschack!" über die Notfallsperre hinaus.

Ein kurzes Gurgeln der Kraftstoffpumpen war zu hören, dann fuhr der Stardrive auf Notleistung hoch. Neben dem hell blinkenden Signal für den Stardrive flammte nicht minder eindringlich die Warnleuchte für den aufwärmenden Fusionsreaktor auf. Wenn Rafale, ganz gleich aus welchem Grund, in der Atmosphäre eines bewohnten Planeten atomaren Schub geben würde, dann brächte sie das mit letzter Sicherheit vor ein Kriegsgericht. Es war ihr egal. Wenn sie Belle helfen wollte, würde sie die Havarie-Reserveleistung des Hyperdrives vielleicht noch brauchen. Mit einem energischen Ruck an der Steuerung zerrte sie das Schiff herum, die Gambier Bay legte sich auf die Seite und stach dann in eine rasante, abtauchende Kurve. Das Stahlskelett stöhnte protestierend auf, als die Yacht dem Titan hinterher stürzte. Hätte das Notprogramm nicht auch automatisch die Kraftfeldgurte nachgezogen, die Beschleunigungskräfte hätten Rafale Goelands Körper aus dem Sitz gerissen.

Es war verrückt, dem taumelnden Titan nachzujagen, noch viel verrückter zu glauben, dass sie ihn irgendwie auffangen könnte. Aber das Manöver war die einzige Alternative zum tatenlosen Zusehen. Wenn die Automatik des Titan ausgefallen war, würde der Stahlhüne sein Grav-Bremsfeld nicht mehr sinnvoll ausrichten können und Belle ungebremst auf dem Wüstenboden zerschmettert werden. Einen Traktorstrahler besaß die Gambier Bay wegen ihrer geringen Tonnage nicht, aber – zumindest theoretisch – konnte sie mit der flachen breiten Schiffshülle unter den stürzenden Titan fliegen und ihn mehr oder weniger sanft aufschlagen lassen. Anschließend würde ihn der Partikelschild daran hindern, wieder hinab zu rutschen.

Die Frage, welche Schäden die drei Tonnen schwere Kriegsmaschine beim Aufprall an der Struktur ihrer leichten Yacht anrichten würde, schob sie beiseite. Es konnte sie beide das Leben kosten, aber es war ihr egal. Viel mehr beschäftigte sie die rechnerische Lösung des Problems. Sie hatte keine andere Möglichkeit, als das kleine, schnell fallende Ziel in ihren Feuerleitrechner zu speisen und einen Abfangkurs zu fliegen, anschließend nach Gefühl darunter zu tauchen und aufs Beste zu hoffen. Es musste einfach klappen. Fieberhaft überschlug Rafale die nötigen Gleichungen im Kopf, hier konnte ihr kein Elektronengehirn mehr helfen. Schon hatte das Schiff einen Kollisionskurs zur Sturzachse genommen und beschleunigte immer weiter.

Unter dem Titan war das Zeitfenster nur Sekundenbruchteile offen, um den Fallvektor genau im richtigen Moment zu kreuzen. Rafales Herz hämmerte von innen an die Rippen, als wollte es hinaus. Sie verschmolz mit dem Schiff, sie war das Schiff. Am berechnet-geschätzten Punkt ließ sie die Gambier Bay steiler sinken und nur wenige Wimpernschläge weiter, kurz vor dem Kreuzungspunkt, gab sie vollen

Gegenschub. Sie wollte solange wie nur möglich in diesem Punkt verweilen, um jede tausendstel Sekunde feilschen. Der plötzliche Ruck der Bremstriebwerke war immens, sie schrie vor Schmerz auf, als die Kraftfeldgurte die Grundlage für großflächige Blutergüsse in ihr Fleisch drückten. Irgendwo im Schiff quäkten klagend Warnhupen los.

Atemlos lauschte Rafale in diesem ewig erscheinenden Moment nach Geräuschen eines Aufschlages. Nichts. Allein bei diesen Gedanken war das Schiff schon hunderte Meter über den Kreuzungspunkt hinaus geschossen. Wie damals, beim Münzen Werfen, alles oder nichts. Ängstlich spähte sie in den Monitor der Außenkameras, während sie das Schiff im Gleitflug beließ. Die obere Kamera zeigte nichts Ungewöhnliches auf der eleganten glatten oberen Außenhülle. Mit einem Kloß im Hals, der ihr den Atem abzuschnüren drohte, schaltete sie auf die untere Kamera um. Im Bild erschien der altbekannte Wüstenboden unterhalb des Schiffes, ein kleiner trudelnder Punkt war fast in der Bildmitte. Sie hatte Belle verfehlt.

Das Schreckgespenst der Panik kroch an Rafales athletischem Rücken empor und krallte sich in ihren Nacken. Es dauerte einige Momente, um zu erkennen, dass selbst die tollkühnsten Ideen jetzt nicht mehr helfen würden, so sehr war ihr Verstand davon blockiert. Erst, als sie Belles Schreie wieder im roten Kanal hörte, fanden Körper und Geist erneut zusammen. Es waren furchtbare, unirdische Schreie voller Angst und Schmerz, welche sie kaum Belles Kehle zuordnen konnte. Dazwischen waren ruhigere Phasen, in denen nur ein klägliches Jammern aus dem Schutzgitter des Lautsprechers quoll. Dann wieder Schreie, vermutlich immer, wenn eine neue Turbulenz ein Gelenk des Titan umher knickte wie ein Streichholz und in seinem weichen Inneren Knochen splitterten und Fleisch zerriss.

Hätten die Kraftfeldgurte sie nicht so eisenhart und unerbittlich in ihrem Sessel gehalten, wäre Rafale jetzt aufgesprungen, um den Lautsprecher mit den Händen abzudecken. Es sollte aufhören, einfach nur aufhören. Längst flossen Tränen der Hilflosigkeit, und dass ihre Hände auf das ungeduldige Hupen des Terrainfolge-Radars hin den Sturz der Gambier Bay abflachten, drang gar nicht mehr an ihr Bewusstsein. So glitt das Schiff dahin, über den weiten rötlichen Horizont Toutaines, an Bord nur die unbarmherzig registrierenden Analysecomputer und ein in schockierter Trauer aufgelöster Captain. Schließlich knackte es im Lautsprecher, dann wurde es abrupt still im roten Kanal. Niemand sprach, auch keine Schreie mehr. Belle hatte ausgelitten.

Kapitel 3: Daddys Puzzle

Das Flugfeld des Raumhafens war übersät mit hektischer Aktivität. Ungeachtet der brennenden Mittagssonne liefen Leute in Schutzanzügen umher, Wachen fuchtelten in den Außenbereichen der Betonplatten mit ihren Plasmagewehren, ohne wirklich zu wissen, wen oder was sie bewachen sollten. Kettenfahrzeuge des technischen Dienstes und der Flugsicherung strebten in verschiedene Himmelsrichtungen auseinander und kleine Gleiter wurden eilig mit Ausrüstung beladen. Sogar Sani-Bots mit ihren Notfallkisten waren dabei, was angesichts von Durains Absturz aus der Stratosphäre absolut lächerlich wirkte und wie ein Beweis der allgemeinen Hilflosigkeit schien. Selbst wenn sie Durains Überreste fanden, dürften sie bequem in einer Literbüchse Platz finden. Es war ein so absoluter Gegensatz zum eher planvollen Erscheinungsbild zu Beginn des Projektes.

Obwohl die Außenanzeige des Flugfeldes pflichtgemäß die Annäherung eines landenden Raumschiffes ankündigte, nahmen nur wenige davon Notiz, und noch weniger fühlten sich dadurch zu irgendeiner Reaktion genötigt. Erst als der Primus-Tower das Tonsignal „Flugfeld räumen“ zum dritten Mal ertönen ließ, gab der Ameisenhaufen der Projekt-mitarbeiter die Landefläche in der Mitte frei für das Schiff, dessen Silhouette nun schon mit bloßem Auge erkennbar war. Schon war die KN-9296C Gambier Bay über der Landemarke und setzte akkurat auf.

Daniel „Dan“ Calvet saß an seinem angestammten Platz im Tower und betrachtete die Szene mit sorgenvollem

Gesichtsausdruck. Die angespannt-bedrückte Stimmung im Team strafte die strahlende Sonne Toutaines Lügen. Nichts war in Ordnung. Er warf einen kurzen Blick über die Schulter, zu McBraene hinüber, aber dieser diskutierte in gewohnt leisem Tonfall mit Gontscharow und Levasseur, dem Chefkybernetiker. Auf diese Entfernung konnte er nicht hören, was sie besprachen und so wandte er seine Aufmerksamkeit wieder dem eben gelandeten Schiff zu. Da viele der Service-Bots mit den Bergungstrupps auf dem Weg in die Wüste waren, ging der Bodendienst nur schleppend vonstatten.

„Sir?“

McBraene brach seine Konversation spontan ab und sah zu ihm.

„Ja, Calvet? Was ist?“

„Sir, wir können das Schiff nicht planmäßig bedienen, weil zu wenig Personal auf dem Flugfeld ist. Bitte um Erlaubnis, meinen Posten verlassen zu dürfen, um zu helfen.“ Calvet wusste, wie er McBraene gegenüber argumentieren musste.

„Erteilt, Calvet. Gehen Sie raus zum Schiff.“

Mit einem „Danke, Sir!“ sprang Calvet aus seinem Sitz und machte sich in Richtung des Treppenhauses davon.

„Calvet…“

„Ja, Sir?“

„Seien Sie vorsichtig mit den Analysecomputern beim Ausladen!“

Calvet seufzte innerlich. McBraene musste einfach immer das letzte Wort haben.

Dan Calvet nahm im Treppenhaus immer drei Stufen auf einmal, wie ein ausgelassener Jugendlicher. Es war jedoch nicht die ungestüme Jugend, sondern der Wunsch, etwas zu tun, der ihn beflügelte. Das Herumsitzen und Diskutieren war ihm gerade unerträglich, er musste Dinge in die Hand nehmen, sich beschäftigen.

Belle Durain kannte er nicht wirklich, dennoch empörte ihn die – wenn auch gedrückte – Nüchternheit vieler Teammitglieder des Projektes Freier Fall. Hier war gerade ein Mensch qualvoll verreckt und alles, wofür sich McBraene und seine Kollegen interessierten, waren die Testdaten! Hätte er noch lange auf seinem nutzlosen Posten verharren müssen, wäre er unweigerlich aggressiv geworden. Und da war es doch besser, im Laufschritt der gelandeten Gambier Bay entgegen zu laufen. Captain Goeland kannte er etwas besser, sie hatten schon früher einige Male gemeinsam an Projekten teilgenommen. Und er kannte ihre emotionale, manchmal etwas unbeherrschte Art und wusste von ihrer Freundschaft mit Durain. Wenn er richtig lag, musste es gerade furchtbar in ihr aussehen. Instinktiv ahnte er, dass er genau dort in diesem Moment am meisten helfen konnte.

Als Calvet endlich das Flugfeld erreichte, waren die Triebwerke des Schiffes schon abgestellt, seine Schritte auf dem harten Beton wurden vom leisen Ticken der auskühlenden Düsen untermalt. Die Rampe war bereits herabgesenkt, das blaue Blitzlicht neben der geöffneten Tür zeigte, dass die Luken ordnungsgemäß entriegelt waren und der Druckausgleich hergestellt. Was fehlte, war der Captain. Kurzentschlossen wagte er sich hinein.

Als er ohne Einladung die Rampe hinaufging, schob er den Gedanken, dass er gerade das strenge Protokoll der intergalaktischen Raumfahrt durchbrach, beiseite. In diesem Moment war vermutlich alles egal, wenn man nicht gerade McBraene hieß, und er hieß nicht McBraene. Er betrat das Schiff durch die Messe, warf kurz einen Blick auf die noch immer emsig fiependen und surrenden Analysencomputer, die dort aufgestellt und verkabelt ihrer Entladung harrten und ging dann zur Brücke durch.

Als hätte er es geahnt, fand er den Captain dort, noch immer im Astrogatorensitz, sogar die Kraftfelder der Gurte waren noch aktiviert und ließen die Luft um Goelands Schultern flimmern. Inmitten der nüchternen Atmosphäre musste er an einen Engel denken, der mit den Flügeln schlug. Hastig schob er den irritierenden Gedanken ins Dunkel seines Unterbewusstseins zurück. Den Blick starr auf den Bordlautsprecher vor sich gerichtet, drehte sie den Kopf erst in seine Richtung, als sie seine Hand auf ihrer Schulter spürte. Ihr hübsches Gesicht mit den stechend grünen Augen war gerötet, verheult, die fuchsrote Mähne hing unordentlich über die linke Gesichtshälfte. Es war ein Anblick, der Calvet tief bewegte. Etwas Schamloses und zugleich tief berührend Wehrloses lag in diesem aufgelösten Ausdruck – ein totaler Widerspruch zu der durchorganisierten, kalten Atmosphäre der letzten Tage. Die emotionale Nacktheit ließ ihn kurz schwindeln, ihm war, als sähe er in einen Abgrund, bis er realisierte, dass er gerade das eigentliche Menschsein erblickte.

„Komm… du kannst hier nichts mehr tun, ich helfe dir, ja?“ Er kam sich in diesem Moment unendlich dämlich vor. Als müsste man einem gestandenen Captain, einem Mitglied der astrogatorischen Elite Colerias, erklären, was jetzt zu tun war und Hilfe beim Aussteigen anbieten. Doch die Worte fanden irgendwie Anklang.

Goeland nickte nur langsam und deaktivierte die Gurte, erhob sich leicht wankend.

„Du hast Recht. Gehen wir.“

Dan Calvet wusste nicht recht, welche Reaktion er erwartet hatte, aber diese kurze, gefasste Antwort überraschte ihn. Ihr Zustand strafte diese vernünftige Aussage Lügen, aber es war vielleicht einfach nicht der richtige Ort, sich gehen zu lassen. Als sie sich in Richtung der Ausgangstür aufmachte, ging er neben ihr und legte ihr, getrieben von einer spontanen Laune, einen Arm um die Schultern. Wenige Schritte weiter tat sie dann das Gleiche. So gingen sie aus dem Schiff heraus, tauchten kurz in die grelle Wüstensonne, dann in das nüchterne Dunkel des Projekt-Hangars. Calvet war sich nicht sicher, was von beidem eigentlich angenehmer war.

„Warum, Dan? Warum nur?"

Er hatte sie noch nicht einmal richtig in ihre kleine Kammer in einem der gesichtslosen Wohnkomplexe des Raumhafens gebracht, da platzte sie schon mit der Frage heraus, die wohl alle beschäftigte. Als wäre das leise pneumatische Schließgeräusch der Zimmertür der Startschuss zur ersten Fragerunde gewesen, wurde Captain Goeland plötzlich gesprächig.

„Wie konnte das passieren, es war doch alles so perfekt durchgeplant. Irgendwo muss ein Fehler gewesen sein, aber wo? Und wer ist schuld daran?"

Rafale stand mitten in dem kleinen trostlosen Raum, der nur wenig Platz für persönliche Gegenstände bot. Selbst die endlose Wüste war individueller als das hier, dachte er sich, während er beiläufig nach ebendiesen Dingen spähte. Ein alter Sternenatlas, ein privates Datenpad, einige unordentlich verstreute Kleidungsstücke, nichts wirklich auffälliges. Kurz wurde sein Fokus abgelenkt, als sie das Oberteil ihres Overalls öffnete und es um die schmalen Hüften band. Er schämte sich augenblicklich für den musternden Blick über das enge Shirt, das darunter zum Vorschein kam, auf diese Art von Menschlichkeit hätte er gerade gern verzichtet.

„Ehm... das wird schon noch geklärt werden", räusperte er sich ablenkend. „Glaub mir, wenn eine Frage gerade alle interessiert, dann diese."

„Es war nicht Belles Fehler“, drang sie auf ihn ein. „Da bin ich mir sicher! Sie war wirklich eine der Besten!“ Ihre langen Arme fuchtelten dabei untermalend herum.

„Raf, komm erst mal runter. Wir brauchen deinen kühlen Kopf, wenn wir der Sache auf die Spur kommen wollen!“, entgegnete er so ruhig wie nur möglich. Er spürte, dass sie ihren inneren Druck abbauen wollte, indem sie ihn in eine bestimmte Denkrichtung zog, aber dieser Gedanke behagte ihm nicht, so gerne er ihr den Gefallen auch getan hätte. Neutral bleiben, Calvet, immer neutral bleiben, sagte ihm eine innere Stimme.

„Runter kommen, ja? So wie Belle, im Sturzflug? Hier ist gerade jemand gestorben, und alles was euch Projektleute interessiert, ist Schadensbegrenzung! Nicht das Gesicht verlieren! Alles läuft prima, nur ein kleiner Schönheitsfehler!“

Die Dinge begannen, schief zu laufen. Dan sah in Rafales Augen Zorn aufblitzen, tödlichen Zorn. Er wusste um ihr typisch colerianisches Temperament, und er wusste auch, dass er es geweckt hatte. Er hatte sich nicht von ihren Argumenten ziehen lassen, und jetzt schob sie ihn in eine Ecke zu den anderen. Zu gern hätte er ihr jetzt signalisiert, dass er anders war. *Warum eigentlich?* schoss es ihm durch den Kopf.

Egal, es war egal, er konnte es jetzt nicht tun, der Schuss war nach hinten losgegangen. Die Lage geriet außer Kontrolle, aber was konnte er jetzt noch tun? Er entschied sich für den momentanen Rückzug.

„Goeland… Raf… es war nicht so gemeint! Ich –“ Mit diesen Worten schob er sich rückwärts, fand den Öffnungstaster der Tür und glitt durch den sich unerträglich langsam öffnenden Spalt hinaus.

Rafale rückte ihm drohend nach, als er sich mit erhobenen Händen über die Schwelle zurückzog. Ihr dämmerte, dass er kein schlechter Kerl war und vielleicht einfach nur Pech mit seinen Worten hatte. Aber was zu viel war, war zu viel! Belle war nicht schuld daran, und das würde sie, Rafale, herausfinden! Das war sie ihrer alten Kameradin schuldig. Und wenn Dan aus Angst keine Farbe bekennen wollte, dann war er hier überflüssig, sie würde es auch allein machen!

Als er in den Gang hinaus taumelte und die Tür sich zu schließen begann, hielt sie inne. War sie gerade gegenüber einem der wenigen empfindsamen Menschen hier im Projekt ungerecht? War sie gerade dabei, ihre Ohnmacht an andere weiterzugeben, um sich Luft zu machen? Die Tür schloss sich wieder, auf beiden Seiten von hilflosen Blicken begleitet, unfähig einzuschreiten.

„Ich hab es nicht so gemeint, wie es ankam“, stammelte er. „Tut mir leid!“ Doch die stumme Tür ließ seinen Satz abprallen.

„Dan, ich meinte doch nur… ach zum Frell“, stammelte sie. „Es tut mir leid!“ Doch auch diese Seite der Tür hatte keine Ohren.

Zwei Stunden und einige Rationsdosen "Clitch"-Bier später stand Rafale in dem abgedunkelten Raum und starrte durch die kleine, vom Wüstenstaub stumpf geschmirgelte Scheibe. Noch keine Nachricht von den Bergungsteams. Belle – oder besser: Ihre Überreste – lagen noch immer da draußen. Kein Anruf, keine Nachricht, auch nicht von Dan. Gerade bei letzterem vermisste sie es einerseits, andererseits half es ihr, die Gedanken in aller Ruhe zu ordnen. Aus dem „Warum“ ein „Weil“ zu machen, auch wenn sie schon jetzt ahnte, dass es so einfach nicht sein würde.

Kurz wurde ihr Blick von den aufflammenden Landedüsen eines unbedeutenden Transporters angezogen, dann versank sie wieder im mentalen Nichts. Das extra von

Coleria eingeflogene Bier tat gut, es war genau die richtige Menge in ihren Adern. Sie dämpfte den richtungslosen Schmerz, ließ aber noch genug Bewusstsein übrig, um Gedanken zu fassen. Die Lage war eh so unklar, dass ein wenig Alkohol auch keinen Schaden mehr anrichten würde. Die Finger in den Haaren vergraben versuchte sie, sich an Belles letzte Worte zu erinnern. War da etwas? Ein Zeichen, das sie bislang übersehen hatte?

Es schien wie das unbeliebte Spiel aus den Einstellungstests, Konversationen aus dem Gedächtnis zu rezitieren. Nur jetzt auf eine zynische Art. Wie das Klopfen an einem Grab. Rafale schnaufte. „Ich kann nicht mehr…“, was sollte das werden? Ich kann nicht mehr steuern? Ich kann nicht mehr Worte dafür finden? Ich kann nicht mehr ohne dieses Gefühl auskommen?

Witzlos, so witzlos! Dieses Puzzlestück machte vorerst keinen Sinn. Und Rafale hasste Puzzles jeglicher Art. Sie bewunderte insgeheim immer ihren Daddy, der ein gutes Händchen für diese altmodischen Spiele hatte. Wenn sie ein Teilchen in die Hand nahm, konnte sie sicher sein, dass es zu keinem anderen passte. Nahm Daddy es ihr dann ab, formte es sich wundersamerweise um und ergab Sinn. Daddy, wo bist du nur, wenn man dich am meisten braucht?

Mechanisch griff sie nach ihrem Kommunikator. Sollte sie? Es war verrückt, lächerlich. Artouste Goeland, ein gestandener Mann, Direktor einer großen colerianischen Orbitalwerft, würde sie auslachen. Ihre Finger glitten über die Tastatur. Nein, es war albern, einer Astrogatorin unwürdig. Noch einige Minuten lang gingen ihr diese und ähnlich klingende Worte durch den Kopf. Dann wurde sie von dem Rufzeichen und einer Rufannahme aufgeschreckt.

„Rafja? Rafja? Bist du es?“ Sie zuckte zusammen. Hatte sie doch tatsächlich unbewusst zu Ende gewählt!

Toutaine war dermaßen weit entfernt von Coleria Prime, dass es einige Minuten dauerte, bis die Antwort über die Kernwärts-Relais übertragen wurde. Irgendwo weit entfernt saß ihr Daddy und lauschte.

„D – Daddy? Ich… ja, ich bins!“, stammelte sie unbeholfen los. „Ich hab ein großes Problem.“ Während der zäh verrinnenden Antwortzeit starrte sie unentwegt auf den Apparat.

„Große, du klingst verfrellt schlecht. Erzähl mir, was passiert ist. Ist der Kanal sicher?“

„Ich bin auf Toutaine, in einem colerianischen Rüstungsprojekt, ich denke nicht, dass die hier Hackershells für Werft-Frequenzen haben.“

„Oh, das sind mindestens 3,5 Minuten Gesprächsverzögerung. Erzähl einfach alles, was dich bedrückt, Rafja. Ich höre zu.“

Sie grinste. Ihr alter Herr wusste noch immer genauestens über galaktische Kommunikation Bescheid, obwohl seine Jahre als Astrogator längst vorbei waren! Sie fasste sich ein Herz und erzählte. Von dem Projekt, von Belle (die er ohnehin kannte), von dem Unfall, von deren letzten Worten, von ihren eigenen Fragen und Zweifeln. Als sie sich endlich mental entleert hatte, starrte sie wieder auf das Display. Eine halbe Bierdose später kam die Antwort.

„Rafja, du steckst in Schwierigkeiten, aber das weißt du ja sicher selbst. Sie werden die gleichen Fragen stellen, nur auf die Antwort nicht so viel Sorgfalt legen. Sie suchen nur eine Erklärung, egal, ob sie stimmig ist oder nicht. Und du musst verdammt aufpassen, dass du dabei nicht unter die Räder kommst! Verschwende deine Energie nicht auf dieses Puzzlestückchen ihrer letzten Worte, darin warst du nie gut. Mach es besser als früher.

Wenn du mit dem einzelnen Teil nichts anfangen kannst, verbeiße dich nicht darin, leg es beiseite. Versuche, herauszufinden, wie das große Ganze aussehen soll. Dann überlege, welche Aspekte du damit assoziierst. Darauf kommt es an, nicht auf die Systematik, mit Systematik suchst du dich nur tot. Dann wirst du feststellen, dass viele Teile zu mehreren Assoziationen passen. Leg sie beiseite, sie halten dich nur auf und lenken ab. Such nach etwas Eindeutigem. Das ist dein Anfang. Dann sieh die anderen Teile wieder an und du wirst merken, dass sie schon zu weniger von den Assoziationen passen. Isoliere davon eines und füge es ein. Und irgendwann ist es fast fertig, und du wirst das letzte passende Stück mit Leichtigkeit einfügen können. Und dann ist es auch schon egal, was es darstellt, es wird passen. Die Geschichte ist immer ein ganzes Bild. Pass auf dich auf, Rafja! Artouste Ende."

Rafale Goeland sah noch immer den Kommunikator an, als sei aus diesem gerade die Weisheit eines Lebens geflossen. Vielleicht war das auch genau so. Mit ungläubig geweiteten Augen ließ sie sich auf die kleine Couch fallen, das Gerät noch immer empor haltend.

„Danke, Daddy! Rafja Ende." Schon während der verzögerten Übertragung wusste sie, dass ihr Vater bereits aufgelegt hatte.

Das große Ganze. Was war das? Sie musste Belles letzte Worte beiseitelegen, bis sie Sinn machten, sie würde jetzt keinen hinein interpretieren können. Motiv des Puzzles war das Projekt Freier Fall, ganz klar. Dann zögerte sie. Es war nicht nur dies, die Vorstufe dazu war ja der Centaurus, um ihn ging es letztlich. Was auch immer das alles bedeuten sollte, es war das Bild des Centaurus, das dahinter steckte! Etwas an dieser Maschine war der Bildhintergrund, in den das Puzzleteil von Belles letzten Worten passte. Die Geschichte ist immer ein ganzes Bild. Wusste Daddy etwas, was er ihr nicht verriet? Nein, es war nur seine über Jahre antrainierte Fähigkeit, Puzzles zu lösen. Eine ihm eigene Mischung aus Systematik und Intuition, etwas, das er seiner Tochter weit voraus hatte.

Wie beeinflusste das Centaurus-Programm Belles letzte Worte? Sie wusste es nicht, aber jetzt ahnte sie, wie sie denken musste. Sie würde das letzte Stück einpassen. Sie war es Belle schuldig. Und noch während sich diese vagen Gedanken formten, übermannten die Ereignisse des Tages Rafale Goelands Körper, sie schlief auf dem Sofa ein, allein mit der Galaxis.

Kapitel 4: Neue Nachricht eingetroffen!

Ein aufdringliches Blitzen flackerte durch Rafale Goelands noch geschlossene Lider. Der Instinkt der Raumfahrerin ließ sie aufmerksam werden und den wohligen Schleier des Schlafes abwerfen, zumindest teilweise. Durch die Lidspalte hindurch spähte sie nach der Quelle des Blitzens, aber es war kein Alarmsignal. Es war nur das signalrote Augenzwinkern ihres Datenpads als Hinweis, dass eine Nachricht eingegangen sei.

Wie spät mochte es sein? Ganz sicher war sie sich nicht. So, wie sie auf dem kleinen Sofa eingeschlafen war, die langen Beine über die Armlehne baumelnd, war es unmöglich, ohne Lageänderung eine Uhr zu erblicken. Durch das kleine Fenster sah man nur Nachtschwärze, aber bei den rasanten, dämmerungsfreien Lichtwechseln Toutaines bedeutete das wenig bis nichts. Nacht oder Morgen, irgendwas dazwischen, wie immer im Leben.

Von allen Körperfunktionen setzten die langen Jahre im All dem Zeitgefühl am ärgsten zu. Gegen den Muskelverfall konnte man trainieren, gegen träge Verdauung eine andere Diät versuchen, aber der Verlust der inneren Uhr war durch kein noch so akribisches Auf-die-Uhr-schauen zu kompensieren. Es fehlte einfach der Widerhall, das Echo im eigenen Körper, ohne welches die Uhr lediglich Zahlen zeigte, aber keine Zeit.

Langsam, bröckchenweise kamen Rafale die furchtbaren Ereignisse des vergangenen Tages ins Gedächtnis. Eigentümlich, dachte sie sich. Sie hatte fest mit dem Besuch von Albträumen gerechnet, aber die Besucher hatten sich vielleicht in der Tür geirrt. Oder sie wollten sich erst sammeln und später vorbeikommen. Bei diesem Gedanken fröstelte sie, aber es mochte auch die schlecht funktionierende Heizung der Wohnbaracken sein. Mühsam und wenig elegant reckte sich ihr linker Arm über die Platte des kleinen Tisches neben dem Sofa, um das Pad einzusammeln. Die Hand fand ihr Ziel, nicht ohne dabei eine leere Clitch-Dose vom Vorabend in Richtung Fußboden zu schicken. Sie kannte diese Art liebloser Zweckbauten, das Geschepper hatte bestimmt den Bewohner unter ihr geweckt, vorausgesetzt er schlief überhaupt noch. Sie hoffte, es war jemand, den sie nicht leiden konnte. Noch schlaftrunken hielt sie sich das Pad vor die halb verklebten Augen und blinzelte die Sicht frei.

„Neue Nachricht eingetroffen!", warf ihr das outgesourcte kleine Gehirn per Anzeige entgegen. Als ob sie das nicht schon wüsste.

Leise seufzend öffnete sie die Nachricht, die mit einem *Wichtig*-Marker versehen war.

„Miss Goeland, heute Mittag findet ein Kickoff-Meeting zur Ermittlung der Unfallursache des Absturzes während des Projektes Freier Fall statt. Die Leitung der Kommission hat der Projektleiter, Dr. Ing. McBraene inne. Gemäß imperialem Pflicht-Treue-Gesetz ist er vom colerianischen Rat für Verteidigung rechtlich autorisiert, nach Ermessen Zwangsmittel zur Klärung der Hergänge zu ergreifen. Wir erwarten Sie um 12 Uhr im großen Holo-Konferenzsaal am Gate 2, um Ihre Aussage aufzunehmen. Mister McBraene wird dann gegebenenfalls Ihre sachkundige Meinung einfordern, wir legen daher Wert auf eine gründliche Vorbereitung. Heil dem colerianischen Imperium – gezeichnet K. Montaro, Sekretärin 2. Ranges des Verteidigungsrates."

Sie las die elektronischen Zeilen noch einige Mal, bis es ihr endlich dämmerte. Die Worte ihres Vaters.

Sie suchen nur eine Erklärung, egal, ob sie stimmig ist oder nicht. Und du musst verdammt aufpassen, dass du dabei nicht unter die Räder kommst! Genau das hatten sie vor! Sie schluckte beklommen. Daddy hatte Recht. Scheiße nochmal, Daddy hatte immer Recht!

Der Stil sprach Bände. McBraene hatte sich über das Pflicht-Treue-Gesetz mit den Werkzeugen ausgestattet, hier als Militärrichter aufzutreten! Er war sozusagen der verlängerte Arm der Richter des Rates für Verteidigung, daheim, weit weg auf Coleria Prime. Und McBraene besorgte sich niemals Mittel, die er nicht auch nutzen wollte. Wenn es in der Kantine keine Eier zum Frühstück gab, stellte er sogar den Salzstreuer auf den Nachbartisch, weil er ihn dann nicht benötigte. Sie las den Text noch einmal. Nein, die Absicht war nur wenig verhohlen. Ihm ging es nicht um Belle, oder um das Risiko, dass es abermals passieren könnte. Er suchte jemanden, dem er die Schuld für den Fehlschlag geben konnte, denn ein technisches Versagen, oder – noch schlimmer – ein unerklärlicher Fehler waren inakzeptabel für diesen unbarmherzigen Technokraten. Auch die Reihenfolge der Ausdrücke stimmte mit dieser Mutmaßung überein. Zuerst wollte er ihre Aussage, also einen rechtlichen Vorgang. Dann erst war ihre fachliche Meinung gefragt. Wenn überhaupt.

„Gegebenenfalls… pah!“, knurrte sie raukehlig vor sich hin.

Daddy hatte Recht, sie musste auf der Hut sein. Sicher, McBraene war nicht der Alleinherrscher hier, auch wenn viele vor seiner kombinierten Macht kuschen würden. Da er hier nur Beauftragter der Militärjustiz war, würden alle seine Aktionen nachträglich von einer Jury auf Coleria überprüft. Aber dennoch konnte er ihr, Rafale, schaden. Und anderen ebenso. Er würde sich mitten im Desaster auf diese Art profilieren wollen, und eine Jury würde nur im äußersten

Notfall die eigenen Mechanismen offen in Frage stellen und seinen Beschluss revidieren. Und neben all dem dachte niemand mehr an die arme Belle.

„Funktion: Licht an, Helligkeit 30!", sprach sie mit belegter Stimme in den Raum.

Es wurde hell. So armselig diese Wohnsilos des Raumhafens auch waren, eines war allen gemeinsam: Die vertraute Sprachsteuerung. Eines der wenigen Dinge, auf die hier Verlass war. Ein flüchtiger Blick auf die Uhr über dem Türrahmen. Nicht mal Sieben, genug Zeit zur Vorbereitung. Rafale stand auf, blickte in den polierten Metallspiegel an der Wand und sah ein zerknautschtes und mitgenommenes Gesicht. Mal sehen, wie lange es bei dieser Einschätzung blieb.

Während sie sich schon im Gehen entkleidete und dem winzigen „Bad" (ein Name, der angesichts der Ultraschall-Dusche mehr ein schlechter Witz war) zustrebte, fiel ihr Blick auf ihren kleinen Koffer. Sie würde ihre Uniform brauchen, die darin fein säuberlich vakuumgepresst verpackt war. Sie führte die schmucke schwarz-weiße Uniform der colerianischen Astrogatoren nur mit, weil es die Vorschriften so forderten. Und gelegentlich, weil Kerle auf Mädels in schmucken schwarz-weißen Uniformen stehen. Und für angemessene Begräbnisse unterwegs, so witzelten manche. Sie verzog das Gesicht. Belle würde ihre nicht mehr brauchen.

10 Uhr 14 und 27 Sekunden. Anders als McBraene war Rafale Goeland zwar eine erfahrene Astrogatorin, doch lebte sie in ihrem spontanen, intuitiven Universum, wenn das Imperium sie denn ließ. Ein skeptischer Blick auf das Armband-Chronoskop, dann beugte sie sich vor und sprach in Daniel Calvets Türsprechanlage.

„Anmeldung privat, Rafale Goeland." Sie wischte mit dem linken Handrücken über den Sensor, aber der dort implantierte Identitätschip tat seine Arbeit umsonst, die Anlage war abgeschaltet. Vorschriftswidrig, dachte Rafale. Der gute Calvet war zwar nicht gerade ein Rebell, aber er hatte einige Dinge an sich, die ihr gefielen. Zum Beispiel gelassene Schludrigkeit. Sie klopfte, ganz altmodisch. Nach einer Weile öffnete sich die Tür, nicht minder altmodisch, von Hand.

Er stand vor ihr, ebenfalls uniformiert. Statt einer weißen Uniformjacke trug er das schlichtere imperiale Grau-Schwarz. Das colerianische Imperium kannte keine Bediensteten ohne militärischen Rang, ausgedrückt durch eine Uniform, welche es bei offiziellen Anlässen zu tragen galt.

„Du auch?“, warfen sich beide gleichzeitig entgegen, gefolgt von einer kurzen Staunpause und dann einem unbeholfenen Lächeln.

„Hatte keine Lust, allein zu frühstücken, hast du schon bestellt?“

„Komm rein“, gab er zur Antwort.

Mit heißem Kaffee ließen sich die bestellten Etappen-Sandwiches leidlich hinunterbringen, etwas anderes war im benachbarten Kosmorant nicht zu kriegen. Mit einer leicht eingetrockneten Zigarette auf dem kleinen Sofa (Daniels Einrichtung war natürlich identisch lieblos wie die ihre) rundeten die beiden das karge Mahl ab.

„Du warst mit Belle befreundet, nicht?“

„Naja, befreundet… wir kannten uns eben schon lange, haben auch privat öfter rumgehangen.“

„Mh. Meinst du, jemand hat schon ihre Familie benachrichtigt?“

„Bis du wahnsinnig? McBraene hat mit letzter Sicherheit totale Nachrichtensperre verhängt. Ich bin nicht so blöd, mich da aus dem Fenster zu lehnen. Nicht bevor klar ist, was jetzt gespielt wird.“ Rafale lehnte sich bequem zurück, die Beine weit von sich gestreckt und einen Rauchstrahl zur niedrigen Decke pustend. Jene Zimmerdecke sah so aus, als wären schon zahllose Gäste auf die gleiche Idee gekommen.

Calvet sah sie forschend an.

„Was meinst du, was passiert ist? Ich hab die halbe Nacht darüber gebrütet, aber mir ist nichts eingefallen, keine Ahnung, was ich da nachher aussagen soll.“

„Wir müssen uns von dem einzelnen Puzzlestück lösen und versuchen, das ganze Bild zu erkennen.“

Calvet hob eine Augenbraue. Sein forsches Gesicht mit den dunklen, seelenvollen Augen bekam einen lustigen Ausdruck von Irritation.

„Hä? Ich versteh das nicht, was meinst du?“, antwortete er.

„Ach nichts, ich hab nur so vor mich hingemurmelt.“

„Mach das bloß nachher nicht.“

„Haha. Ich seh zwar blöd aus, aber ich bins nicht, Daniel, keine Sorge.“

„Blöd siehst du nicht aus, dafür ziemlich gut. Trotz der Uniform!“ Calvet lächelte ihr auf seine gewohnte lausbübische Art zu, und das Kompliment löste sie vollends aus ihren trüben Gedanken. Ein erneuter Blick auf das Chronoskop.

„Nachher ist gut! Wir sollten rechtzeitig im Konferenzraum sein, finde ich. Herumsitzen bis zur letzten Minute bringt eh nichts. Außerdem bin ich gespannt, ob McBraene in seiner Uniform auch so männlich aussieht wie du! Komm, sehen wir zu, dass wir die nächste Runde überstehen!“

„Kein Einwand, mon Lieutenant!“, feixte Calvet und erhob sich.

Kapitel 5: Konferenzen und Zielübungen

Der Holo-Konferenzraum war vom Charme her der wohlhabendere Bruder ihrer freudlosen kleinen Unterkünfte, mit zwei Ausnahmen: Zum einen war die Umgebung des elliptischen Konferenztisches gespickt mit modernen (und sicherlich abgesicherten) Kommunikationsgeräten, zum anderen mischte sich unter die Tristheit und Nüchternheit eine wachsende Anspannung, die regelrecht greifbar wurde.

Goeland und Calvet waren nicht die ersten hier, ein kurzer Blick erfasste diverse leidlich bekannte Gesichter jenes Ameisenhaufens, der sich Projekt Freier Fall nannte: Natürlich war Gontscharow da, Levasseur, der Chefkybernetiker, Mazzolini vom medizinischen Korps, sein Kollege Rassez, der bekannte Weltraumpsychologe und der aufgrund seiner ungelenken Größe stets auffällige De Marnet, Gruppenleiter der Daten-Intellektroniker. Drei der weiteren Teilnehmer konnte sie nicht erkennen. Diese drehten ihr den Rücken zu und belagerten einen Trinkwasserspender in der schummrig erleuchteten Saalecke, gleich neben der Klimaschleuse.

Alle trugen eine Uniform. Auch wenn das Bild einer uniformierten Gesellschaft einem colerianischen Bürger nicht unbekannt war, hatte es doch inmitten der Runde aus Wissenschaftlern und Technikern etwas Beklemmendes. Als wäre Krieg ausgebrochen. Und, so dachte sich Rafale, derart weit weg war der Gedanke denn auch gar nicht. Daddy hatte Recht.

Mit Bedauern entnahm sie den holografischen Tischkärtchen, dass sie nicht neben Calvet sitzen würde. Kurz widerstand sie der Versuchung, die Hologramme zu tauschen, sie beließ es aber bei der Idee und nahm Platz. Es waren also schon genug Ameisen zusammen gekommen, jetzt wartete man auf die Oberameise. Und sie ließ nicht lange auf sich warten.

Als wäre eine unsichtbare Schaltung unter Strom gesetzt worden, geriet Bewegung in die versammelte Menge, allesamt Profis ihres Fachs. Die Tür des Saals öffnete sich und ließ McBraene hinein, gefolgt von einer Frau in ebenso dezentem Abstand wie dezenter Aufmachung. Rafale vermutete, dass es *K. Montaro*, die Sekretärin 2. Ranges und Urheberin dieser allerliebsten Einladung war. Mit McBraene zusammen strömten noch einige andere Teilnehmer hinein, Rafale erkannte unter ihnen die Forensikerin Sutton sowie einige Leute vom militärischen Geheimdienst, die ihren Job so gut im Wortsinne verstanden, dass Rafale sich nicht mehr an deren Namen erinnerte. Ohne viele Umschweife und ohne einzelne Anwesende direkt zu begrüßen, schritt McBraene zu seinem Moderatorenplatz am Kopfende des Tisches, umringt von den Kontrollen der verschiedensten Apparate. Vermutlich hatte er auch jeden einzelnen der vielen Intelli-Bots, die den Raum abhörsicher machten, eigenhändig programmiert.

„Vielen Dank für Ihr Erscheinen, die Damen und Herren!"

Rafale lächelte bittersüß. Welche Wahl hatten sie denn? Die Floskel wirkte aus McBraenes Mund noch leerer als sonst schon üblich.

„Wir wollen uns so kurz wie möglich fassen und keine überflüssigen Worte verlieren. Den Unfall hat jeder der Anwesenden aus seiner Perspektive erlebt und wir müssen keine Grundsätzlichkeiten darüber verlieren. Fakt ist, dass es sich um ein Ereignis innerhalb eines Projektes der höchsten imperialen Sicherheitsstufe handelt. Deswegen wurde eine totale Nachrichtensperre verhängt, um deren Einhaltung ich nachdrücklich bitte. Zur Zeit ist nicht einmal der Rat der Verteidigung auf Coleria Prime informiert. Erst wenn wir belastbare Fakten haben, spätestens jedoch in 48 Stunden, wird dies geschehen. Davon abgesehen würde uns die planetare Zeitversetzung bei einer Konferenz ohne konkrete Leitgedanken erhebliche Probleme bei Frage und Antwort bereiten, wollten wir jetzt den Rat oder Vertreter der Hersteller involvieren."

„Frage: Warum in genau 48 Stunden? Was ist der Hintergrund?" Das war Sutton, die Forensikerin.

„Weil wir dem Rat einen erfolgreichen Humanversuch mit dem Titan bis spätestens übermorgen zugesagt haben."

„Und wenn wir bis dahin den Fehler nicht gefunden haben?"

„Miss Sutton, wenn es denn einen Fehler gibt, werden wir ihn bis dahin gefunden haben, das kann ich Ihnen versichern."

Rafale glaubte ihm das aufs Wort. Er würde etwas finden, plausibel oder nicht.

„Wir haben noch einen zweiten einsatzbereiten Titanen als Redundanz", warf der Kybernetiker Levasseur ein.

Rafale biss die Zähne zusammen, dass es beinahe ihr Nachbar, einer dieser namenlosen Geheimdienstler, hätte hören können. Das war es also! McBraene brauchte Resultate bis übermorgen, selbst wenn es bedeutete, dass er die zweite Maschine dafür dem gleichen Unfallrisiko aussetzen musste! Wahrscheinlich war es das, was McBraene direkt nach dem Absturz mit Levasseur ausgetuschelt hatte. Aber wer sollte den Reserve-Titan lenken? Belle lag zerschmettert in Toutaines tiefen Sanden, und nur noch sie, Rafale Ghauri Goeland, Astrogatorin des 1. Ranges, hatte eine uneingeschränkte Fluglizenz… Sie fröstelte und dachte den Gedanken lieber nicht zu Ende.

„Sie wollen riskieren, dass sich der Unfall wiederholt?" Das war der Psychologe Rassez mit seiner leisen, aber schneidenden Stimme, die so gar nicht zu seinem weichen, runden Gesicht passen wollte.

„Meine Herrschaften!", rief McBraene die Runde zur Ordnung. „Meine Herrschaften, eines nach dem anderen. Ich verweise auf das Sitzungsprotokoll und rüge das ungeordnete Prozedere. Ich möchte nun mit den Aussagen der einzelnen Beteiligten beginnen. Miss Montaro, bitte vollständige Aufzeichnung aktivieren."

Montaro beugte sich über die Sprachsteuerungskonsole.

„Audio- und Videokanäle aktivieren und mit Personenkamera koppeln. Aufzeichnungsmodus Militärschlüssel", warf sie dieser nüchtern entgegen.

Die Aussagen der Zeugen verliefen ereignislos und waren – zumindest für Rafales Geschmack – nicht sehr erhellend. Keine davon enthielt Überraschungen. Einigen merkte man die tiefe Erschütterung an, allen voran natürlich Dan und ihr selbst. Sie beabsichtigte auch nicht, einen Hehl daraus zu machen: Belle Durain hatte es verdient, dass ihr jemand nachweinte.

McBraene war jedoch nicht der Typ, der eine solche Pflichtübung eskalieren ließ. Der sparte sich seine Energie für später auf, für die Kür, die schließlich folgen würde, dachte sie sich. Den Abschluss der Zeugenvernehmungen bildete McBraenes eigene Schilderung. Geradezu bizarr schien es, dass er stets vom *Zeugen McBraene* sprach und dabei nie das Wort *Ich* in den Mund nahm.

Rafale lauschte ihm aufmerksam und beobachtete seine strengen Gesichtszüge (sogar die beginnenden Falten des Endvierzigers verliefen in strengen geometrischen Mustern), um eine Richtung seiner Denkvorgänge abschätzen zu können. Aber genauso gut hätte sie einen Baum ansehen können, um zu beurteilen, in welchem Jahr dieser in welcher Himmelsrichtung umkippen würde. Einzig die präzise Wiederholung Belles letzter Worte war interessant, aber McBraene war als Projektleiter Profi in dem Eignungstest „Gib eine Konversation wieder“. Vielleicht konnte er nur einfach nicht aus seiner Haut.

Es gab eine kurze Pause, in der kleine Snacks serviert wurden. Da diese auch nicht appetitlicher wirkten als die Etappen-Sandwiches vom Vormittag, trafen sich Rafale und Dan im benachbarten Rauchzimmer. Es wurde nicht viel gesprochen, beide sahen zum Panoramafenster hinaus auf die endlosen rötlichen Dünen.

Das Rauschen der etwas überforderten Lüftung untermalte das stille Panorama mit einer unfreiwillig komischen Geräuschkulisse. Sie waren Fremdkörper hier, das zeigte ihnen der Wüstenplanet Toutaine überdeutlich. Selbst das gehärtete Glas des Panoramafensters trug die Unterschrift des Sandes in Form Millionen feiner Schmirgelkratzer. Irgendein Witzbold hatte in der unteren rechten Ecke mit einem Werkzeug „Heil Claudanus III. – diese Scheibe!“ eingeritzt. Auf dem dicken Rand des Scheibenrahmens direkt darunter ruhten einige ausgedrückte Zigarettenkippen. Aschespuren auf dem Glas verrieten, auf welchem Wort diese ausgedrückt worden waren.

Es war einer dieser Momente, in denen sie sich reichlich überflüssig fühlte. Alles wirkte so zwecklos, so aufgesetzt, so typisch menschlich affektiert. Toutaines ignorante Natur war das einzig wirkliche Gesetz hier, daran konnten auch McBraenes Vollmacht und seine Kompanie Intelli-Bots nichts ändern. Sie waren mit einem ehrgeizigen Projekt gegen die Naturgesetze angetreten und hatten verloren. Wer wollte einen Ozean verprügeln, nur weil er ein Schiff auf der Jungfernfahrt verschlungen hatte? Warum konnte man sich nicht mit einer blutigen Nase zufrieden geben? Und warum machte sie, Rafale, das alles wieder und wieder mit? Die Zahl ihrer Weltraum-Jahre nahm stetig zu, die Liste ihrer lebenden Freunde wurde ebenso stetig kleiner. Nicht mehr so rasch, wie in den ungestümen Jugendjahren, aber doch immer noch fühlbar. Jetzt musste sie auch Belle Durain streichen.

Sie sah die Andeutung ihres Spiegelbildes in der Fensterscheibe. Jetzt war sie fast 40. Es würde nicht mehr sehr lange dauern, und ihre Augen würden nachlassen, ihr Körper viel von seiner gewohnten Belastbarkeit verlieren und das Gehirn nicht mehr im Sekundentakt Integrale überschlagen können. Es war längst Zeit, sich einen ruhigen Job am Boden zu suchen, wie McBraene oder Gontscharow es getan hatten. Warum tat sie es nicht auch beizeiten? Matt lächelte sie ihrem Spiegelbild entgegen. Weil sie sich ihre Rolle in der Galaxis hart erkämpft hatte, sehr hart. Und weil sie sich diese Rolle nicht von der unerbittlichen Natur streitig machen lassen wollte. Sie würde kämpfen, auch absurde Kämpfe, um ihre Welt möglichst lange beisammen halten zu können. Sie war Goeland, die Astrogatorin. Schnoddrig, bisweilen chaotisch, und – wie sie hoffte – doch liebenswert. Nicht, dass es in den vergangenen Jahren jemand unternommen hatte, ihr letzteres dauerhaft zu beweisen. Sie wartete noch immer. Das Lächeln ihres Spiegelbildes schwand. Im übertragenen Sinne war ihre bockige Beharrlichkeit nicht viel anders als die McBraenes. Wir haben alle unsere Vorstellungen, mit denen wir uns arrangiert haben, und sehen es nicht gern, wenn daran gerüttelt wird, dachte sich die Astrogatorin. Sie blies einen langen Rauchstrahl durch die Nase aus, der das Panoramafenster kurz vernebelte.

„Woran denkst du gerade, Raf?“ Dan Calvets Stimme drang in ihr aufkommendes Selbstmitleid ein.

„Daran, dass ich mich jetzt gern voll laufen lassen würde“, erwiderte sie.

Er versuchte es mit einem bemühten Lächeln.

„Wenn es nur das ist, das können wir heute Abend gern gemeinsam machen. Etwas Ähnliches dachte ich nämlich auch gerade.“

„Wie schnell kannst du ein Integral überschlagen?“

„Hä? Hast du schon Flugsand ins Hirn bekommen oder was sind das wieder für seltsame Fragen?“

„Ach nichts. Lass uns wieder reingehen, die warten bestimmt schon auf uns.“

Es sah wirklich so aus, als hätte die Runde nur auf Navigator Calvet und Captain Goeland gewartet, auch wenn sie pünktlich zum Ende der Pause eintraten. McBraene legte bereits los, als Rafale sich noch setzte. Sie nickte ihrem stummen Nachbarn vom Geheimdienst ebenso stumm zu. Jemand hatte während der Pause die Stühle wieder ordentlich an den Tisch gerückt.

„Nachdem wir jetzt die Zeugenaussagen zu Protokoll genommen haben, bitte ich um Meinungen zur Unglücksursache. Es werden auch Detailhinweise und als solche kenntlich gemachte Vermutungen gewürdigt. Ich erteile Chefkybernetiker Levasseur das Wort.“

Das war nicht anders zu erwarten. Levasseur, dessen dicker Schnauzer ihn vor dem Stigma des Durchschnittstypen bewahrte, erhob sich. „Meine Damen und Herren, ich will zunächst einen genauen Ablauf des Falles darlegen.“

Fall und Fall! Mit Grausen stellte Rafale sich vor, dies könnte ein beabsichtigtes Wortspiel Levasseurs gewesen sein.

„Ich stütze mich dabei auf die registrierten Daten von Bord der Gambier Bay, mein Dank an dieser Stelle an Mister De Marnet und sein intellektronisches Team.“

De Marnet erhob sich erwartungsgemäß – Rafale konnte ihn spontan ebenso wenig leiden wie Levasseur. Kein Wort über die Pilotin, die den ganzen Zirkus überhaupt sicher transportiert hatte!

„Der Titan stürzte über eine Strecke von 23.467 Metern und benötigte knapp 94 Sekunden bis zum Aufschlag.“ Levasseurs Ausführungen wurden in ihrer Monotonie nur noch durch dessen Ablese-Stimme übertroffen.

„Hochauflösende Sensoren am Titan haben während der gesamten Zeit die Bewegungsdaten und unterschiedlichen Fluglagen sowie Durains Manöver aufgezeichnet. Wenn wir einen leistungsfähigeren Holo-Projektor hier hätten, könnten wir die Maschine anschaulich dazu in den Raum werfen.“

„Ein Vorführgerät ist von Coleria Prime aus mit dem nächsten Transporter unterwegs hierher!“, warf De Marnet pflichtschuldig ein.

„Gut… solange wollen wir nicht warten. Ich lese jetzt einfach die Zeitleiste vor, dazu spiele ich die Tonaufzeichnungen exakt (bei diesem Wort horchte McBraene erkennbar auf) synchronisiert ab.“

Rafale war sich immer weniger sicher, ob sie wirklich gerade hier sein wollte. Zu gern hätte sie ihren stummen Sitznachbarn gefragt, ob es ihm auch so erging. Doch dessen unergründlich dunkle Augen sahen geradezu interessiert in De Marnets und McBraenes Richtung.

„Bis zur Sekunde 16 verlief alles nach Plan, soweit es die Sensoren registrieren konnten. Der Titan fiel im vorgesehenen Winkel und hatte seit der Sekunde 11 die Geschwindigkeit des gleichförmigen Falls erreicht, welche nur noch durch die Änderung der planetaren Beschleunigung sowie der Atmosphärendichte beeinflusst werden würde. Durain äußerte sich bis dahin normal, wenn auch in unangemessenen Floskeln.“

Rafales Finger krallten sich beinahe in die Kunststofftischplatte. Levasseur war sich wirklich nicht zu schade, Belles letzte Worte noch zu rügen! Kurz spähte sie zur Seite, um sich nicht noch weiter an Levasseurs selbstzufriedenem Gesicht aufzuheizen. Der namenlose Mann (sein Holo-Namenskärtchen wies ihn zwar als „B. Marain“ aus, für Rafale blieb er dennoch namen- und gesichtslos) sah jedoch aufmerksam nach vorn. Sie schluckte den Wunsch, laut zu werden, hinunter und hörte weiter zu.

„Unmittelbar nach ihren Worten, in Sekunde 16, folgte die erste außerplanmäßige Bewegung, ein Auslenken des rechten Beins. Die daraus resultierende aerodynamische Störung bei einer Fallgeschwindigkeit von 1088 Kilometern in der Stunde bewirkte den Beginn des Trudelns. Die Auslenkungen wurden größer und in Sekunde 19 folgte der erste Überschlag. In Sekunde 25 registrierten die Sensoren des rechten Armes ein Knicken im gepanzerten Gelenk. Der Arm wurde umgebogen, an dieser Stelle schrie Durain erstmals. Dr. Sutton? Haben Sie eine Ergänzung dazu zu machen?“

Suttons Augen weiteten sich, ihr Gesicht drückte das Staunen über einen empfundenen Affront aus. Sie schüttelte energisch den Kopf, so dass der hellbraune Pferdeschwanz wippte.

„Was glauben Sie, was ich dazu sagen soll, Levasseur? Wenn jemandem der Arm gebrochen wird, tut das entsetzlich weh und er schreit“, gab sie gereizt zurück.

„In den Sekunden 27 und 28 knickte der Arm jeweils ein weiteres Mal an der Gelenkstelle nach hinten und dann seitwärts um, vermutlich weil das Material dort bereits stark beschädigt war. Der flexible Innenanzug verhinderte übrigens einen Druckverlust.“ Levasseur ging auf Suttons Kommentar gar nicht weiter ein. „Das belegen auch Durains Schreie in der passenden Zeit.“

Mit leicht verzerrter Tonlage wurde die Tonaufzeichnung synchron abgespielt, es war eine im Vergleich zum Original dunklere, monotone und entrückte Stimme. Dennoch konnte man das Entsetzen in ihr deutlich heraushören. Rafale war der Technik unendlich dankbar, dass sie Belles Stimme nicht auch noch im akustischen Original erleben musste. Es hatte etwas Obszönes an sich, ihren Todeskampf so teilnahmslos herunter zu rattern. Die Versuchung, sich die Ohren zuzuhalten, wurde immer größer.

Levasseur beschrieb jede Kleinigkeit, und gegen Ende seiner Ausführungen war Rafale sogar froh, Wut auf diesen zu empfinden, denn bei den detailreichen Schilderungen wäre ihr ansonsten schlecht geworden.

„Levasseur, ich danke Ihnen für diese Zusammenfassung. Was denken Sie, ab welcher Phase der Titan nicht mehr stabilisierbar, also das Experiment nicht mehr zu retten gewesen ist?“ Man kam zum Punkt.

Levasseur pausierte kurz, wobei Rafale sicher war, dass er seine Antwort längst parat, und vielleicht sogar schon mit McBraene abgestimmt hatte.

„Das hängt von der Theorie des Grundes ab. Fest steht auf jeden Fall, dass der Titan physikalisch etwa ab der 41. Sekunde handlungsunfähig war, weil alle Arme und Beine mehrfach durchgebogen bzw. geknickt waren. Die Pilotin darin war entsprechend verletzt. Dr. Sutton?“

„Ich gehe von einem früheren Zeitpunkt aus. Nur weil der Pilotin die eine oder andere unversehrte Gliedmaße geblieben war, heißt das nicht, dass sie diese auch noch gezielt hätte einsetzen können. Haben Sie schon mal versucht, sich mit dem Hammer auf den Daumen zu schlagen und dann mit den verbliebenen Fingern eine Computer-Tastatur zu bedienen?“

„Dr. Sutton, ich bitte Sie darum, sachlich auf Levasseurs Frage zu antworten. Ich erteile Ihnen hiermit eine Rüge für das Protokoll." McBraene nickte dabei seiner Sekretärin 2. Ranges zu, die vermutlich bereits einen solchen Eintrag machte.

„Ich bleibe bei meiner Aussage. Durain konnte vermutlich schon seit der Sekunde 25 nicht mehr angemessen reagieren." Suttons Stimme wirkte wie mit zähem Kleister belegt. Man konnte ihr anhören, wie schwer ihr diese Nummer fiel. Sicherlich waren es weniger die Vorstellungen der furchtbaren Verletzungen, die sie beschreiben musste, es war wohl vielmehr die Art, in der diese Qualen hier ausgebreitet wurden. Eine Boulevardzeitung von Coleria Prime hätte es nicht reißerischer machen können.

„Ich bitte um Klärung des Hintergrundes der Frage", warf der Psychologe Rassez ein. „Wie genau wird der Titan denn jetzt gesteuert?"

Gontscharow erklärte:

„Die Maschine wird automatisch gesteuert. Ein Elektronengehirn im Rückenpanzer kontrolliert die Bewegungen, die der Pilot der Maschine mittels Arm- und Beinbewegungen in ihr anstößt und mischt sie mit einem physikalischen Modell, um eine Art künstlichen Gleichgewichtssinn zu erschaffen. Diese gemischten Steuerbefehle werden dann an die betreffenden Servomotoren zur Ausführung weitergeleitet. Das macht den Centaurus auf dem Erdboden sicher, auch noch in der schnellsten Bewegung. Das Programm hat eingebettete Sicherheitsmodi, die Bewegungen, welche zum Sturz führen könnten, übergehen. Einen Centaurus könnte man nicht einmal umkippen lassen, wenn man es wollte. Der daraus abgeleitete Titan hat lediglich eine erweiterte Programmierung für Flugsituationen: Er steuert den freien Fall mittels auf die Aerodynamik wirkenden Arm- und Beinbewegungen, bis er auf dem Grav-Kissen seinen Fall abbremsen und anschließend sicher landen kann. Dieses Steuerungsprinzip ist praxisbewährt und blieb deshalb grundsätzlich unverändert."

„Aber dann ist der Ausfall doch nicht erklärbar, außer wenn die Technik versagt hätte, oder?“

„Es besteht auch die Möglichkeit, dass Durain die Steuerung deaktiviert hat!“, warf Levasseur ein, für den das Gespräch offensichtlich in eine unangenehme Richtung ging.

Er wurde von McBraene mit einem dankbaren Nicken belohnt.

„Warum sollte sie das denn tun?“, entgegnete ihm Rassez.

McBraene richtete sich auf, anscheinend hielt er seinen Moment jetzt für gekommen.

„Miss Durain erwähnte doch so etwas wie *Ich kann nicht mehr…* Ist das denn kein Indiz dafür? Es hört sich ganz danach an, als wollte sie ein Ende machen und es wie ein technisches Versagen aussehen zu lassen. Unsere Aufgabe ist es also, die Gründe herauszufinden.“

Rafale stand der Mund offen vor Entsetzen. Was redete McBraene da? War er wirklich so verroht, so patriotisch und technikverliebt, dass er lieber üble Nachrede beging, als ein Versagen der imperialen Technik zuzugeben? Dass er einen zweiten Toten riskierte, indem er einen weiteren Titan mit demselben Konstruktionsfehler losschickte? Sie schnaufte. Ja, das war er wirklich, sie kannte ihn. Es gab keine Fehler und Schwächen.

„Nur mal interessehalber, ich kenne mich mit den operativen Details dieser Maschinen nicht so gut aus“, fragte Rassez' Kollege Mazzolini. „Wie setzt man denn bewusst diese Automatik außer Kraft?“

Levasseur öffnete den Mund, aber McBraene kam ihm zuvor.

„Durch ein Sprachkommando. Um zu verhindern, dass versehentlich im Gefecht die falschen Knöpfe gedrückt werden oder ein Kurzschluss einen Schaltimpuls gibt. Über ein Schlüsselwort wird sie deaktiviert.“

„Und… wie lautet dieses Wort?“, wollte Mazzolini wissen. „Und wozu ist diese Funktion überhaupt gut?“

Der Raum versank für einen kurzen Moment in eine erwartungsvolle Stille, die den leblosen Dünen draußen hinter dem Panoramafenster in nichts nachstand. Dann sprach Gontscharow.

„Die manuelle Steuerung ist für Notfälle gedacht. Zum Beispiel, wenn das Elektronengehirn des Centaurus Fehlfunktionen aufweist, was im Gefecht durchaus vorkommen kann. Oder es wären Manöver notwendig, die mit der Programmierung nicht vereinbar sind, beispielsweise das Hinwerfen auf den Boden. Ein Soldat vermag so einem Beschuss in letzter Sekunde auszuweichen, der Centaurus hätte den Versuch aber als Straucheln erkannt und verhindert. Auch Aktionen nach dem Prinzip des kleinsten Übels sind nicht anders möglich, wie zum Beispiel das Springen von einem Hausdach, um einem Granatangriff zu entgehen oder der Marsch durch eine Feuerwand, um verfolgende Feinde abzuschütteln. Auch zur schnelleren Reaktion wird der manuelle Modus über die Sprachsteuerung ausgelöst. Das Standard-Passwort dafür lautet *Notfallsteuerung*. Weil damit aber auch die automatische Stabilisierung außer Kraft gesetzt wird, wird dies nur erfahrenen Bedienern empfohlen.“

„Aber dieses Wort fiel doch nicht, wenn ich mich recht an die Ausführung von Levasseur erinnere, oder?“, wollte Mazzolini wissen.

McBraenes Gesicht wirkte leblos wie eine bemalte Schrankwand, als er zu De Marnet herüber blickte. Rafale wäre es lieber gewesen, er hätte hämisch gegrinst oder dergleichen.

„De Marnet, ist es möglich, dass sie den Befehl geben konnte, ohne dass das Mikrofon des Kommunikationssystems es mitbekommen hätte?“

De Marnet war erkennbar unsicher, er schwieg für einen Moment, bevor er langsam begann.

„Eigentlich nicht, das…“

„Eigentlich reicht uns nicht, De Marnet“, trumpfte McBraene auf. „Letztlich müssen wir also annehmen, dass es zumindest theoretisch passiert sein kann.“

De Marnet schwieg hilflos. Vielleicht war er aber auch dankbar, dass McBraene ihm diese hanebüchene Umdeutung abnahm.

„Das ist doch alles Humbug, Sie konstruieren sich da eine Sackgasse, um den Fehler nur ja Belle zuzuschieben!“

Betretenes Schweigen. Rafale Goeland, die Astrogatorin, war aufgestanden, sie stützte ihre Hände auf der Tischplatte ab und ihre stechend grünen Augen funkelten McBraene kampflustig an.

McBraenes wasserklar graue Augen erwiderten den Blick, ebenso leblos wie sein Gesicht, aber deswegen nicht weniger teilnehmend, es war der kalte Blick eines erwachenden Raubtieres.

„Miss Goeland… Ihnen ist klar, dass Sie damit einen ebenso unsachlichen wie haltlosen Vorwurf geäußert haben?“

„Ja, das ist mir klar, McBraene! Ich frage mich nur, wessen Argumentation weniger haltbar ist? Ich weiß noch nicht, was genau im Titan quer gelaufen ist, aber jeder hier sieht genau, dass Sie diesen Verdacht gar nicht erst aufkommen lassen wollen. Stattdessen versuchen Sie lieber, einer erfahrenen Pilotin, die sich leider nicht mehr wehren kann, die Schuld zu geben. Ihnen läuft die Zeit davon, und Sie haben keine Skrupel, diese Gelegenheit auszunutzen. Jeder hier weiß das, aber die meisten trauen sich wohl nicht, es zu sagen. Wie würde es Ihnen gefallen, wenn man in einem Ausschuss mit Ihrer Frau so umgehen würde?“

Trotzig warf Rafale ihre rote Mähne in den Nacken und machte sich so groß wie nur möglich. Die Attacke zeigte

Wirkung. McBraenes Gesicht bekam eine lebhafte Farbe und seine ohnehin schmalen Lippen schrumpften zu Linien. Er war zornig, und das war ihr nur recht. Zorn war das einzige, womit man McBraene schwächen konnte. Zorn war unlogisch, etwas mit dem er sich nicht gut auskannte.

„Ich erteile hiermit der Astrogatorin Goeland einen Raumverweis und den Ausschluss aus dem Gremium."

In Rafales Kopf formten sich Worte. Worte des Zorns, der Ohnmacht und der Enttäuschung. Dieser Bastard will nicht kämpfen, weil er weiß, dass er nichts in der Hand hat außer seiner Fähigkeit, Leute einzuschüchtern!

Sie würde hierbleiben, bis das geklärt war oder man sie zur Tür hinaus schleifen würde.

Erneut begegneten sich die hasserfüllten Blicke und bissen sich ineinander fest. Welches der beiden Raubtiere würde zuerst losspringen? Plötzlich wurde das gespannte Schweigen von einer bis dahin fremden Stimme unterbrochen.

„McBraene, das können Sie nicht tun. Goeland hat keine allgemeinen Vorwürfe geäußert, sondern Sie persönlich kritisiert. Das allgemeine imperiale Protokoll sieht nicht vor, dass der Vorsitzende in eigener Sache Verweise erteilen darf." Das war ihr namenloser Nachbar vom militärischen Geheimdienst.

Wie vom Donner gerührt, sah sie ihn an, doch sein ruhiger Blick lag unverrückbar auf McBraene. Dessen Blick wiederum galt Montaro, der Sekretärin 2. Ranges, vielleicht in der Erwartung, sie könnte blitzschnell eine andere Auslegung des Konferenz-Protokolls herbeizaubern. Doch diese hob nur hilflos die Schultern.

„Miss Montaro, notieren Sie diesen Vorfall für eine spätere Bewertung. Vorerst nehme ich Mister Marains Einwand zur Kenntnis und möchte fortfahren."

Rafale warf Marain einen verstohlen-dankbaren Blick zu, dessen Gesicht blieb jedoch reglos. Nun aber wusste sie, dass dieser Mann im klassischen Grau des Geheimdienstes durchaus nicht teilnahmslos war, und auch, dass er nicht zu McBraenes Fanclub gehörte. Auch ein neutraler Gesichtsausdruck konnte manchmal viel aussagen, und momentan war sie sehr froh über ihn.

„Nun denn. Wo wir uns jetzt bereits mit Miss Goeland beschäftigt haben, möchte ich ihr auch einige Fragen stellen, eine so wichtige Zeugin kann vielleicht einiges zur Erhellung des Vorfalls beitragen."

McBraenes Stimme und Wortwahl trieften nur so vor Ironie, ein Zug, den sie an McBraene bislang noch nicht beobachtet hatte. War das ein Zeichen, dass er angeschlagen war? Oder dass er im Begriff war, besonders gefährlich zu werden? Oder beides? Ihr Herz begann zu hämmern, dass sie Angst bekam, man könnte es hören. Kurz zuckte der irre Gedanke durch ihren Verstand, dass die Intelli-Bots den hämmernden Puls registrieren und per Headset oder Neuro-Implantat an McBraene weitergeben könnten. Sie atmete kurz durch, setzte sich wieder und versuchte, sich zu sammeln.

„Ich bitte darum, McBraene." Sie war bemüht, sich so entspannt wie möglich in ihrem Schwingsessel zu positionieren, irgendwie trug die ihr sonst so verhasste Uniform einen gewissen Teil zum Selbstbewusstsein bei.

„Miss Goeland, Sie waren schon länger mit Durain bekannt, nicht wahr? Würden Sie sie als enge Freundin bezeichnen?"

„Wir haben uns auf der Raumpiloten-Akademie auf Coleria Prime kennengelernt. Seitdem haben wir einige Male gemeinsam an militärischen Operationen oder anderen Projekten teilgenommen."

„Beantworten Sie bitte meine Frage. Würden Sie Durain als enge Freundin bezeichnen?"

Rafale schluckte eine ärgerliche Antwort herunter.

„Wir waren gut miteinander bekannt, es ist eine Frage, wie Sie das Wort Freundschaft definieren. Belle Durain hatte ihre eigene Karriere, ihr eigenes Umfeld und Familie. Ich würde es eher gute Bekannte nennen. Worauf wollen Sie hinaus, McBraene?"

Statt einer Antwort aktivierte McBraene einen Holo-Projektor, der in der Mitte des Raumes, genau vor dem ovalen Tisch, eine Filmsequenz aufflackern ließ. Trotz – oder gerade wegen? – seiner kühlen Nüchternheit konnte man ihm einen Sinn für dramatische Effekte nicht absprechen. Alle Teilnehmer drehten sich der Szene zu, auch Rafale, die schon nach wenigen Augenblicken wusste, was diese zeigte. Aus dem Blickwinkel einer Überwachungskamera aufgenommen, sah man Rafale und Belle, wie sie am Vortag im Hangar standen und einander aufzogen.

Dieser Mistkerl! Natürlich wusste sie genauso gut wie Belle und jeder andere Projektteilnehmer, dass jeder Bereich des Raumhafens – mit der Ausnahme der Wohnbereiche – von Kameras abgedeckt wurde. Aber dass McBraene sich nicht zu schade war, in den Krümeln zu suchen, nur um seiner neurotischen Sicht Substanz zu geben, war überraschend. Für ihn war Freundschaft sicherlich mit dem Ruch verräterischer Menschlichkeit belegt.

Der Ton zu der Aufnahme war erstaunlich gut, das Gespräch wirkte abstoßend bizarr auf Rafale, wenn sie sich vorstellte, was nur wenig später passieren würde. Es war ekelhaft und voyeuristisch wie so vieles, was in dieser Konferenz vor sich ging.

„Miss Goeland, kann ich aus dieser… erstaunlichen Unterhaltung mit Durain folgern, dass es eine Art… Konkurrenzkampf zwischen Ihnen beiden gab?"

Jetzt wurde Rafale wirklich zornig, ihre Gesichtsfarbe nahm das Fuchsrot ihrer Haarpracht an, auch wenn sie verzweifelt versuchte, ruhig zu bleiben bei diesen kaum verhohlenen Anschuldigungen.

Was sollte sie antworten? Natürlich gab es einen Konkurrenzkampf, alle Piloten pflegten ihn untereinander, und mit dem Erreichen des Astrogatorenranges wurde es nicht besser. Aber das war nur der traditionelle raue Ton, den man einfach anschlug, so wie die Generationen vor ihnen es einst erfanden. Es war ihre Methode, diesen Pionieren Respekt zu zollen, indem man deren Gewohnheiten imitierte. Niemand meinte so etwas wirklich ernst, und das wusste McBraene genau. Sicher war ihm das ein Dorn im Auge, weil es im Grunde ein Ausdruck von Kameradschaft war. Kameradschaft, die er wohl niemals von irgendwem gezeigt bekam, weil er sie selbst nicht kannte. Aber dass er sich dazu herablassen würde, so etwas zu inszenieren, das regte Rafale Goeland auf. Es regte sie maßlos auf.

„Einspruch! Dies hier ist eine reguläre technische Konferenz, kein Gerichtsprozess. McBraene, auch wenn das Pflicht-Treue-Gesetz Ihnen rechtliche Kompetenzen gibt, sind Sie noch kein Staatsanwalt. Ich fordere Sie auf, sich an das Protokoll zu halten und Goeland Fragen technischer und organisatorischer Art zu stellen!" Sutton war aufgestanden und warf McBraene ihren Kommentar quasi wie ein Messer in den Rücken.

Rafale war zu aufgebracht, um wirklich Erleichterung zu empfinden, aber unbewusst lockerte sich ihr angespannter Körper. Ihre Haltung entfernte sich ein wenig von der Drohgebärde, welche sie eben noch darstellte. Es tat wohl zu wissen, dass sie McBraene und seiner Paranoia nicht allein ausgesetzt war. Momentan hätte sie jeden, der etwas gegen ihn einwarf, küssen mögen.

„Gut, verschieben wir das auf später. Dann möchte ich jedoch einige Fragen zu Ihren Manövern stellen, die während des Falls stattfanden. Ich habe mir dazu die nötigen Daten von De Marnet extrahieren lassen.“

Rafale warf dem Intellektroniker mit dem schütteren Haar und der ungesund-gelblichen Gesichtsfarbe einen giftigen Blick zu.

„In der Sekunde 32 leiteten Sie eine 180°-Wende Ihres Schiffes ein. Können Sie den Anwesenden erklären, was dieses Abweichen vom Flugplan bewirken sollte?“

Rafale schämte sich. Nicht, weil sie in ihrer Verzweiflung ein derart absurdes Manöver versucht hatte, sondern weil sie nicht erwartet hatte, dass McBraene sich daran jetzt aufhängen würde.

„Die galaktische Charta der Raumfahrt berechtigt mich, von gegebenen Befehlen abzuweichen, wenn ich Leben in Gefahr sehe.“

„So? Das tut sie aber nur, wenn Sie in der Absicht handeln, die Gefahr für Leib und Leben zu verringern. War das also Ihre Absicht? Sie wollten Durains Leben retten?“

Der spitze Unterton in seiner Stimme war kaum zu überhören. Es tobte ein Kampf mit allen Mitteln, und das brachte sogar jemanden wie McBraene aus der Ruhe. Nur war fraglich, ob das gut oder schlecht war. Aber ein Zurück gab es nicht mehr, Rafale musste nach vorn, im Angriff das Heil suchen.

„Natürlich, McBraene. Da von Ihrer Seite aus keine Handlungsanweisungen kamen, um Durains Leben zu retten, ergriff ich die Initiative. Mein Ziel war es, den Titan abzufangen und in einem Kollisionsmanöver auf der Rumpfoberseite der Gambier Bay aufschlagen zu lassen. Mit den dann eingeschalteten Partikelschilden hätte ich ihn möglicher-weise dort halten und sicher zu Boden bringen können.“

„Ihnen ist bewusst, dass ohne Berechnung durch den Navigationscomputer die Chancen auf einen erfolgreichen Abschluss dieses sogenannten… Rettungsmanövers minimal waren?“

„Das ist richtig, die Chancen waren grob geschätzt unter zwei Prozent!“, pflichtete De Marnet, über einen Hand-Kalkulator gebeugt, McBraene bei.

„Zwei Prozent sind immer noch besser als Null, oder?“, fauchte Rafale, nun wieder aufgebracht, zurück.

„Ich bitte Sie, Miss Goeland, darum, die Teilnehmer nicht mit Rhetorik zu behelligen. Lassen Sie mich eine Idee in den Raum stellen. Wenn wir davon ausgehen, dass Durain die manuelle Steuerung aktiviert hat… hätte dann ein solches Flugmanöver nicht die endgültige Destabilisierung der Fluglage des Titan zur Folge haben können?“

McBraene warf die Frage bewusst in den Raum und nicht zu Rafale, seine Blicke wanderten herausfordernd durch die Runde und bedachten jeden Anwesenden. So war es also. Wenn er schon Belle keine Schuld geben konnte, dann würde er jetzt versuchen, ihrer Verteidigerin etwas anzuhängen. Reflexhaft suchten ihre Augen in diesem Moment nach etwas, mit dem sie werfen konnte, nur um ihrer Empörung Luft zu machen.

„Ich bin kein Astrogator…“, warf Mazzolini ein. „Aber war nicht vorhin Thema, ab wann der Titan nicht mehr in der Lage gewesen wäre, seinen Sturz aus eigener Kraft abzufangen?“

Der Arzt hatte die kleinen dicken Hände vor seinen mächtigen Bauch gelegt und schien in dieser väterlichen Haltung gerade Gefallen daran zu finden, McBraene mit seiner eigenen Systematik aus dem Konzept zu bringen. Rafale setzte ein bitteres Grinsen auf, auch wenn ihr unterschwellig klar war, dass sie vielleicht mehr Schulterschluss in kritische Fragen hineininterpretierte, als real vorhanden war.

Sutton hakte sich in die Frage ein.

„Richtig, nach meiner Vorstellung war es bereits in der Sekunde 25 damit vorbei, zumindest was Durains eigene Kontrolle betraf. Levasseur sprach von der 41. Sekunde, das ist jedoch die rein kybernetische Einschätzung des spätestmöglichen Zeitpunktes, bar jeder physiologischen Kenntnis."

Levasseur öffnete den Mund, um auf diese Stichelei etwas Passendes zu antworten, Sutton ließ ihm jedoch keine Gelegenheit dazu.

„De Marnet, können Sie bestimmen, wann Goeland mit ihrem Schiff auf der Abfangposition war?"

De Marnet sank ein wenig zusammen, bevor er halbwegs kleinlaut Auskunft gab.

„Es war in Sekunde 62, der Titan befand sich zu dieser Sekunde etwa 150 Meter über dem Schnittpunkt."

Rafale schloss kurz die Augen. Mitten in dieser Schlacht galten ihre Gedanken für einen Moment lang wieder Belle und ihrem schrecklichen Tod. 150 Meter! Ihr sogenanntes Zwei-Prozent-Manöver war um gerade mal 150 Meter danebengegangen!

Bei einer Flugschau hätte sie mit einem solchen Manöver einen Preis gewonnen, hier wurde sie dafür indirekt der Tötung Belles beschuldigt. Sie war so kurz davor gewesen, Belle zu retten! Ein Wimpernschlag, ein dünner Hauch, verglichen mit den interstellaren Weiten, die sie mit ihrer Gambier Bay sonst durchflog! Es war so bitter, so unendlich bitter. Ein Kloß der Verzweiflung formte sich in ihrem Hals und drohte, sie zu ersticken.

„Nun… dann hatte Goeland somit wohl keine Gelegenheit mehr, den Titan endgültig von einer Selbstrettung abzuhalten", endete McBraene.

Rafales Hand fand den kleinen, würfelförmigen Projektor ihres Holo-Tischkärtchens und schloss sich mit eisenhartem Griff um diesen. Hätte sie keine Uniform-Handschuhe getragen, hätte man die angespannt-helle Haut ihrer Knöchel dabei sehen können. Es fiel ihr mit jedem Atemzug schwerer, das handliche Gerät nicht in Richtung McBraenes zu werfen. Belle hatte so gelitten, und jetzt wäre es an der Zeit, McBraene leiden zu sehen. Es war blindwütig, destruktiv, es würde diesem Bastard in die Hände spielen, aber es würde auch so unendlich gut tun. Nur mühsam behielt sie ihre kerzengerade Sitzposition mit den Händen auf der Tischplatte bei. Sie war kurz davor, die Kontrolle über sich zu verlieren, und eigentlich wünschte sie sich das auch gerade sehr.

„Jetzt stellt sich mir allerdings noch eine Frage: Die Radio-Detektoren registrierten einen Anstieg der Strahlungswerte in der Gegend des Manövers. Miss Goeland…“ McBraene dehnte die Worte so genüsslich, wie es die Situation nur zuließ.

Rafale starrte ihn wortlos an. Sie wusste, was er jetzt fragen würde.

„Miss Goeland, können Sie mir vielleicht erklären, was da genau vor sich ging? Es hatte doch mit dem Reaktor Ihres Schiffes zu tun, oder nicht?“

Leugnen war zwecklos. Ihre Hand spielte mit dem kleinen Würfel, sie spürte deutlich das unentschlossene Zucken ihrer angespannten Muskeln. Gleich würde sie die Beherrschung verlieren, und genau das würde McBraene so gefallen. Er war im Begriff zu siegen.

„Ich… habe den Fusionsreaktor auf Notstartleistung hochgefahren.“

„Das habe ich mir gedacht. Ihnen ist klar, dass das Benutzen des interstellaren Antriebs innerhalb der Atmosphäre bewohnter Planeten ein Dienstvergehen darstellt?“

Sie nickte nur knapp. Die Hand mit dem Wurfgeschoss hob sich sacht.

„Dann können Sie mir vielleicht erklären, warum Sie es trotzdem getan haben?“

Sie saß in der Falle. Argumentativ und emotional. Dass sie den Fusionsreaktor angeworfen hatte, war reiner Piloteninstinkt. Ein Instinkt, der ihr und vielen anderen Piloten über die langen Jahre der Raumfahrt hinweg unzählige Male das Leben gerettet hatte, weil dem Schiff damit eine enorme Leistungsreserve zur Verfügung stand. Und in Notsituationen entschied manchmal der Instinkt, nicht die Vorschriften oder der Sachverstand.

Plötzlich wurde ihr klar, warum McBraene sie hassen musste. Warum er Belle hasste. Der springende Punkt war die Kameradschaft, die über den Vorschriften und der Angst vor Regress stand. Sie saß in der Falle. Die Argumente gingen ihr aus, die Selbstbeherrschung auch. Die Hand hob sich, ihre Augen verengten sich zu Schlitzen, die Armmuskeln, in Vorahnung einer schnellen Bewegung, spannten sich schmerzhaft an. Er sollte büßen.

Plötzlich ging alles sehr schnell. Ein Objekt flog auf McBraene zu, ein kaum wahrnehmbarer Schattenstrich in dem abgedunkelten Raum. Der Projektorwürfel traf seinen Kopf seitlich an der Schläfe. McBraene taumelte, von dem unerwarteten Schlag aus dem Gleichgewicht gebracht, sich die betroffene Stelle mit der flachen Hand haltend. Der Projektor war zu Boden gefallen, aber alle Teilnehmer sahen mit geweiteten Augen zu McBraene, dann zu dem stehenden Calvet. Sein Wurf hatte genau getroffen. Rafale ließ die Hand mit ihrem ungenutzten Wurfgeschoss wieder sinken.

„Die… Sitzung ist… unterbrochen!“, stöhnte McBraene.

Kapitel 6: Unerwarteter Besuch

Abwesend starrte Rafale Goeland durch das verkratze kleine Fenster ihres Zimmers, die Augen auf ein fernes, gegenstandsloses Nichts gerichtet. Ein aufkommender senfgelber Streifen am Himmel deutete an, dass der penetrant heitere Tag bald in eine tiefe, schwarze und kalte Nacht übergehen würde, nur getrennt durch den schmalen Grat einer feurigen Dämmerung. Typisch Toutaine. Der erkaltete Kaffee auf dem kleinen Couchtisch hinter ihr hatte immerhin dahingehend seine Schuldigkeit getan, dass er den kleinen Raum mit einem heimeligen Kaffeeduft verschönerte. Ihr Gesicht, von der heruntergedimmten Beleuchtung illuminiert, hinterließ eine schwache Reflexion auf dem Isolierglas. Coleria war so weit weg. Alles war so weit weg, dass die ganze Szenerie hier wie ein Spuk wirkte.

Die Konferenzgruppe war nicht wieder zusammengekommen. *Bis auf Weiteres* vertagt, was immer das auch heißen mochte. Und gekrönt von dem ironisch klingenden Zusatz, man möge sich nicht vom Tagungsort entfernen. Sie fokussierte nun die fernen Dünenkämme und grinste schief. Wohin hätte man sich denn hier entfernen sollen?

Noch immer waren da draußen Suchmannschaften unterwegs, um nach Belles Überresten zu suchen. Mühsam zwang Rafale ihre Gedanken weg von Belle. Sie spürte, dass dieses Gedankenspiel ihren analytischen Verstand zu lähmen begann wie der Biss einer Wüstenschlange. Calvet war nach seiner Attacke *aus Sicherheitsgründen* von der Konferenz ausgeschlossen worden. Was hatte ihn bewogen, genau das zu tun, was sie zweifellos innerhalb der nächsten Sekunden selbst getan hätte? Sie musste ihn fragen. Sollte sie warten, bis er kam? Sicher, das würde das Beste sein. Früher oder später würde er mit ihr reden wollen, es kam ihr in dieser Richtung stimmiger vor. Spätestens übermorgen würden sie ja wohl gesprochen haben.

Übermorgen. McBraene würde ihr den Flugauftrag mit dem Reserve-Titan erteilen, ganz egal ob und wie die Konferenz bis dahin wieder zu arbeiten begonnen hatte. Und so, wie der Sand der nachmittäglichen Winde sich legte und der Horizont immer klarer wurde, dämmerte es ihr. Das diffuse Bild gewann an Schärfe. Er war unter Zugzwang. Er musste reagieren und hatte doch einen Fehler im System. Er, McBraene, der perfekte Techniker. Kein Wunder, dass er so vehement versuchte, Belle ein menschliches Versagen in die Schuhe zu schieben. Wären Zweifel an der Sicherheit des Titan aufgekommen, so wäre ein erneuter Start des Versuchs unverantwortlich gewesen. Es war seine einzige Chance. Oder war er schon so paranoid, dass er gar nicht auf Risiko spielte, sondern tatsächlich an diese fixe Idee glaubte? Was war Ursache, was Wirkung? Beides war möglich, sogar zugleich.

Aber es war auch gleichgültig, zumindest für sie selbst. Wenn auch sie übermorgen mit einem Titan abstürzte, dann war er zwar endgültig dran wegen Fahrlässigkeit, aber sie würde als blutiger Haufen Gewebematsch inmitten zerschmetterter Panzerbleche liegen, irgendwo da draußen in Toutaines ewigen Sanden, genau wie Belle jetzt. McBraene spielte auf Risiko, er setzte alles auf eine Karte, und sie würde es auch müssen. Nun sah sie das Gesamtbild des Puzzles, ganz wie es ihr Vater Artouste gesagt hatte. Sie ließ sich nach vorn kippen, stemmte sich mit beiden Händen gegen den dicken Rahmen des Fensters.

Was hatte Daddy noch gesagt? Assoziationen bilden? Die Puzzleteile um McBraene herum waren klar, passten zusammen. Seine Ziele, seine Leute, die Einzelbeobachtungen, die seine Sicht stützten. Ihre eigene Ecke, mit Calvet und vielleicht Sutton, Mazzolini, einigen anderen, ihrer Erfahrung und Intuition. Die Ecke mit dem Titan, der perfekten Kampfmaschine mit ihrer hochentwickelten Steuerung. Und trotzdem hatte Belles Ecke noch keine Verbindung zum Rest des Puzzles. Sie musste Teile finden, die sowohl zu dem ersten Puzzleteil – Belles Worten – als auch dem Rest passten. Aber welche? Wie sahen die aus? Kurz liebäugelte sie mit dem Gedanken, Daddy ein zweites Mal anzurufen, aber sie ließ wieder davon ab. Bestimmt waren die Abhörprogramme nach dem Vorfall in der Konferenz noch feiner justiert. Sie musste das Rätsel allein lösen.

Ein Geräusch ließ Rafale herumfahren. Es schlich sich von hinten an sie heran, offenbar von der Eingangstür kommend. Leise wie ein feiner Hauch war es, beinahe hätte sie es überhört. Gebannt sah sie zu, wie sich unter der Tür ein Zettel hindurch schob. Nur knapp widerstand sie dem Impuls, einfach nachzusehen, wer der geheimnisvolle Briefschreiber auf der anderen Seite der Barriere war. Ein Instinkt riet ihr, es auf sich zukommen zu lassen. Was für eine Methode!

Beinahe wie in einem der schnulzigen Historienromane, die Rafale so gern verschlang, aber just in jenen Gedanken mischte sich die Erkenntnis. Die Person auf der anderen Seite wusste ganz genau, dass die Holokommunikatoren und KomLink-Kanäle möglicherweise überwacht wurden. Diese archaische Heimlichtuerei hatte wohl ihren Grund. Mit angehaltenem Atem sah sie dem Brief zu, als dieser sich wie eine Schlange unter der Tür hindurch wand. Würde er giftig sein? Was für ein Glück, dass Toutaines Atmosphäre zwar unangenehm, aber nicht gefährlich war, ansonsten wären die Türen hermetisch dichtend ausgeführt und diese kleine Albernheit unmöglich gewesen. So aber waren sie als ganz normale Schiebetüren konstruiert, natürlich mit elektrischem Antrieb und natürlich mit Sprachsteuerung.

Das Dokument war durch. In diesen Sekunden würde sich die Person auf der anderen Seite der Tür bereits in das anonyme Dunkel der stillen Korridore zurückgezogen haben. Ruhig lag der Brief da wie ein lauerndes Tier, und Rafale starrte ihn gebannt an, als könnte er sie anspringen. Dann setzte sie sich zögernd in Bewegung. Durchschritt den Korridor. Ging in die Hocke. Las das Stück Gewebefolie behutsam auf. Es war nur einmal in der Mitte gefaltet. Aus der Hocke ließ sie sich einfach auf das Gesäß fallen, faltete das geheimnisvolle Dokument auf und begann zu lesen:

„Miss Goeland, Sie werden sich vielleicht über dieses ungewöhnliche Vorgehen wundern. Aber, wenn ich Sie richtig einschätze, vielleicht auch nicht. McBraene wird Sie im zweiten Titan hinausschicken, gleichgültig ob die Maschine einen Fehler hat oder nicht. Ich würde es sehr bedauern, wenn eine zweite Person in Lebensgefahr geriete, nur weil man nicht willens oder in der Lage ist, gründlich zu recherchieren. Wenn Sie es wünschen, kann ich Sie für längere Zeit krankschreiben. Da Sie die einzige verbliebene Testpilotin sind, wäre das Projekt vorerst geplatzt, aber das wäre sekundär. Überlegen Sie es sich gut. Lassen Sie uns Zeit gewinnen. Wenn Sie meinen Vorschlag aufgreifen möchten, dann deponieren Sie noch heute Abend etwas Persönliches vor der Türschwelle, ich schlage vor, ein Schulterstück Ihrer Uniform. Ich würde es dann „bemerken“ und höflich aushändigen, zusammen mit einem entsprechenden Attest. Gruß – eine Person, die es gut mit Ihnen meint.“

Rafale saß rat- und reglos auf dem Kunststoffboden, die Hände mit dem Brief waren herabgesunken. Ein neues, unerwartetes Puzzlestück, und wieder einmal eins, mit dem sie nichts anfangen konnte. War das ein Scherz? Eine Falle? Wenn, dann eher letzteres, aber wozu? Und wenn man einmal länger nachdachte, dann war es so gefährlich nicht. So ein Schulterstück ist nur angesteckt, wie eine Brosche, so was kann schon mal herabfallen. Und den Brief hatte ja sie selbst. Wer wollte daraus etwas konstruieren? Das würde nicht mal McBraene versuchen. Gerade der nicht. Nein, das war jemandes voller Ernst, aber wessen Ernst?

Es musste ja ein Mediziner sein. Sutton? Mazzolini? Rassez? Sie waren alle eher skeptisch, was McBraenes Vorgehensweise betraf, wenn auch nicht so offen opponierend wie Rafale selbst. Es könnte aber auch einer der ihr eher unbekannten Beisitzer sein. Und wichtiger noch war eigentlich die Frage, was sie nun tun sollte. „Wer den Kopf aus der Deckung nimmt, ist ihn schnell los", das war einer ihrer Wahlsprüche, wenn auch meist nur augenzwinkernd an einer Theke zitiert. Doch es war etwas Wahres daran. Was hatte sie denn davon, wenn sie flog? Selbst wenn sie den Fehler vorher fand, Belle würde damit nicht wieder lebendig. Belles Ruf? Sicher, sie waren beide Piloten 1. Ranges, man hielt schon was auf sich, Außenstehende hätten es sogar Allüren genannt. Man stand füreinander ein. Aber wenn sie ehrlich war, dann konnte sie sich jetzt Belle vorstellen, wie sie neben ihr saß und demonstrativ den Mittelfinger hob. Und „Scheiß doch drauf, Raf!" sagte, mit ihrem typischen listigen Grinsen und den Lachfältchen, die dieses vor sich hertrieb. Ja, vielleicht sollte sie auf diesen zweifelhaften Ruhm verzichten und Daddys vernünftige Tochter sein.

Es war so leicht. Ihr Blick fiel auf die Uniform, die wie ein Symbol für Colerias Ehre am Schrank hing. Als könnte sie zusehen. Zum Leidwesen der glorreichen imperialen Uniform lag ihrer Trägerin aber nicht sehr viel an Ruhm und Ehre Colerias. Ein Fakt, den man als treuer Bürger des Systems besser stets bedeckt hielt wie die Geldbörse. Mit so was konnte man Rafale Ghauri Goeland nicht locken, eher drehten sich ihre Gedanken um mögliche negative Einträge in ihre Dienstakte, das Risiko, spannende Einsatzaufträge zu verpassen, in einer Schreibstube oder beim glorreichen Einfliegen reparierter imperialer Mülltransporter zu versauern. Vielleicht war das ein Zeichen des Schicksals, an das sie doch so fest glaubte. Ein Brückenpfeiler der Unwägbarkeit in ihrer nüchternen, planbaren, imperialen Welt.

Langsam erhob sie sich, einer zögerlich steigenden Rauchsäule gleich, und ging auf die Uniform zu. Es war einfach, fast zu einfach, den Anstecker ihrer Schulterklappe zu entfernen. Da lag er in ihrer Handfläche, ihr Lieutenant. Wie so manches Mal folgte Rafale auch jetzt wieder ihrer inneren Stimme, tapste schlafwandlerisch zur Tür. Ja, sollte die Truppe doch mal ohne sie zurechtkommen, sie würde nicht ihren Hals riskieren, nur damit McBraene oder Belle zufrieden waren. Es waren schließlich ihre Knochen! Sie würde jetzt das Abzeichen vor der Schwelle deponieren und in aller Seelenruhe auf das Kommende warten. Und als zusätzliches Bonbon würde sie so erfahren, wer es denn derart gut mit ihr meinte.

Sie ging in die Knie, die Szene musste so kurz und unauffällig wie möglich gehalten werden. Die Kameras im Gang würden so weit unten sicherlich nicht filmen können, falls sie überhaupt aktiv waren. Ohne den Blick zur Konsole der Türsteuerung zu wenden, sprach sie das Kommando: „Tür öffnen!“ Zügig glitt die Tür auf und sie streckte ihre linke Hand aus, um das militärische Kleinod mitten auf die Stiefel… Stiefel? Direkt vor ihrer Hand, keine Fußbreite vor ihrer Türschwelle, stand ein Paar Stiefel! Ruckartig hob sie den Blick und stellte fest, dass in ihnen auch ein paar Hosenbeine und eine Uniformjacke steckten! Genau vor ihrer Tür! Nur knapp unterdrückte sie einen spitzen Schrei, taumelte aber abwehrbereit zurück in den Raum, strauchelte aus der

Hocke heraus und landete schmerzhaft auf dem Rücken, hektisch atmend, den Blick auf den Eindringling gerichtet.

„Marain!"

„Miss Goeland, öffnen Sie immer so die Türen?"

Es dauerte eine Weile, bis dieses Treffen wieder einer normalen Begegnung glich. Nachdem Marain eingetreten war und ihr aufgeholfen hatte, setzten sich beide auf ihr Sofa. Der Beruhigungsschnaps fehlte dabei nicht, ein klarer Tropfen aus Coleria Primes berühmten Brennereien.

„Haben Sie an meiner Tür lauschen wollen, Marain?" Rafale drehte sich ihm zu und bohrte so eindrucksvoll wie nur möglich ihre grünen Augen in seinen dunklen Blick.

„Nein, ich habe überlegt, wie ich mit Ihnen Kontakt aufnehmen könnte. Ihre Türsprechanlage war abgeschaltet, vorschriftswidrig, wenn ich das mal anmerken dürfte."

Dieser vermeintlich stumme Fremde konnte nicht nur sprechen, er konnte auch recht charmant lächeln. Das verlangte geradezu nach einem Konter mit ihrem weiblich-entschuldigenden Lächeln Nummer Fünf. Marain jedoch schien unbeeindruckt:

„Miss Goeland, ich bin natürlich mit einem Anliegen zu Ihnen gekommen."

Rafale merkte auf. Aha, jetzt wurde es interessant! Nicht nur bekam sie mysteriöse Briefe, sogar der colerianische Militär-Geheimdienst interessierte sich für sie. Sie bemühte sich um einen halbwegs gelangweilten Blick zum Fenster hinaus, den sie aus ihren Holo-Spielfilmen gelernt hatte. Dort wirkte so etwas immer unheimlich stimmungsvoll, auch wenn das Fenster in diesem Moment leider nichts als Nachtschwärze anzubieten hatte.

„Miss Goeland, haben Sie mich verstanden?"

„Huh? Was? A – aber natürlich hab ich Sie verstanden! Schießen Sie einfach los, Marain, ich bin ganz Ohr!" Sie drehte sich ihm wieder zu, das leere Schnapsglas noch in ihrer Hand.

„Miss Goeland…“ Er machte eine gewichtige Atempause, die sie nutzte, um sein kühnes Gesicht zu mustern. Die Uniformmütze hatte beim Abnehmen recht unordentliches pechschwarzes Haar freigegeben. Ob wohl auch ein Mensch hinter dieser militärischen Fassade steckte?

„Der militärische Geheimdienst interessiert sich aus mehreren Gründen für das Projekt Freier Fall, nicht nur aus technischer Begeisterung. Ich will Sie nicht mit den offiziellen Darstellungen langweilen: Uns geht es um McBraene.“

Jetzt wurde sie hellhörig.

„McBraene ist nicht ohne Grund hier, weitab von Coleria Prime. Erinnern Sie sich an den atomaren Unfall von Tynera, vor drei Jahren?“

Rafale nickte betroffen.

„Natürlich, ich wohne keine Gleiterstunde entfernt. Die Holo-News in CNL waren voll davon.“

„McBraene war federführend in diesem Projekt.“

Ihre Augen weiteten sich, sie drehte sich ihm so weit zu, dass ihr hochgewachsener, schlaksiger Körper wie eine Schraube verdreht auf dem kleinen Sofa saß. Jetzt hing sie an seinen Lippen und er wusste das vermutlich.

„S – Sie wollen damit sagen, dass er damals etwas versaut hat und man ihn zur Strafe an den galaktischen Rand versetzt hat?“

„Nennen Sie es nicht Strafe. Claudanus III. persönlich hält sehr viel von dem Mann, und McBraene hat das Imperium sicherlich militärisch-technisch weit vorangebracht. Niemand weiß, wie erfolgreich wir in den Kartellkriegen ohne seine technische Hilfe gewesen wären. Aber er hat auch eine unvorhersehbare, eine gefährliche Seite. McBraene sollte von den dicht besiedelten Planeten ferngehalten werden, ohne dass er sich zurückgesetzt fühlt und seine für das colerianische Imperium wichtige Arbeit einstellt. Wir haben seine damaligen Verhaltensweisen von Psychologen einschätzen lassen, und man kam zu dem Schluss, dass er unter diversen Zwangsstörungen leidet."

„Er ist ein Perfektionist, der bis zur Realitätsverleugnung an seinen Konzepten festhält, meinen Sie das?"

Ihr war selbst nicht ganz klar, was sie da formulierte, sie befand aber, dass es ungemein beeindruckend klang.

„Genau, Miss Goeland. Er würde sogar Leben riskieren, wenn nur seine Arbeit davon unberührt bliebe."

„Durain", warf Rafale ein.

„Genau, Durain – und möglicherweise Goeland", ergänzte Marain. „Und Hunderte namenloser Luftlande-Soldaten, die abstürzen und niemand weiß, warum. Wir wollen ein zweites Tynera verhindern, das ist in jedermanns Interesse. Und dazu brauchen wir Sie."

Rafale starrte ihn überrascht an.

„Mich? Wie stellen Sie sich das vor?"

Marain machte eine theatralische Pause und sah sie dabei direkt an. Seine Augen waren von tiefem Dunkelbraun, fast schwarz, und sie schienen stets ernst und betroffen, ganz egal, was dieser Mann sagen würde. Wortlos starrte sie zurück, froh, dass er jetzt mit Antworten an der Reihe war. Es war alles so verwirrend, und sie ahnte, dass es noch verwirrender werden würde.

„Miss Goeland, McBraene wird entscheiden, dass Sie den zweiten Titan fliegen, darüber brauchen wir vermutlich nicht zu diskutieren. Ich möchte ebenfalls, dass Sie fliegen."

„Was? In den Tod werden Sie mich schicken!"

„Ja, das ist möglich. McBraene ist nicht nur Leiter dieses Projektes. Wussten Sie, dass die ursprüngliche Steuerung des Centaurus von ihm persönlich entworfen wurde?"

Rafales Kiefer klappte herunter, sie sah ihn aufgebracht an, viel zu aufgebracht, um etwas zu entgegnen. Jetzt machte alles noch viel mehr Sinn! Er nahm ihr die Anstrengung ab.

„Miss Goeland… Rafale. Ich darf Sie doch Rafale nennen, ja? Niemand kann Sie dazu zwingen, ich hielte es auch für unethisch, selbst wenn es möglich wäre. Aber ich appelliere an Ihr Gewissen. Ich habe Sie beobachtet, in der Konferenz. Wir wissen beide genau, dass Durain keinen Fehler gemacht hat, zumindest keinen offensichtlichen. Etwas an diesem Apparat ist nicht so, wie es sein soll, und McBraene will, nein, er muss es vertuschen. Andere Schuldige finden. Goeland, wir ziehen am gleichen Strang! Lassen Sie uns zusammenarbeiten!“

Seine dunklen Augen schienen so etwas wie ein Funkeln zustande zu bringen. Oder war es nur die Beleuchtung?

„Mag sein“, entgegnete sie. „Aber wie stellen Sie sich das vor? Warum muss ich dazu diese närrische Mission fliegen?“

„Weil Sie die einzige sind, die er hat, Goeland. Er braucht Sie. Wenn Sie nicht fliegen, ist das Projekt abgebrochen. So wie das Toutaine-System im Moment zu Coleria Prime steht, wird es für die nächsten Jahre nicht wieder stehen und die Versorgung wird immer schwieriger. Zuwenig für ein Projekt dieser Größenordnung. Es wird unterbrochen und vielleicht an ganz andere Orte verlegt. Und wieder werden Leute sterben und wir fangen von vorn an. Sie haben die ganze Ausbildung mitgemacht, Goeland. Niemand außer McBraene und Ihnen weiß so viel über den Centaurus und seine Adaption an diesen Luftlandeapparat. Arbeiten Sie, Goeland, arbeiten Sie mit uns! Vielleicht finden wir den Fehler sogar noch vor dem Abflug! Wenn wir es nicht versuchen, haben wir in jedem Fall verloren und Durain ist umsonst gestorben.“

Das war der springende Punkt. Rafale wurde klar, dass sie fliegen musste, ob sie wollte oder nicht. Es gab keinen Weg zurück, für McBraene nicht und für sie auch nicht. Das Puzzlespiel musste zu Ende gelegt werden.

„Also gut, Marain, ich fliege. Sorgen Sie dafür, dass ich aus der Wüste aufgekratzt werde."

„Zur Not mit McBraenes Dienstabzeichen, Goeland."

Mit diesen Worten warf er ihr nochmals sein eigentümlich jugendliches Schelmenlächeln zu und erhob sich, um sich zum Ausgang zu begeben. Auf sein Kommando hin öffnete die Sprachsteuerung gehorsam die Tür.

„Coleria ist stolz auf Sie, Goeland!" Ob er der Dramatik wegen nicht auf eine Antwort wartete, oder ob es am Ende solcher Gespräche so üblich war, blieb ihr verschlossen. Marain war verschwunden.

Während des kurzen Gespräches war es dunkel geworden über Toutaines Sanden. Schwärze hatte den Horizont ausgelöscht, und nur die Leuchten der Umzäunung des Raumhafens warfen ihre gespenstischen, einsamen Lichtflecken auf diesen abweisenden, fremden Boden. Ratlos stand Rafale wieder vor dem kleinen Kuppelfenster.

Ihr gefiel die Rolle nicht, die ihr zugedacht war. Noch weniger gefiel ihr, wie sie diese ausfüllte. Sie hatte an diesem Abend hin- und hergeschwankt wie ein steuerloses Schiff in einem Sturm, und auch wenn sie kein Kontrollfanatiker wie McBraene war, so schätzte sie doch gelegentlich Konsequenz in Denken und Handeln. Es war gut gemeint, ihr einen Rückzug auf Krankmeldung anzubieten, aber damit war niemandem wirklich gedient. Sie musste den Blick von Belles Tod abwenden, hin zu den Folgen für Coleria. Es durfte nicht noch mehr passieren, und wer, wenn nicht sie, Rafale Ghauri Goeland, die Astrogatorin, konnte das verhindern? Das Puzzle löste sich nicht auf, stattdessen wurde nur das Motiv immer größer. Leise seufzte sie.

Es klopfte altmodisch.

„Tür öffnen!“, befahl sie der Sprachsteuerung quer durch den Raum.

Es war ihr gleichgültig, wer jetzt noch kam, um ihr einen weiteren Vorschlag zu präsentieren, wie sie sich verhalten sollte.

„Entschuldige Raf, dass ich so spät noch hereinplatze.“

„Dan!“

Calvet stand etwas unentschlossen mitten im Raum, wie ein eingeschüchterter Schüler bei der Zeugnisvergabe. Er schien zu spüren, dass er mitten in etwas Großes hereingeplatzt war.

„Soll ich lieber wieder gehen, Raf? Ich hab das Gefühl, dass ich gerade störe, richtig?“

„Falsch!“, antwortete sie vom Fenster aus, während sie ihm mit einer demonstrativen Handbewegung den Weg zum Sofa wies.

Es wurde langsam etwas zu viel für diesen Abend. In einer ihrer Holo-Serien, die sie so liebte, würde ihr die gleiche Handlung erzwungen und unglaubwürdig vorkommen.

„Du kommst genau richtig, Dan, setz dich. Ich… muss dir etwas erzählen. Trinkst du einen Schnaps mit mir?“

Dan setzte sich und trank auch einen Schnaps, aus dem dann einige mehr wurden. Die Dienstvorschriften interessierten gerade wenig. Sie schüttete Calvet ihr ganzes Herz aus, erzählte von damals, lustige Geschichten mit Belle Durain, von dem Gespräch mit ihrem Vater, dem seltsamen Brief unter ihrer Türschwelle und dem noch seltsameren Besuch. Es tat so unendlich gut, jemanden einzuweihen in ihre Gedankenwelt, und Dan war ein wunderbarer Zuhörer. Es musste alles raus, wie beim Schlussverkauf, und er ließ sie erzählen.

Er legte wieder ungezwungen seinen Arm um ihre Schulter und ließ sie ganz Rafale sein.

Als sie endlich fertig war, drehte sie ihm das Gesicht zu und lächelte mit einem Anflug von Selbstironie.

„Verrückt, mh?"

„Nicht verrückter als alles hier, Raf. Und wenn es nicht so verrückt, wäre, dann wäre es langweilig, oder? Ich glaube, das würde Belle jetzt auch dazu sagen." Er lächelte zurück und sie wusste, dass er Recht hatte. Dan konnte Dinge so herrlich auf den Kern reduzieren, genau das tat ihr jetzt besser als jeder Schnaps.

„Weswegen bist du eigentlich gekommen, Dan? Doch nicht, weil du geahnt hast, dass ich einen Überschuss an verrückten Erlebnissen hab, oder?"

Beide sahen nun wieder geradeaus auf das dunkel-schweigende Kuppelfenster des kleinen Raums.

„Nein."

„Erzähl es mir, Dan, lass dir nicht alles aus der Nase ziehen."

„Ich habe über Umwege gehört, dass McBraene plant, dich fliegen zu lassen, aber das ist ja nun so aktuell wie die Holozeitung von letzter Woche."

Rafale sah ihn nicht an, während er sprach, forschte aber in der Tonlage seiner Stimme herum: Er klang fast etwas eingeschnappt.

„Och Dan… das stimmt natürlich. Ist aber trotzdem lieb von dir, dass du mich vorwarnst. Hast du denn noch viel Ärger bekommen wegen deines Anschlags auf McBraenes Querkopf?"

Jetzt musste er etwas lachen.

„Ach was, ich bekomme einen Eintrag in meine Akten, wahrscheinlich wird der Imperator davon Schluckauf bekommen!"

Rafale drehte sich in der Umarmung zu ihm, lehnte den Kopf an seine Schulter und sah ihn einfach nur kommentarlos an.

„Raf, ich weiß, was du jetzt denkst. Du fragst dich, warum ich das getan habe, ja? Ich… ja, verdammt, ich gebs zu: Ich wollte nicht, dass du es tust. Ach, zum Frell, es war wirklich blöd, was?"

„Du hast das echt für mich getan, Dan?"

„Ja, natürlich! Er hatte dich doch eh im Visier, und wessen Wurfgeschoss ihn letztlich trifft, ist doch wohl egal, oder? Bisschen den Ärger verteilen!"

Jetzt lachten beide herzhaft und Rafale verschüttete sogar etwas Schnaps dabei.

„Dan, du bist ein verrückter Hund!", japste sie, was er mit einem täuschend echten Kläffen beantwortete.

„Weißt du, was ich gerne täte, wenn du den zweiten Titan fliegen musst? Ich wäre gern der Pilot der Gambier Bay."

Rafales Lachen starb abrupt ab und sie sah Daniel Calvet erstaunt an. Er sah plötzlich gar nicht mehr so jungenhaft albern aus wie eben noch. Die Lippen waren zu einem Lächeln geschrumpft und seine Augen verrieten die Ernsthaftigkeit hinter seinen Worten.

„Warum, Dan?"

Sein Lächeln schwand weiter, als sei er enttäuscht von der unerwarteten Frage.

„Du bist vom Flugplan abgewichen, um Belle abzufangen. Mag zwar verrückt gewesen sein, und die Chance gering, aber du hast es immerhin versucht. Wenn du…", er pausierte, schien auf der Suche nach Worten in dem fast dunklen Raum.

„Wenn ich abstürze, würdest du es wenigstens gern versucht haben, ja?", half Rafale aus.

Er nickte.

„Ja, genau. Glaubst du, einer der anderen Piloten würde das tun?"

„Nein, bestimmt nicht, die haben alle Angst vor McBraene, und nach dieser Konferenz erst recht."

„Na siehst du. Ich hab eh bei ihm verschissen, ich wäre gern der Notnagel."

„Eher eine Not-Reißzwecke!" Dabei grinste sie ihn schelmisch an.

„Beschwer dich auch noch! Ich mein… wenn man so was im Voraus ahnt, könnte man zumindest den Rücken-Schildgenerator steiler konfigurieren. Ist nicht vorschriftsmäßig, aber…"

„… aber das würde die Chance von 2 auf 3 Prozent erhöhen? Du Held."

Bevor er einen Schmollmund ziehen konnte, entschärfte sie die Konversation mit einem dankbaren Lächeln, das mehr zu sagen vermochte als Worte. Wie um das zu unterstreichen, erlag sie der Versuchung, sich enger an ihn zu lehnen. Es schien nicht so, dass es ihn störte, galant ließ er diese Annäherung unkommentiert.

„Ich fürchte nur, dass McBraene mich lieber zum Müllsammeln einteilen wird als zum Fliegen der Gambier Bay. Ein Wunder, dass ich nicht schon mein Fährenticket bekommen habe. Vermutlich wird Bouchard den Flugbefehl bekommen, oder LeDuc."

Eine kurze Pause entstand. Dann schnippte sie mit den Fingern.

„Och… ich hab da gerade eine Idee, wer Bouchard und LeDuc übermorgen fluguntauglich schreiben würde. Und ich weiß auch, wer beim militärischen Geheimdienst eine dringende Empfehlung aussprechen könnte, einen gewissen Daniel Calvet auf die Gambier Bay zu lassen. Gründe der imperialen Sicherheit und so, weißt du?"

Jetzt grinste sie äquatorial breit. Ihre weißen Zähne blitzten im schwachen Lampenlicht auf, untermalt von den lebendig funkelnden, smaragdgrünen Augen.

„Und so, ja? Du bist ein durchtriebenes Stück, Rafale Goeland! Du schaffst es wirklich, alle Situationen in deinem Sinne zu drehen, was?"

Sie sah ihn an, betrachtete sein dunkelhäutiges Gesicht, dessen Merkmale bei dieser Dunkelheit kaum noch erkennbar waren.

„Nicht ganz. Ich… überlege noch, wer heute Nacht mit mir schlafen würde. Hast du da zufällig einen Vorschlag?"

„Beleuchtung aus!", warf Daniel der dienstbaren Sprachsteuerung entgegen.

Kapitel 7: Die langen Jahre im All

Die langen Jahre im All veränderten einen Menschen. Unweigerlich. Nur Narren und Leute, die daheim auf Coleria Prime geblieben waren, behaupteten etwas anderes. Es gab viele Veränderungen, offensichtliche und subtilere. Für die offensichtlicheren gab es Astro-Mediziner und Psychologen, für die subtileren gab es hauptsächlich ein Zaubermittel: Gewöhnung und – wo man sich nicht gewöhnen konnte – Akzeptanz.

Es gab Dinge, gegen die man wenig tun konnte, und allein dieser philosophische Ansatz war es für Rafale Goeland schon wert, ein halbes Berufsleben draußen im Nirgendwo gelebt zu haben. Sie hatte gelernt, sich in größere Dinge einzufügen und ihre Lebensuhr danach auszurichten, ein enormer taktischer Vorteil. Oft, nur allzu oft, zog sie mehr unbewusst den Vergleich zwischen den Spielregeln des weiten Alls und dem Herrschaftssystem auf Coleria. Der Mensch schien diese Spielregeln zu imitieren, als könne er gar nicht anders, aber war das gut und richtig? Sie wusste es nicht. Der Gedanke war ebenso groß und ungreifbar wie das weite All selbst, und meist schwenkte sie ihren Fokus zügig auf etwas Greifbareres.

Zu den subtileren Veränderungen gehörte das permanente Gefühl der Einsamkeit. Man steckte im Weltraum, aber nach langen Jahren steckte der Weltraum auch in einem, wohin man auch ging. Für die Astrogatorin war es meist besonders fatal, wenn persönliche, emotionale Last dazu kam. Dann wurde aus dieser galaktischen Einsamkeit schnell ein bestialisches Raubtier, das einem an die mentale Kehle sprang und sich kaum mehr abschütteln ließ. So war es hier auf Toutaine. Belles Tod, die Hilflosigkeit und das sinnlose gegenseitige Zerfleischen mischten sich mit diesem Gefühl der universellen Einsamkeit, das einem Raumfahrer nachhing, sogar wenn er unter Menschen ging.

Der Stallgeruch der endlosen Schwärze hing an ihr, und wenn er sich so mit dem bitteren Aroma der Verzweiflung mischte, musste sie etwas unternehmen. Mit Dan zu schlafen war einfach nur natürlich. Rafale war davon überzeugt, dass alle Raumfahrer so dachten, auch wenn sie es meist für sich behielten. Was war natürlicher, als sich einen anderen Weltraumvagabunden zu suchen, der ebenso fühlte? Dan musste es genauso gehen. Sie wusste, dass es ihm genauso ging. Sie wusste sogar von verheirateten Raumfahrern, die nicht anders konnten, und irgendwie konnte sie auch diese Leute verstehen. Auch Belle war nicht anders gewesen: Das All war ein Kaninchenstall, und nur die Außenseiter mokierten sich über solche Geschichten, wenn sie denn mal öffentlich wurden. Was wussten sie schon.

Ihre Gedankengänge wurden allmählich unregelmäßiger, störend untermischt von Geräuschen, die nicht dazu passten. Der Instinkt flüsterte ihr ein, dass es der Übergang vom traumdurchwobenen Schlaf in den unbarmherzigen Alltag war, sie dämmerte dem Erwachen entgegen.

Fester schmiegte sie sich an Dans Körper, als könnte sie sich so in den Windschatten des erwachenden Tages legen, als würde er so über sie hinweg branden wie eine Welle daheim, an ihrem geliebten Platinstrand auf Coleria Prime. Daheim. Sie saß in der gedanklichen Falle. Sogar ihre mentale Abwehr sagte ihr, dass sie nicht daheim war. Schlafzäh tröpfelte ihre Aufmerksamkeit durch den Schleier des Traums und durchsetzte ihn. Draußen auf dem Gang liefen

Leute, obwohl es dunkel war. Augenblicke später wurde ihr bewusst, dass das Fenster nur ihrem Wunsch nach Intimität nachgekommen war und sich die Pigment-Automatik des Glases im Dunkelmodus befand. Draußen war sicherlich wieder einer dieser scheußlichen Toutaine-Tage angebrochen.

Ihre virtuellen Hände griffen ins Leere, der süße Halbschlaf zerrann unwiederbringlich. Irgendwas piepste. Sicherlich ihr Kommunikator. Dan bewegte sich.

„Mhhh… haben wir verschlafen, Raf?"

„Das sag ich dir, wenn du mir sagst, wie spät es ist", brummte sie zurück, den Kopf mit der roten Mähne auf seiner Schulter abgelegt.

Nur ungern trennte sie sich von dem unschuldigen Paradies. Es war schön warm und gemütlich, so zärtlich und ohne lästiges Warum und Wieso. Wieder das nervige elektronische Piepsen.

„Meiner ist abgeschaltet, Raf, muss deiner sein."

Mit einem kratzigen „Wieso schaltest du deinen Dienstkommunikator eigentlich ab?" erhob sie sich und stapfte unbeholfen tänzelnd über den klammen Kunststoffboden.

„Kann nichts Gutes bedeuten, das ist eine offizielle Nachricht, dem Ton nach."

Wie Dan es schaffte, der Partitur von Signaltönen eines imperialen Kommunikators ohne Übersetzungstabelle einen Sinn abzuringen, das war ihr schleierhaft. Für sie waren die kleinen Geräte schlicht Nervensägen. Sie nahm den Kommunikator in die Linke und aktivierte den Nachrichteneingang. Plötzlich schien sich ihr Körper aus der existenten Welt auszukoppeln, sie stand stocksteif da, mit geweiteten Augen den winzigen Monitor anstarrend, ohne einen Laut von sich zu geben.

„Raf, was ist los?", rief Dan ihr zu. „Raf, alles klar?", setzte er nach und ärgerte sich bereits.

Nichts war klar, das war offensichtlich. Er stand auf, nahm die Decke mit, in der Absicht, diese um Rafales nackten Körper zu legen.

„Jetzt sag schon, was los ist… bitte!“

Das *Bitte* riss Rafale Goeland aus ihrem entrückten Schockzustand heraus und sie sah Dan Calvet ausdruckslos an.

„Sie haben Belle gefunden.“

Rafale wusste selbst nicht so genau, wie sie sich diese Szene, die sich zwangsläufig irgendwann abspielen musste, vorgestellt hatte. Sicherlich nicht wie einen glorreichen Einmarsch der Gladiatoren. Aber selbst stark abgeschwächte Formen davon ließen die sich anbahnende Rückkehr bizarr, makaber oder geradezu morbide erscheinen. Es mochte tröstlich sein, dass Belle nicht dort draußen in den lebensfeindlichen Sanden zurückbleiben würde, aber das hier war doch das absolute Gegenteil eines Triumphzuges. Es war ein armseliges Eingeständnis der Niederlage von Mensch und Technik vor den Naturkräften. Oder gar vor sich selbst, wie sie sich kurz vor Augen hielt.

Während sie sich den in aller Eile notdürftig übergezogenen Overall richtete, durchliefen drei große Gleiter das Energo-Gate, die äußere Kraftfeldbarriere dieser Einrichtung, die sich großspurig Raumhafen nannte. Rote Mastleuchten wechselten auf Blau, dort, wo das Kraftfeld heruntergefahren wurde, um die Transporter in die Außenbereiche des Raumhafens einzulassen. Gleich nachdem der sonderbare Leichenzug passiert hatte, wechselte das Licht wieder auf Rot, man war unter sich und der ewige Sand Toutaines blieb draußen.

Auch wenn Calvet aus Gründen der Vorsicht noch in ihrem Zimmer geblieben war (auf den Gängen wimmelte es jetzt vor hektischer Betriebsamkeit, und es wäre unklug gewesen, hätte man die beiden gemeinsam herauskommen sehen), so war sie doch nicht allein: Diverse Techniker warteten mit ihr, und sicherlich hatte nicht jeder von ihnen einen Dienstauftrag. Sie konnte De Marnet und Levasseur ausmachen, die sich im Schatten des großen Hangars herumdrückten. Und sie war sich absolut sicher, dass McBraene von dort oben, im düster aufragenden Kontrollturm, seine Kameraaugen auf die Szenerie warf. Einen größeren Kontrast zwischen der durchliebten Nacht und dieser gespenstischen Szene hätte sie sich in ihren kühnsten Träumen nicht zeichnen können.

Die drei Fahrzeuge waren im auffälligen Warnrot des radiographischen Dienstes lackiert, ein deutlicher Hinweis darauf, was passiert war. Diese Leute kartografierten normalerweise Planeten mit natürlichen Strahlungsquellen, waren aber auch für die Bergung radioaktiven Materials zuständig und hatten entsprechende Ausrüstung. Allen voran speziell abgeschirmte Techni-Bots, humanoid aussehende Roboter mit übergroßen, skurrilen „Köpfen“, die auch bei hoher Strahlenbelastung noch sicher funktionierten.

Beim Aufschlag war sicher der Mini-Reaktor des Titan zerstört worden. Dabei musste es nicht einmal zu einer Explosion gekommen sein. Allein die gewaltsame Öffnung des Reaktorbehälters reichte aus, um dessen Inhalt – stark strahlende Radionuklide – in weitem Umkreis zu verteilen. Kein Wunder, dass die Leute vom radiographischen Dienst den Absturzort als Erste fanden, der Fallout muss für ihre Scanner wie ein Leuchtfeuer geblinkt haben. Wie um Rafales Gedanken spontan zu bestätigen, bog der dritte Gleiter, der Mannschaftstransporter der Gruppe, unmittelbar hinter dem Kraftfeldeingang ab. Beinahe verschämt schob er sich mitsamt seiner Ladung, vermutlich den Techni-Bots, der etwas abseits aufgebauten Dekontaminationsanlage entgegen.

Unschlüssig drückte Rafale sich in den spärlichen Schatten eines Antennenmastes, als wollte sie mit ihm verschmelzen. Bereits das Eintauchen in diesen dürren Schattenfinger ließ die allgegenwärtige Hitze erträglicher werden. Innerlich war ihr ohnehin kalt.

Hätte man ihr die Frage gestellt, wofür sie eigentlich hier war, so hätte Rafale keine gute Antwort darauf gewusst. War es, *weil man das so machte*? Kondolenz in Belles Angedenken? Tradition unter Astrogatoren und Piloten? Vielleicht von allem etwas, oder auch gar nichts. Die Untätigkeit quälte sie, und da war es angenehmer, hier draußen zu stehen und die Gruppe zu begrüßen, statt sich in den Schatten der Gebäude zu verstecken.

„Heil dem Imperator!“, rief der Fahrer des ersten Gleiters, als er aus seiner Seitenluke stieg.

Man sah seinen ungelenken Bewegungen an, dass er schon lange in dem Fahrzeug gesessen hatte. Der Mess- und Gerätegleiter kam gleich hinter seinem Führungsfahrzeug zum Stehen. Die unentwegt rotierenden und schwenkenden Antennen und Sensoren auf seinem Dach gaben ihm den Anschein mechanisierter Neugier.

„Sie haben also den Absturzort gefunden, ja?“ Rafale war über ihre eigene überflüssige Frage verärgert, aber sie wollte es vermeiden, ein „Heil“ zurückzugeben. Der Imperator war weit weg.

„Ja, Astrogatorin. Wir konnten mit Hilfe der Sonet´schen Breitband-Triangulation…“

„Haben Sie Durains Leiche bergen können?“, schnitt sie ihm barsch das Wort ab.

Er verzog etwas das Gesicht, vermutlich hätte er gerne von seiner Arbeit berichtet. Er sah nicht so aus, als würde er in seinem Leben jemals etwas Spannenderes als Sonet'sche Triangulationen machen.

„Ja, haben wir. Die Überreste sind im Gerätegleiter verstaut. Die Urium-Meßwerte im unmittelbaren Perimeter waren…“

„Ich will sie sehen.“

„Sehr wohl, Astrogatorin.“ Der Techniker resignierte und machte sich zum zweiten Fahrzeug auf. Rafale bemerkte, dass neben den üblichen Mannschaften auch zwei Uniformen des militärischen Geheimdienstes ausgestiegen waren, dazu ein Mann im Overall des medizinischen Korps. Dieser hatte vermutlich die angespannte Konversation mit angehört und hantierte bereits an einer Außenklappe des kleinen Laderaums herum, um diese dann aufzuschwenken.

„Das… ist alles?“

„Ja, Miss.“

Hätte sich nicht bereits zuvor schon die Ernüchterung breit gemacht, so hätte sie dies spätestens jetzt getan. So aber nahm sie jetzt Logenplätze ein. Der Behälter mit Belles sterblichen Überresten war nicht größer als eine Munitionskiste, von denen Rafale in ihrer aktiven Militärzeit genügend geschleppt hatte. Der Blechkasten in seinen Händen hatte etwa 30 Liter Inhalt, und das meiste davon war sicherlich noch die Strahlen hemmende Auskleidung. Ihr Magen zog sich unwillkürlich zusammen, und es war nicht nur das ausgebliebene Frühstück.

„Kann… kann ich sie sehen?“

Sie kam sich gerade schrecklich albern vor, wenn sie von diesen zerfetzten und sonnengedörrten Geweberesten als Person sprach, als könnte sie der Toten einen letzten Gruß ins Gesicht sagen: Es war mehr Ausdruck der Hilflosigkeit, ihr fielen einfach keine sinnvolleren Worte ein.

„Miss, das geht leider nicht, die Strahlungswerte sind einfach zu hoch. Wir haben komplett über ferngesteuerte Techni-Bots arbeiten müssen.“ Er hielt verdeutlichend die Kiste in die Höhe: „Und das hier ist alles organische

Material, das wir finden konnten. Immerhin haben die Strahlung und die trockene Luft eine Verwesung verhindert, aber eine große Hilfe ist das nicht. Einige Hautpartien von Kopf und Gesicht sind noch annähernd zur Identifikation geeignet. Wir haben Bilder während der Bergung aufgenommen, aber es ist kein schöner Anblick. Wollen Sie die sehen?"

Rafale entschied sich, die aufkommende Übelkeit mit Wut zu bekämpfen, auch wenn sie diese nicht direkt an dem Mann auslassen konnte.

„Nein, danke, ich glaube, ich habe genug gesehen!"

Sie hatte das etwas grober ausgesprochen, als es eigentlich angemessen war, aber ihr Gesprächspartner stand stoisch da und ließ sich nichts anmerken.

„Wo sind die Überreste des Titan?", fragte sie, entschieden froh, vom Thema ablenken zu können, bevor sich ihr Magen umstülpte. Ihr Unterbauch fühlte sich kalt an, trotz Toutaines unbarmherzig brennender Sonne.

Der Mann im ehemals weißen, jetzt sandgelben Overall wies in Richtung der Dekontaminationsanlage.

„Sind mit den Techni-Bots im Mannschaftsfahrzeug, die Verstrahlung muss zunächst gemindert werden, bevor man mit dem Material arbeiten kann. Das Elektronengehirn ist unbrauchbar zerstört, aber immerhin haben wir den Speicherkern der Systemeinstellungen gefunden."

Diesen letzten Satz hätte der Mann vom medizinischen Korps sich auch sparen können. Rafales Blick über die Schulter fand Levasseur und De Marnet, wie sie im Laufschritt auf die Waschanlage zueilten: Die Aasgeier hatten ein essbares Stück gefunden.

„Heil… dem… Imperator!", ächzte sie den Leuten des Bergungsteams entgegen, schon im Umdrehen begriffen und bemüht, dass ihr Magen sich an dieser Bewegung kein Beispiel nahm.

Wie ein Siechender schleppte sich der Tag dahin, zumindest in Rafales Augen. Als sie in ihr Zimmer zurückkam, war Daniel bereits verschwunden (aber es roch nach seinem Deo!), dafür wartete eine Nachricht mit dienstlicher Dringlichkeitsstufe darauf, aus dem Speicher ihres Kommunikators befreit zu werden. Noch bevor sie den Text auf den Bildschirm entließ, wusste sie, was kommen würde: McBraene rief zur nächsten Runde des Treffens. Es würde ohne Daniel stattfinden, aber mit tödlicher Sicherheit würden erste Analysen der Kybernetiker und Intellektroniker vorliegen, die man präsentieren oder verharmlosen konnte, je nach Faktenlage. Sie war auf alles vorbereitet. Diesmal würde McBraene sie nicht in die Ecke treiben!

In die Analyselabors hatte man sie nicht eingelassen, auch wenn sie neugierig auf den Fortschritt der Auswertung der Wrackteile war. Es hatte sie nicht überrascht. Auch wenn Rafale – und natürlich Belle – in den Augen des fliegenden Personals die Hauptpersonen dieses Versuchs waren, so sah das in den Augen eines Intellektronikers deutlich anders aus. Und McBraene war einer von ihnen. Immerhin hatte sie es geschafft, einem Programmierer im Tausch gegen ein paar Zigaretten einige spärliche Informationen zu entlocken. Der Systemspeicher war nicht nur intakt geblieben, sondern sein monokristallines Hirn war von der atomaren Strahlung unbeeindruckt und hatte sämtliche Parameter zum Zeitpunkt des Aufpralls gespeichert. Man bemühte sich, diese herauszuladen. Leider beinhaltete dieser Basisspeicher keine Aufzeichnungen über Vorfälle, geschweige denn Gespräche. Der Mann hatte dann noch einiges von der allgemeinen Mnesonen-Theorie gefaselt, aber Rafale hatte ihm nur mehr aus Höflichkeit zugehört. Sie wusste nun, dass es nachher Interessantes zu berichten gab.

Rafale war es leid, aus dem Fenster auf den teilnahmslosen Sand zu blicken. Auch wenn es sicherlich eine sehr beeindruckende Pose war, wenn mal jemand einen Film drehen oder ein Buch über sie hätte schreiben wollen. Sie synchronisierte den Beginn des Treffens in ihren Terminkalender und setzte sich auf das kleine Sofa. Das ebenso bescheidene wie schiefe Regal neben ihr war mit einigen Büchern belegt. Eine eher dürftige Auswahl, die allen Besuchern gerecht werden sollte, die ein missliebiges Schicksal an diesen trostlosen Ort geweht hatte.

Gewohnheitsmäßig nahm sie ein altes, aber offenbar wenig gelesenes Exemplar des „Atlas für interstellare Routenplanung – Mit Rechentabellen, fünfte Auflage“, von den Astrogatoren salopp „Sternenpendler“ genannt, heraus und schlug es auf. Im Grunde lasen ihre Augen nichts, aber das war beim Hinausblicken durch das Fenster ja auch nicht anders. Der Atlas hatte ihr nichts zu sagen was sie, die Astrogatorin, nicht auswendig wusste. Stattdessen glitten ihre Gedanken zurück in die Vergangenheit, während sie verträumt Seite um Seite umblätterte. Wieder kam sie auf ihren Vater.

Bevor Artouste Goeland Direktor einer Raumwerft im colerianischen Orbit wurde, war er ebenfalls ein Astrogator, der im Auftrag des Imperiums die ganze bekannte Galaxis bereist hatte. Glühend hatte sie ihn bewundert, diesen unerschütterlichen, ruhigen Riesen, von dem sie die fuchsroten Haare und die stechend grünen Augen geerbt hatte – und so manches Andere, auf das sie nicht immer stolz war. Unbedingt wollte sie auch zu den Sternen, das stand schon früh fest, zumindest für sie. Während ihre Finger fast zärtlich über die alten Buchseiten glitten, konnte sie ein sentimentales Lächeln gar nicht verhindern.

Daddy hatte ihr eines Tages ein Exemplar des Sternenpendlers von der Arbeit mitgebracht, sehr zum Missfallen ihrer Mutter. „Setz Rafja nicht noch mehr Flausen in den

Kopf!“, hatte sie immer geschimpft. Aber Daddy ließ sich nie beeindrucken. Schon am ersten Abend, vor dem Schlafengehen, saßen sie gemeinsam auf ihrem Bett und sahen sich die bunten Karten an. Daddy erklärte ihr Dinge, technische Details, die sie damals noch nicht einmal aussprechen konnte, und sie fühlte sich unendlich ernst genommen. Am liebsten hätte sie sich einen Raumhelm geschnappt und wäre geradewegs mit ihrem Bett zu den Sternen geflogen! „Daddy, wann nimmst du mich endlich mal mit?“, hatte sie ihn mehr als einmal bestürmt.

Eines Abends, sie war zehn Jahre alt, kam er dann mit auf ihr Zimmer und löste zu ihrem Erstaunen die große Faltkarte aus der Buchmitte heraus. Er nahm sich eine Nadel und begann, in die wichtigsten Sternhaufen und Sternbilder Löcher zu stechen, genau dort, wo sich die jeweiligen Sonnen befanden. Dann nahm er die zerlöcherte Karte, bog den dünnen Karton etwas und befestigte ihn dicht oberhalb von Rafales Nachttischlampe. Als er sie einschaltete, warf die Lampe hunderte feiner Lichtnadeln unter die Zimmerdecke. Staunend saß seine Tochter da, mit offenem Mund, und begaffte die Galaxis unter ihrer Zimmerdecke.

„Rafja, schau genau hin! Wenn du alle Systeme der Kernwelten, alle aktuellen Sternbilder und alle Fixsterne auswendig gelernt hast, dann nimmt Daddy dich mit ins weite All.“

Und die kleine Rafale lernte schnell, Abend für Abend. Und Artouste Goeland stand zu seinem Wort: Keine zwei Jahre später stand mit der zwölfjährigen Rafale Ghauri Goeland Colerias vermutlich jüngster Brückenpassagier an Bord einer Korvette der stolzen imperialen Marine, auf dem Weg zu den Sternen.

Während ihr noch nach all den Jahren der Nachgeschmack der empfundenen Aufregung auf der Zunge lag, lockte ein ungeduldiges Piepen ihre Gedanken aus dem idyllischen Garten der Erinnerungen, hinein in das Dornengestrüpp der Realität. Der Kommunikator hatte sich zu Wort gemeldet: Es wurde Zeit, sich die Uniform anzuziehen.

Kapitel 8: Konferenzen und Krankschreibungen

Derselbe Ort. Dasselbe Bild. Toutaines Dämmerung war schon eilig über den Raumhafen hergefallen, als sich dieselben Teilnehmer wieder zusammenfanden. Mit einer Ausnahme: Calvet war natürlich nach wie vor ausgeschlossen. Diesmal würde Rafale selbst werfen müssen, wenn die Dinge außer Kontrolle gerieten. Mit grimmigem Lächeln bedachte sie den kleinen Würfel vor sich, der ihren Namen und Rang knapp drei Handbreit nach oben projizierte. Rafale, nunmehr in ihre Uniform gezwängt, sah sich um. Es war dieselbe Sitzordnung, natürlich. Warum sollte es auch anders sein. Und natürlich würde McBraene genau pünktlich sein und jene, die noch nicht bereit saßen, mit sich in den Raum spülen wie eine mächtige Welle. Sie sah auf ihr Chronoskop. Noch eine Minute und 43 Sekunden.

Doch es war auch etwas anders. Rafale sah in die Gesichter der Leute, eines nach dem anderen. Die geschockte Betroffenheit hatte einer Angespanntheit Platz gemacht. Nicht nur sie, Belles Freundin, wartete ungeduldig auf die Präsentation Levasseurs. Nicht nur sie hatte auf allen möglichen Umwegen erfahren, dass der Systemspeicher noch auswertbar war.

In den Nachmittagsstunden war sie Rassez, Marain und Sutton jeweils irgendwo in den Eingeweiden der Station begegnet (und sie fragte sich mittlerweile, wie viel Zufall in diesen Begegnungen steckte) und alle spekulierten in irgendeiner Form über dieses intellektronische Kleinod. Rafale selbst hatte nie mehr als den dienstlich nötigen Respekt vor der Kunst der Intellektronik gehabt, geschweige denn ein

Interesse dafür. Und Typen wie De Marnet steigerten dies auch nicht gerade. Was bewog einen Mann wie ihn, sich auf so dünnes Eis zu begeben? War es übersteigerter Respekt vor einem Kollegen wie McBraene, einem anerkannten Helden des colerianischen Imperiums? Oder konnte McBraene selbst einem etablierten Wissenschaftler wie De Marnet noch Steine in den Weg legen, wenn er nicht in seinem Sinne parierte? Oder war es einfach McBraenes Art, die bei den meisten Menschen in seiner Nähe keine Widerworte zuließ, auch wenn er sich langsam in einen psychotischen Wahnsinn steigerte? Was musste noch passieren, damit man einem autoritären Machtmenschen wie McBraene den Gehorsam verweigerte? Und wie so oft kroch Rafale der unangenehme metaphorische Gedanke an das Imperium selbst den Nacken hinauf und krallte sich dort fest. McBraene war nur ein Produkt dieser Gesellschaft. Kein Wunder, dass er Karriere machte!

Derartige Gedanken galten auf Coleria schon als Rebellion, und so war Rafale sogar erleichtert, als genau dieser McBraene schließlich hereinkam. Nein, er marschierte ein, und Levasseur und De Marnet in seinem Fahrwasser gleich mit. Sie mussten etwas sehr Wichtiges herausgefunden haben. McBraene trug einen unauffälligen Schnellverband an der Schläfe, dort wo Calvets Wurfgeschoss ihn getroffen hatte. Levasseur schleppte einen Holo-Projektor vor dem Bauch, dessen Emitter beim Gehen ständig mit dem massiven Schnauzer kollidierte. Es war ein unfreiwillig komischer Anblick, den Belle bestimmt mit einem herzhaften Gelächter begleitet hätte. Sicher war es nicht das Gerät, das angeblich auf dem Weg nach Toutaine war, vermutlich hatte man stattdessen irgendeine weniger wichtige Abteilung im Rahmen des Pflicht-Treue-Gesetzes um deren Ausrüstung beraubt. Montaro dackelte wie üblich mit gesenktem Blick hinterher. Ein Wunder, dass sie so durch den Raum fand.

McBraene verlor keine Zeit, als er am Kopfende des ovalen Besprechungstisches Platz nahm.

„Meine Herrschaften, wir haben den Systemspeicher des abgestürzten Titan analysieren können und sehr aufschlussreiche Fakten daraus gewonnen. Ich bitte um einen kleinen Moment Geduld, bis der Projektor sich mit den Datenpads synchronisiert hat."

Rafale merkte auf. Dass er das Wort *abgestürzt* und nicht *verunfallt* benutzt hatte, missfiel ihr, klang es doch wie ein düsteres Omen. Oder war sie jetzt auch schon so paranoid, dass sie das Gras wachsen hörte? Sie bemühte sich um ein neutrales Gesicht, während Levasseur mit geübten Griffen den Projektor aufstellte und in Gang setzte. Dessen fahlblaues Licht warf eine verwaschen-helle Sphäre in den ansonsten abgedunkelten Raum.

„De Marnet, würden Sie bitte mit der Präsentation beginnen?", forderte McBraene diesen auf.

Und als hätte die Lichtsphäre ebenfalls darauf reagiert, formte sie sich um. Sie zeigte nun eine dreidimensionale technische Darstellung des Titan, die sich unablässig langsam im Kreis drehte. Die Zweieinhalbmeter-Maschine sah sogar in dieser vielleicht 30 Zentimeter großen Projektion noch imposant, wenn nicht gar bedrohlich aus. Anders als bei normalen humanoiden Robotern steckte ja in diesem Gerät ein Mensch, dementsprechend massiv fielen Arme und Beine aus, das Cockpit war in einem Kopfstück untergebracht, das halb zwischen den mächtigen gepanzerten Schulterstücken versunken war, was der Maschine ein leicht unbeholfenes, buckliges Aussehen verlieh. Auch wenn Rafale als Astrogatorin der Marine nie am Boden gekämpft hatte, hatte sie doch genug Vorführungen des Centaurus miterlebt um zu wissen, dass dieser Koloss von drei Tonnen grazil wie eine Gazelle herumspringen konnte.

„Sehr gerne." De Marnet erhob sich irgendwie feierlich.

Er wirkte wie der Tischredner bei einer Hochzeit, aber, so dämmerte es Rafale, letztlich war es eine Totenmesse.

„Ich lasse der Einfachheit halber die intellektronischen Fachaspekte der Datenrestauration weg. Wer möchte, kann diese dem detaillierten Bericht entnehmen."

Eine gewisse Selbstzufriedenheit konnte selbst dem unaufmerksamen Zuhörer nicht entgehen und Rafale war sich schon jetzt sicher, dass es an den Fakten selbst fachlich nichts zu rütteln geben würde.

„Nur in Kürze dargestellt, um ein Grundverständnis für die Analyse zu erzeugen: Der Systemspeicher der Maschine enthält nicht den Verlauf der komplexen Informationen, also keine aufgezeichneten Gespräche, Steuerbefehle und Rückmeldungen, aber er gibt ein exaktes Bild vom Ist-Zustand der Maschine zum letztmöglichen Zeitpunkt wieder. Im intellektronischen Normalfall ist dies das Abschalten der Systeme nach dem Einsatz, um den Wartungstechnikern einen Ansatzpunkt für fällige Reparaturen zu geben. In unserem Fall wäre dies dann der Zeitpunkt des Aufschlags, bei dem es selbstverständlich nichts mehr zum Reparieren gab."

Rafale brauchte nicht in die Runde zu blicken, um zu wissen, dass niemand ob dieses fahlen Scherzes einen Mundwinkel verzog. Mit jeder Sekunde konnte sie De Marnet weniger leiden, und er war im Begriff, in diesem Rennen Levasseur zu überholen.

„Wie man bereits vermuten kann, wurde beim Aufprall der Nuklidbehälter des Reaktors beschädigt und es trat Radioaktivität aus. Immerhin war diese wenigstens ein exzellenter Hinweis für das Bergungsteam. Der Speicher ist nicht nur durch einen Mantel aus gehärtetem Panzerstahl geschützt, er besteht auch aus monokristallinen Speicher-Mnesonen. Dadurch ist er, im Gegensatz zu üblichen Elektronengehirnen und Speichermedien, weitgehend unempfindlich gegen kurzwellige Strahlung, was sich in unserem Fall als sehr vorteilhaft erweist."

„Zwischenfrage: Wie stark ist denn die Strahlung eines defekten Reaktors beim Titan?", warf Mazzolini ein.

Rafale vermutete, dass er einfach nur den selbstgefälligen Auftritt De Marnets bremsen wollte, denn zur Sache trug die Frage wenig bei.

„Oh, wir liegen bei einer kompletten und spontanen Freisetzung bei etwa 80 Teragray, vorausgesetzt das Material ist fein genug verteilt und es fand keine Kernschmelze statt."

„Das ist eine tödliche Dosis", ergänzte Sutton die Diskussion. „Auch bei kurzzeitiger Exposition. Wir können also davon ausgehen, dass der Bediener, selbst wenn er eine solche Havarie überlebt, durch die Strahlung halbwegs spontan getötet wird. Und… ich vermute… alle Personen in einigen Metern Umkreis auch."

McBraenes Gesicht verdüsterte sich, und genau das war vermutlich die Absicht dahinter. Scheingefechte. Rafale verbarg ihr aufkommendes Grinsen hinter vorgehaltener Hand. Sie wusste mehr. Levasseur, der Kybernetiker, übernahm die Antwort.

„Das mag sein, aber wir reden von einem Kriegsgerät. In dessen Umfeld besteht immer äußerste Lebensgefahr und bei einer kybernetisch angetriebenen Maschine dieser Bauart gibt es keine Alternativen."

„Das ist auch nicht Thema dieser Untersuchung, meine Herrschaften!", schaltete sich McBraene unwirsch ein, um einen Schlussstrich unter die Abschweifung zu ziehen. „De Marnet, fahren Sie bitte fort!"

Immerhin konnte man ihm anmerken, dass die Situation auch ihn Nerven kostete.

„Sehr wohl. Also, wir haben die gespeicherten Rückmeldungen der Schadenssensoren, der Lagemelder und zahlreicher Speiseleitungen von Hydraulik, Elektrik und Elektronik zusammengefasst. Waren zwei oder mehr Rückmeldungen unterbrochen oder handelte es sich um einen Statusreport eines Lagemelders in den Extremitäten, so sind wir von einer Funktionsuntüchtigkeit der betreffenden Extremität bzw. ihrer Bewegungseinrichtungen ausgegangen. Wir sind übereingekommen, dass dieses Raster genau genug ist, um hier dienlich zu sein."

Während De Marnet ausführte, zeichnete der Holo-Projektor kleine und größere leuchtende Markierungen um sämtliche Gelenke, dazu diverse Schadensstellen einfach mitten in Armen und Beinen. Gebannt starrte Rafale auf das Schema der Maschine, wie diese kurz vor dem vernichtenden Aufschlag ausgesehen haben mochte, und die Kehle wurde ihr langsam eng. Sie wusste in diesem Moment genau, dass diese Vorstellung sie noch viele Jahre verfolgen würde: Es musste die Hölle für Belle gewesen sein. Einziger Trost in diesem Moment war Suttons Anmerkung. Wann hatte sie die eigentlich geäußert? Gestern? Vorhin, als sie sich kurz trafen? Sie wusste es nicht einmal mehr genau. Jedenfalls hatte sie gesagt, dass die Adrenalinausschüttung und der zeitgleiche Schock Belles Empfinden derart gedämpft haben dürften, dass ihr das volle Erleben in ihren letzten Sekunden erspart geblieben sein mochte. Dennoch, sie würde die Schreie so schnell nicht vergessen, es war…

„Was bedeutet denn dieses rote Gespinst, das sich vom Rücken her durch den Titan ausbreitet?", wollte Rassez wissen und riss Rafale dabei aus ihren trübsinnigen Gedanken.

„Das ist die Darstellung der entkoppelten Steuerkreise, denn hier sehen wir modellhaft das wichtigste Detail der Untersuchung dargestellt: Miss Durain hat tatsächlich auf manuelle Steuerung umgeschaltet, was dann wohl auch die Ursache für das außer Kontrolle Geraten des Fluges sein dürfte."

Für Rafale Goeland brach spontan eine Welt zusammen. Selbst ein instinktives Aufspringen wollte sich nicht weiter als bis zu ihren Knien durchsetzen, und so sank sie gelähmt und steif wieder in ihren Sessel zurück. Also war es doch wahr? Sie geriet in den Mahlstrom des Zweifels, von innen heraus wurde ihr schwindlig. Jetzt würde jede Diskussion überflüssig sein, der Fehler lag eindeutig bei Belle. Hatte sie, Rafale, einen Fehler gemacht, als sie bedingungslos an einen technischen Fehler geglaubt hatte und den Faktor Mensch in diesem System verteidigen wollte? Und hatte sie dies nur getan, weil es sich um Belle Durain handelte, nicht um einen der namenlosen Testpiloten, die wieder und wieder ihr Leben riskierten – und nur allzu oft verloren?

Ihr hochgewachsener, schlaksiger Körper sank weiter im Sessel zusammen. Ein diffuses Schuldgefühl begann, an ihr zu nagen. War sie denn so viel besser, edler als McBraene? War sie nicht genauso paranoid besessen von ihrer Idee, noch bevor es Beweise gab? Sie kam sich plötzlich sehr selbstgerecht vor: Wer war sie denn, dass sie etwas nicht akzeptieren wollte und das Gegenteil annahm, nur weil es ihr besser gefiel als die andere Version? Selbst wenn auch diese nicht ganz sauber war?

Rafale hörte die lebhafter werdenden Stimmen der Runde, aber sie versank gerade wie ein Ozeanriese in ihren eigenen Fluten. McBraene hatte die Steuerung des Centaurus entwickelt, das mochte sein. Aber strafbar war es nicht, wie schon Marain es ausdrückte. Im Gegenteil, diese Steuerung war revolutionär und hatte ihm verdientermaßen einen Orden des Imperators eingebracht. War es denn ungerecht, an diese – seine eigene – Entwicklung zu glauben, und den

Fehler zuerst woanders zu suchen? Das war doch keineswegs paranoid, wenn man es mit Abstand betrachtete. „Starke Überzeugungen sehen nur von außen betrachtet verrückt aus“, hatte ihr Daddy oft gesagt. Und Daddy hatte immer Recht.

„Pardon, wenn ich da eine frühere Frage neu aufwerfe, aber ich verstehe nach wie vor eines nicht: Wenn Durain die automatische Steuerung außer Kraft gesetzt hat, wie hat sie das gemacht, ohne das Steuerkommando *Notfallsteuerung* ausgesprochen zu haben? Und wieso sollte sie das tun? Wenn sie plötzlich der Ehrgeiz gepackt hätte, es von Hand nach unten zu schaffen, hätte sie das denn nicht mitgeteilt?“

Mazzolinis Frage riss Rafale nun doch aus ihrer beschämten Welt unter den Wellen ihres Verstandes nach oben. Sie wurde aufmerksam. Levasseurs Schnauzbart zuckte bereits vor Begierde, die Frage zu beantworten.

„Wie sie es geschafft hat, diesen Befehl auszulösen, dürfte unsere Intellektroniker trotz hervorragender Kompetenzen noch eine Weile beschäftigen. Und es wäre keinesfalls ehrenrührig, wenn es nie geklärt würde. Immerhin ist von der Einheit nur wenig Material übrig geblieben, das größer ist als eine Kinderfaust. Und selbst das besitzt größtenteils nur Materialwert, sonst nichts. Ich persönlich halte Durains Aussage *Ich kann nicht mehr* da noch für am hilfreichsten. Sobald wir mit Coleria Prime im Austausch stehen, werden wir Durains privates Umfeld genauer ergründen.“

Mazzolinis Neugier war noch lange nicht befriedigt.

„Levasseur, an Sie die Frage, wie groß die Chancen gewesen wären, wenn Durain die Steuerung absichtlich außer Kraft gesetzt und von Hand hätte landen wollen?“

„Mazzolini, ich bitte Sie, die Faktenlage zur Kenntnis zu nehmen und keine Suggestivformulierungen anzuwenden“, korrigierte McBraene die Frage, hörbar ungehalten. „Wir müssen von einer bewussten Handlung Durains ausgehen!"

Die Korrektur zeigte Wirkung: Levasseur pausierte einen Moment lang, um seine Antwort möglichst behutsam zu formulieren. Sein Blick lag dabei auf McBraene, nicht auf Mazzolini.

„Nicht groß, würde ich sagen. Man kann so was nicht errechnen, aber bei einem nicht aerodynamisch geformten Objekt wie dieser Maschine treten alle paar Sekunden unerwartete Lagen auf, die sofort korrigiert werden wollen. Es wäre vergleichbar mit dem Balancieren eines Tellers auf Ihrer Fingerspitze, ohne jemals zuvor geübt zu haben. Ich denke, selbst gute Piloten würden keine zehn Sekunden eine solche Situation durchhalten. Und bitte bedenken Sie, dass nach einem Fehler die Chance auf ein Wiedererlangen der korrekten Fallposition fast gleich Null ist." Levasseur hatte sich in die Bresche geworfen und McBraene nickte ihm zum Dank kommentarlos zu.

„Vielen Dank, Levasseur, Sie haben beantwortet, was zu beantworten möglich war."

Levasseur atmete hörbar aus.

Rafale horchte auf. Nicht nur war dieses Wortgefecht interessant, es spornte auch ihre kurzzeitig gelähmte Gedankenarbeit wieder an. Doch um sinnvolle Gedanken zu fassen, musste sie allein sein, und die Schlacht hier war noch nicht vorbei.

„Wir kommen jetzt zur Fortsetzung des Programms!", straffte McBraene die etwas ausufernde Diskussion. „Wir haben morgen noch Zeit für einen weiteren Versuch: Die Reservemaschine ist unterdessen einsatzbereit gemacht worden."

„Wer wird fliegen?", warf Sutton ein.

Es überraschte Rafale keineswegs, dass weder Levasseur noch De Marnet diese Frage stellten, vermutlich waren die

Karten längst gelegt. Auch wenn die Antwort auf der Hand lag, knisterte die Luft dennoch vor Spannung. Was würde McBraene sagen und wie würde er es sagen?

„Wir haben eine Weile erwogen, den Versuch auszusetzen, um einen neuen Piloten von Coleria Prime einzufliegen“, begann er.

Rafale hielt es nicht mehr aus. Sie beugte sich voller Spannung vor, so weit es die Tischkante zuließ. Und? Was jetzt?

„Dann kamen wir aber zu dem Schluss, dass die Einhaltung des Zeitplans schwerer wiegt als unsere fachlichen Vorbehalte gegen den Einsatz von Miss Goeland. Sie wird also morgen den zweiten Titan fliegen und die Maschine hoffentlich ohne Eskapaden und Unsachlichkeiten heil zu Boden bringen.“

Innerlich gluckste Rafale vor Vergnügen. Diese Kröte war vermutlich sehr schwer zu schlucken gewesen, und sie konnte sich die Diskussionen lebhaft vorstellen. McBraene war von seiner eigenen Logik gefangen, es gab für ihn einfach keine sinnvolle Alternative, ohne sich selbst ein Fragezeichen auf den Kopf zu setzen.

„McBraene, ich möchte Sie bitten, solche Unterstellungen für das Protokoll zu unterlassen“, kam es plötzlich vom ach so stummen Marain. „Miss Goeland ist eine qualifizierte Astrogatorin und hat sich laut ihrer Akte in zahllosen Einsätzen um das Wohl und den Ruhm Colerias verdient gemacht. Ich bitte Sie, sich an Ihre eigenen Umgangsregeln zu halten!“

Der Mann vom militärischen Geheimdienst hatte nicht nur Recht, sondern fand sichtlich Gefallen daran, McBraene in die Parade zu fahren. Insgesamt machte der Leiter des Projektes Freier Fall keine so souveräne Figur mehr wie noch zu Anfang. Und jetzt, wo Rafales Rechnung aufging, war es Zeit, noch einen weiteren kleinen Trumpf auszuspielen. Auch das war nur ein Rückzugsgefecht, aber momentan war für die Moral alles recht und billig. Sie erhob sich und betete spontan zu den Sternen, dass ihre Stimme nichts von der Aufregung trug, welche sie innerlich aufpeitschte.

„Vielen Dank für das Vertrauen, meine Damen und Herren. Selbstverständlich bin ich für morgen startklar, um dem colerianischen Imperium Ehre zu bereiten. Meine nächste Frage ist eine bescheidene organisatorische: Wer fliegt beim morgigen Versuch mein Schiff?"

McBraene richtete sich spontan auf, er hatte diese Frage natürlich erwartet.

„Einer unserer beiden Reservepiloten. Levasseur sprach sich für Captain Bouchard aus, einen hervorragenden Mann."

Dr. Sutton erhob sich plötzlich.

„Ich muss leider widersprechen. Captain Bouchards Blutprobe zeigte heute Morgen bei der Flugtauglichkeitsuntersuchung anormal hohe Guanin-Werte. Aus Sicherheitsgründen kann ich ihn für morgen leider nicht zum Dienst zulassen."

Stille im Raum. Nur die leise piependen Intelli-Bots und die Lüftung des Holoprojektors untermalten die greifbare Ungeheuerlichkeit. Die Projektion des zerstörten Titans drehte noch immer weithin unbeachtet ihre Runden.

„Gut", setzte McBraene ungehalten an. „Dann bleibt uns immer noch Captain LeDuc. Er ist genauso eingewiesen wie alle anderen."

Sutton war gleich stehen geblieben. Ob sie es der Dramatik wegen tat oder einfach nur antizipierte, was McBraene kontern würde, blieb ihr Geheimnis. Ein kurzes Wippen des Pferdeschwanzes verstärkte das kaum wahrnehmbare Nicken.

„Ich bedaure, aber bei LeDucs epidemologischer Voruntersuchung konnten wir grampositive Stromazidien nachweisen. Ein Wunder, dass er noch nicht über

Beschwerden klagte. Ich musste ihn vorhin vorsorglich in den Quarantäne-Bereich von Block M3 einweisen. Reine Vorsichtsmaßnahme, selbstverständlich."

McBraenes versteinertes Gesicht wurde in dem Maße blasser, wie Rafales Grinsen anwuchs. Wofür kleine, altmodische Briefchen doch gut waren!

„Beide Piloten dienstuntauglich?", knurrte McBraene in die Richtung der Forensikerin. „Sie müssen sich irren, Sutton! Das glaube ich erst, wenn ich einen zweiten Befund sehe. Wiederholen Sie die Tests nochmal!"

Mazzolinis ruhige Stimme mischte sich ein.

„McBraene, wenn ich könnte, würde jetzt ich Ihnen eine Rüge erteilen. Sie haben den Ärzten des medizinischen Dienstes keinerlei Befehle zu erteilen, sondern sich im Gegenteil nach deren Befunden zu richten. Halten Sie sich bitte nicht für befugter, als Sie es sind, Pflicht-Treue-Gesetz hin oder her. Selbstverständlich wiederholen wir positive Befunde ohnehin, aber die Wiederholung dauert wegen der erforderlichen diagnostischen Sicherheit länger als der Erstbefund. Bis dahin müssen Sie also leider auf die Captains Bouchard und LeDuc verzichten."

„Aber der Test MUSS stattfinden!", bellte McBraene, dem es jetzt zusehends an Fassung fehlte. „Gontscharow! Welche Mitarbeiter mit Pilotenlizenz haben wir noch zur Verfügung?", herrschte McBraene diesen an, so dass der Leiter der Akademie für mobile Kriegsführung tatsächlich zusammenzuckte.

Marain kam Gontscharows Antwort zuvor.

„Wir haben nur noch einen Mann mit einer Lizenz des Ranges 2 unter uns. Der militärische Geheimdienst besteht darauf, dass diese verantwortungsvolle Aufgabe nur einem Piloten mit mindestens 2. Rang übertragen wird."

McBraene stand eine Weile stumm vor seinem Sessel, die Hände in die Tischkante gekrallt. Vermutlich brauchte er gerade all seine Energie zum Zähneknirschen. Dann knurrte er unzufrieden zurück.

„Also gut. Dann haben wir die Personalien ja geklärt. Um wen handelt es sich also?“

Marain blieb die Antwort nicht lange schuldig.

„Daniel Calvet.“

Rafale Goeland schluckte nur mit Mühe einen hämischen Jubelschrei herunter.

Kapitel 9: Die Kunst des Schmuckmachers

„Raf, was geht dir durch den Kopf?", bohrte Daniel sich in Rafales trübsinniges Grübeln. „Du bist irgendwie abwesend, mehr als gut ist, glaub ich. Willst du mich nicht einweihen?"

Sie saßen auf der kleinen Couch in Rafales nüchternem Zimmer, die Füße auf dem niedrigen Tisch abgestellt und jeder eine Dose Clitch-Bier aus der Heimat in der Hand. Beide klammerten sich an diese eine Dose, mehr Alkohol würde es heute nicht geben. Schließlich war morgen der große Tag, und ganz egal, was herauskam: Es sollte nicht am Alkohol gelegen haben. Im galaktischen TV lief eine Sportsendung: Der Endlauf der GravBike-Rennserie von Coleria Prime wurde übertragen. Aber Rafale sah nicht wirklich hin, und auf Dans bisweilen enthusiastische Kommentare hatte sie bestenfalls ein *Mh* oder *Mh–Mh* geantwortet.

„Weiß selbst nicht so recht, es stimmt einfach zu wenig in diesem Puzzlespiel. Wir gehen eigentlich weiter, als wir es vom Verständnis her dürften, und das ist gegen eine alte Faustregel in unserem Job."

„Du meinst, weil etwas an der Technik komisch funktioniert?", wollte Dan wissen.

„Das auch, aber das ist nicht alles. Weißt du, ich denke an McBraene."

„Tolle Art, sich den Abend zu versauen!", warf er ein.

„Ich weiß. So viel Bier kann ich heute nicht trinken, um das zu kompensieren. Aber, hast du dich mal gefragt, wie der Mann eigentlich tickt? Ich meine, er ist doch echt krank, so wie er sich aufführt. Und ich frage mich, wie das früher wohl mal war. Ich habe nie zuvor mit ihm gearbeitet, nur

Geschichten gehört. Um die kommt man so wenig herum wie um Sturmböen im Herbst."

„Ich auch nicht", pflichtete er ihr bei. „Er hat nur ganz wenige langjährige Mitarbeiter hier, der Rest ist leidlich neu, als wäre das so geplant."

Statt etwas zu erwidern, schwieg Rafale für einen Moment. Sie erinnerte sich an Marains Erwähnung des Tynera-Zwischenfalls und hielt es durchaus für möglich, dass es Absicht war. Je länger sie darüber nachdachte, desto sicherer war sie sich dessen.

„Vielleicht ist es ja auch nicht das Schlechteste, dass er das Projekt leitet", legte Daniel nach. „Immerhin kann man ihm nicht nachsagen, dass er schlampt oder desinteressiert ist. Im Gegenteil, Raf, ich habe ihn vorhin noch im intellektronischen Labor gesehen. Der macht eine Schicht nach der anderen, als wollte er niemals etwas dem Zufall überlassen. Mag sein, dass er ein Ekelpaket ist und auch keine Moral besitzt, aber an sich ist es doch kein Wunder, wenn so ein pedantischer Paranoiker in der Forschung Karriere macht. Wo sonst könnte er sich so austoben? Vielleicht haben die hohen Herren sich seine Art zunutze machen wollen."

Rafale schwieg wieder eine Weile, dann leerte sie die Dose und warf sie halbherzig in Richtung des Wertstoffsammlers. Scheppernd blieb die Dose neben dem Sack liegen.

„Vielleicht war es auch genau anders herum?" Sie sah Calvet an.

Dieser machte ein verdutztes Gesicht, die geweiteten Augen in seinem dunkel gebräunten Gesicht wirkten im Halbdunkel des Raums noch deutlicher.

„Anders herum? Wie meinst du das?" Er leerte seine Dose ebenfalls, vielleicht in der Hoffnung, dann auch denselben Gedanken zu fassen. Sein unveränderter Gesichtsausdruck verriet, dass dies nicht der Fall war.

„Vielleicht war er auch früher halbwegs normal, und erst sein andauernder Erfolg ließ ihn diesen Perfektionswahn entwickeln, weil er nicht mehr zurück konnte. Kennst du die Geschichte von Car Di Llac?"

Sein weiterhin ratloses Gesicht sprach ein deutliches Nein.

„Das ist keine wahre Geschichte. So was haben wir uns damals als Teenager gern am Lagerfeuer erzählt, um uns gegenseitig eine Gänsehaut zu verursachen. Car Di Llac war ein Schmuckmacher aus den Sümpfen bei Conoret. Niemand verstand es, das Elfenbein der Nufas so detailreich, so kunstvoll und so bezaubernd zu schnitzen wie er. Er verwendete keine Vibro-Werkzeuge, sondern arbeitete alles traditionell von Hand aus dem vollen Stück heraus. Er war aber auch ein einsamer und kontaktscheuer Mann, der sein ganzes Wesen dieser Kunst verschrieben hatte.

Mit der Zeit wurden immer potentere Kunden auf Di Llac aufmerksam, und seine Schmuckstücke wurden in den höchsten Kreisen zu enormen Summen gehandelt. Sogar der Imperator selbst ließ bei ihm Schmuck für seine Mätressen einkaufen. Er wurde reich, aber nicht glücklich, denn er sah sich gezwungen, immer schönere Stücke zu machen. Im Gegensatz dazu wurden seine Kunstwerke immer mehr des Rufes und der Preise wegen bekannt und weniger wegen der künstlerischen Arbeit. Irgendwann setzte es ihm derart zu, immer perfekter sein zu müssen und zugleich immer weniger Wertschätzung zu erhalten, dass er darüber den Verstand verlor. Er war so besessen von der Sorge, seine Schmuckstücke könnten Unwürdigen in die Hände fallen, dass er anfing, seine Kunden brutal zu ermorden."

„Das ist ja eine haarsträubende Geschichte!", murmelte Dan.

„Oh ja. Sie variiert immer ein wenig, aber meistens tötete Car Di Llac seine Kunden und schnitt ihnen Arme, Beine und Hälse ab, um seine Kunstwerke zu *retten*. Es half ihm aber nicht aus seiner Sackgasse heraus, im Gegenteil! Die gelangweilten Reichen und Adligen fanden großen Gefallen daran, so ein *verfluchtes* Schmuckstück zu erwerben. Sie ahnten ja nicht, dass der Schöpfer dieser wundervollen Werke selbst der Fluch war. Manche sagen, er wurde schließlich geschnappt und exekutiert, als er versuchte, den Imperator selbst zu töten. In anderen Versionen läuft er noch immer da draußen herum."

Stille breitete sich im Raum aus. Der Randwelten-Kanal des galaktischen TV hatte inzwischen seine Sendung eingestellt. Wer mehr wollte, musste auf Material aus dem Archiv zurückgreifen – oder sich mit dem ergrauten Monitor begnügen. Letzteres passte bestens zur momentanen Stimmung.

„Und… was hat das mit McBraene zu tun?"

Rafale rollte auf Dans Frage hin mit den Augen.

„Na, dass es fraglich ist, ob er schon immer so war und nur die Karriere passend zu seiner Krankheit eingeschlagen hat! Vielleicht hat ihn die Karriere auch erst krank gemacht. Er verteidigt seine Schöpfung und kann nicht mehr zurück. Je perfekter sie wird, desto vehementer versucht er, Zweifler mundtot zu machen. Was wie Ehrgeiz aussieht, ist in Wirklichkeit Wahnsinn."

„Oh Mann", schnaufte Daniel. „Dann hoffe ich aber, dass ich mit meiner Reihenfolge Recht habe, und nicht du!"

„Ich auch, glaubs mir", gab sie leise zurück.

„Meinst du, er würde Leute töten, die seine Projekte nicht würdigen?"

„Das frage ich mich doch schon den ganzen Abend! Bin mir nicht sicher. Vielleicht würde er nicht persönlich töten, so wie Car Di Llac, aber sicher Leben opfern, wenn es *der*

Sache dient. Und was *die Sache* ist, das definiert er in seinem wahnwitzigen Kopf selber."

„Ein Grund mehr, morgen sehr aufzupassen, Raf."

„Ich weiß. Wir haben allerdings den Vorteil, dass wir in der Sache am gleichen Strang ziehen. Ganz egal, welche Reihenfolge nun stimmt, ob nun verrückt durch Karriere oder Karriere, weil verrückt: Er braucht den Erfolg!"

Dan Calvet saß noch eine Weile da und brütete offenbar über Rafales Worten, dann erhob er sich langsam.

„Ich sollte mal gehen, ich brauche meinen Schönheitsschlaf." Er lächelte etwas unbeholfen, aber ihm war unschwer anzusehen, dass er mit seinen Gedanken allein sein wollte.

„Na klar, auch wenn ich da persönlich Schwarz sehe", feixte sie.

Er grinste nur noch matt über die Schulter. Seine große Silhouette drehte sich in der trüben Beleuchtung in Richtung der Tür. Er sprach das Kommando zum Öffnen und schob sich in den gleißend hellen Ausschnitt des Korridors, dann schloss die pneumatische Schiebetür sich wieder. Rafale war allein.

Sie dachte noch eine Weile an Car Di Llac und seine Geschichte, die ihr öfter eine Gänsehaut über den Rücken getrieben hatte, als sie es zugab. Immer wieder mischten sich Details ihrer Schulungen ein, die sie morgen brauchen würde, um den Titan sicher zu landen. Gedanken an Belle und besonders die Frage, wie eine so gute Pilotin dem bislang noch immer im Verborgenen lauernden Fehler erliegen konnte, schob sie beiseite, so gut es ging.

Fröstelnd rieb sie ihre Schultern. Da draußen war ein Raubtier, und es lief noch immer frei herum. Umso wichtiger war es, dass sie Dan ziehen ließ. Mochten seine Einflussmöglichkeiten auch vergleichsweise gering sein: Sie würde morgen einen Partner brauchen, der all seine Sinne beisammen hatte.

Sie nickte dem stillen Halbdunkel zu. Eigentlich hätte sie ihn gern in dieser Nacht bei sich gehabt. Sie sehnte sich nach Wärme und Geborgenheit, aber das hier war wichtiger. Träge erhob sie sich, wankte auf die schmale Schlafpritsche in dem abgeteilten Eck zu und warf sich in voller Montur darauf, nur um dann ratlos die niedrige Decke anzustarren. Sie hatte ihn auch ziehen lassen, weil er ein guter Kerl war. Ungeschriebene Gesetze hin oder her, sie wollte nicht, dass er sich benutzt vorkam.

In dieser Nacht schlief Rafale Goeland schlecht. Sehr schlecht. Hatte sie sich zuerst unruhig in den Schlaf gewälzt, so ließen die Träume sie nicht mehr gehen, als diese sie endlich in den Fingern hatten. Lebhafte Bilder wechselten sich mit Phasen ab, in denen sie sich völlig verloren fühlte, fernab aller Strukturen. Dann wieder gewannen die Bilder die Oberhand, aber mit deren Herrschaft wurde es nicht besser, im Gegenteil. Sie lag unbequem auf dem Rücken und blinzelte in ein unbarmherzig helles Licht. Eine Hand hielt sie schützend vor das Gesicht, und zwischen deren Fingern war es: Das lange fehlende Puzzleteil! Welchen winzigen Bildausschnitt es zeigen mochte, war nicht zu erkennen. Es war nur ein Scherenschnitt im grellen Schein. Doch die Konturen zeigten ihr eindeutig, dass es das fehlende Teil war, sein musste! Es fügte sich mit allen Seiten lückenlos in die Verbindungen zu den restlichen, schon ausgelegten Bildinseln ein.

Doch sie war nicht allein: Car Di Llac war bei ihr! Und er wollte sein Werk nicht mit ihr teilen. Seine hämisch kichernde Fratze war über ihr und sein Blick verhieß nichts Gutes. Rafale wollte aufstehen, ihn wegschieben, aber es ging nicht. Er hielt sie fest, hilflos lag sie auf dem Rücken und musste zusehen, wie er ein furchtbar altmodisches Schnitzmesser zog und dessen bösartig funkelnde Klingenspitze zwischen ihren Brüsten hindurch auf das Herz senkte. Sie strampelte und schrie, aber Di Llac war irgendwie stärker. Sie konnte nur ihrem Entsetzen Luft machen, indem sie aus Leibeskräften schrie. Nein, sie wollte noch nicht sterben! Nicht jetzt, wo sie das fehlende Puzzleteil endlich gefunden hatte! Sie wollte es ihrem Vater zeigen, zeigen, dass sie letztlich doch Erfolg hatte. Aber die Klinge drang in sie ein, tiefer und tiefer, ihrem schlagenden Herzen entgegen, begleitet vom höhnischen Lachen des Schmuckzauberers. Mit schwindender Kraft rief sie um Hilfe, Daddy, Daniel, sogar Belle. Es war ihr egal wer, wenn nur irgendwer käme und sie retten würde. Dann schob sich ein dunkler Schatten ins Bild und bevor sie realisierte, was es war, wachte sie auf.

Hektische Atemzüge keuchend lag sie auf ihrer Pritsche, auf die zitternden Ellenbogen gestützt. Hatte sie wirklich nur geträumt? Hastig bohrten sich ihre Augen in eine dunkle Ecke nach der anderen. Es dauerte eine Weile bis sie realisierte, dass sie in ihrem Raum die Beleuchtung einschalten konnte und nicht schutzlos der Dunkelheit ausgeliefert war.

„Licht: Einschalten, schnell!“, bellte sie der im Dunkeln wartenden Sprachsteuerung entgegen, als sei diese ein unsichtbarer, aber schwerhöriger Geist, der dort ihrer Befehle harrte.

Das Licht in ihrer Schlafecke glomm auf. Wie voreingestellt dimmte es langsam, quälend langsam, heller. Zeit genug für einen nächtlichen Besucher, sich entweder in die verbleibenden Schatten zurück zu ziehen, oder… sie jetzt anzugreifen!

„Licht Wohnbereich: Einschalten, los, EINSCHALTEN!“, japste sie panisch. „Notruf Daniel Calvet!“, warf sie dem wartenden Geist hinterher, doch dieser reagierte nicht.

Dass die Sprachsteuerung auf eine solche Formulierung nicht programmiert sein könnte, schien ihr in diesem gehetzten Moment so fremd wie eine Supernova in ihrem Nachttisch. Langsam richtete sie sich in ihrem Bett auf, bereit zum Kampf gegen Car Di Llacs Schatten. Wenn er hier war, dann war er im Wohnbereich, dessen Dunkel nur zaghaft von der hochfahrenden Beleuchtung aufgedeckt wurde. Endlich, nach quälenden, endlos langen Wimpernschlägen, war der gesamte Raum beleuchtet. Wäre die Situation nicht so ernst, so tödlich ernst gewesen, hätte sie über sich selbst lachen können. Wie sie dastand! In einem schweißverklebten Maschinen-Overall, die Arme erhoben zum Faustkampf, angestrengt nach dem Feind spähend, die langen roten Haare verstrubbelt und wie eine Löwenmähne rings um ihr angespanntes Gesicht aufgestellt.

Doch da war niemand. Kein Car Di Llac, kein außergalaktisches Monster, niemand. Und leider auch kein Puzzleteil in der Hand, so betroffen sie diese auch ansah. Es war alles wie immer. Wie ernüchternd! Hatte sie geschrien im Traum? Sicher war sie sich nicht. Momentan war sie sich bei absolut gar nichts mehr sicher.

Nein, das hatte sie wohl nicht. Der Wohntrakt war schlecht isoliert, man hätte sie gehört und wäre Nachsehen gekommen. Wirklich? War das wirklich so? Vielleicht, vielleicht auch nicht. Die Befehle an die Sprachsteuerung waren auch so laut geschrien, dass man sie hätte hören müssen, und dennoch wurde nicht einmal genervt an ihre Wände oder Decke geklopft. Hier war rein gar nichts sicher.

Entnervt seufzend setzte sie sich auf ihr zerwühltes Bett. Die Sprachsteuerung. Sie sollte für solche Vorfälle gewappnet sein. Vielleicht war der Traum eine Art Warnung, dass so was wirklich noch passieren konnte. War das wahrscheinlich? War hier etwas so wichtig, so existenziell wichtig, dass man sie dafür töten wollen würde? Sie beschloss, es nicht auf eine Spekulation ankommen zu lassen. Schon wollte sie die Stimme erheben, um der Sprachsteuerung der Raumüberwachung eine Kette von sinnvollen Alarmbefehlen zu programmieren. Licht an in allen Räumen, und zwar sofort mit größter Helligkeit, dann das Öffnen der Zimmertür, um Hilfe auch herein zu lassen, und auch, damit man ihre Rufe besser hören konnte. Dann einen Rufalarm zu Zimmer 38, das war Daniels Raum. Doch dann sagte sie nichts. Was sollte sie auch sagen? Sie wusste das nötige Codewort für die Programmierung nicht, es war ja nicht ihr eigenes Zimmer! Und das Codewort für das Aufheben der gesetzten Codewörter kannte sie erst recht nicht, so dass sich die Katze in den Schwanz biss.

Sie fluchte vor sich hin. So ein Sauladen! Ihr Blick wanderte zum Kopfende des Bettes und fand Boo, die Raubkatze, ihr altes, zerschmustes Stofftier aus Kindertagen. Boo schien sie anzugrinsen. Sie nahm es seit jeher auf allen Reisen mit. Meistens versteckte sie es verschämt unter Kissen, wenn sie Besuch hatte, so wie vorhin noch Daniel. Natürlich war es ihr nicht peinlich. Sie tat es einfach der Ordnung zuliebe. Ganz sicher. Begleitet von einem verärgerten Schnaufen, warf sie ein Kissen auf das Stofftier. Mistvieh!

Langsam beruhigte sie sich wieder. Sollte sie Dan anrufen? Aber was sollte sie ihm erzählen?

Kommst du mal vorbei? Mich hat der verrückte Schmuckmacher töten wollen, und mein Stofftier lacht mich jetzt aus. – Nein. Dan war zwar schwer in Ordnung, aber er war auch ein Pilot, wenn auch nur 2. Ranges. Sie würde sich vor keinem Kollegen derart lächerlich machen. Eher würde sie mit ihm schlafen, aber da war sie wieder am Anfang ihrer Argumentationen angelangt. Seufzend legte sie sich bei voller Beleuchtung lang hin und schlief zügig ein. Diesmal wurde sie in Frieden gelassen.

Kapitel 10: Das fehlende Teil

Ein Schlag auf die Schulter konnte so vieles bedeuten. Unter Pilotenkollegen wie Rafale Ghauri Goeland und Daniel „Dan“ Calvet lag in einem solchen Knuff mehr, als es manche zehnminütige Unterhaltung hätte ausdrücken können. Und so viel Zeit war jetzt nicht. Bald, sehr bald würden sich die Hangartore dieses großspurig Raumhafen genannten Stützpunktes inmitten von Toutaines Wüsten öffnen, um die grelle Sonne hinein zu lassen. Erneut begann der Zeitplan, sich abzuspulen wie ein vielfach zuvor eingeübtes Schauspiel. Nur waren diesmal Rollen vertauscht und eine Schauspielerin nicht mehr dabei. Rafale quittierte den Knuff mit einem grimmigen Lächeln.

Sie spürte die Spannung dieses Momentes. Ihre Muskeln strafften sich wie Seile, die nur allzu bald eine große Last zu ziehen haben würden. Profi genug war sie, um zu wissen, dass es Dan in diesem Moment nicht anders erging: Beiden wurden die sich zäh dehnenden, aber doch unaufhaltsam verrinnenden Momente des Wartens zu viel. Statt etwas zu sagen, atmete sie nur tief durch. Dieses Mal wusste sie ganz genau, dass der Hangar zwar leer schien, McBraenes Ohren jedoch überall sein würden. Das leise Surren und Schmatzen der Hydraulikpumpen erlöste sie von dieser stillen Qual, und der Antrieb der großen Hangartore schob diese leise protestierend auseinander, um erste gleißende Sonnenstrahlen in den Hangar züngeln zu lassen.

„Na komm, es wird schon alles gutgehen dieses Mal, hm?“, gab Daniel ihr zu Bedenken. „Die Systeme wurden die ganze Nacht wieder und wieder im Simulator geprüft, und sie haben tadellos funktioniert. Und im Notfall hast du ja noch Mister-Drei-Prozent in der Hinterhand!“

Sie konnte gar nicht anders, als ihn dafür anzulächeln. Ganz Coleria lag in diesem kurzen Heben der Mundwinkel und ihr Lächeln spiegelte sich im Visier von Dans Helm.

„Dein Wort in das Ohr der Ewigkeit, Dan! Du hast gut reden, du musst dir diesen Blechsarg ja nicht auch noch antun! Weißt du, wie sehr das Ding an den Glocken drückt?“ Sie grinste ihn dabei schelmisch an. Es tat gut, so unendlich gut, die Anspannung mit ein paar blöden Sprüchen wenigstens etwas zu lockern.

„Hey Raf, bisschen mehr Zuversicht, ja?“, gab er zurück. „Wir wollen uns heute Abend besaufen, vergiss das nicht!“

Das nunmehr volle Sonnenlicht, das ungehemmt in Hangarbreite einströmte, riss Rafale aus dem Nachdenken über eine sinnvolle Antwort, die dennoch in McBraenes Spionagemikrofonen unverfänglich klingen würde.

„Na, ich denke mal, ich werd zur Damenumkleide stiefeln. Hab gehört, da gibts die neueste Sommerkollektion von Pierre Cretin für kleines Geld. Machs dir bequem solange, aber lass mir mein Schiff heil, ja?“

„Ich werd dir eine persönliche Widmung in die Brückenfenster kratzen, wenn du so weitermachst, Rotschopf!“

Als Rafale Goeland sich zu den Techniker-Räumen weiter hinten im Hangar begab, wusste sie, dass Dan ihr nachsah.

Rafale war deutlich größer als Belle, so dass die Techniker nach einem bereits vorab festgelegten Schema Distanzstücke und Adapter aus der zweiten Maschine entfernen mussten. Nach dieser Anpassung war der Titan bereit und erwartete seine neue Pilotin. Nachdem diese das Unterteil bestiegen und die Haltegurte fest angezogen hatte, konnte sie sich leidlich entspannt hängen lassen. Sie sah zu, wie Mech-Bots und von Technikern bediente Greifer die restlichen Teile montierten, bis der Panzeranzug sie komplett einschloss.

Auch wenn die Maschine ausreichend Platz für ihre Pilotin bot, so musste diese doch einige energische Schnaufer ausstoßen, um das Gefühl der Beklommenheit zu verscheuchen. Rafale ahnte, dass dieser Erfolg nicht von Dauer sein würde. Sie betrachtete das Innere ihres neuen Arbeitsplatzes. Das große gewölbte Cockpitfenster, das im Kopf-Brust-Teil der Maschine eingelassen war, bot ihr eine geradezu opulente Aussicht, so dass kein allzu großes Gefühl der Beengtheit aufkam. Die im Kragenbereich eingelassenen Anzeigeleuchten und Instrumente erwachten der Reihe nach zum Leben, als weitere Teile der motorisierten Rüstung angeschlossen wurden. Der kleine Fusionsreaktor im Rückenteil lieferte bereits eigene Energie, so dass dieses Wunderwerk der Technik auf Versorgungsleitungen nicht mehr angewiesen war und ohne Nabelschnur auskam.

Weit vor sich im Hangar sah Rafale, wie Calvet ihr Raumschiff, die Gambier Bay, betrat und sich kurz darauf die Luken schlossen. Weitere Techniker trennten das Schiff von seinen Betankungsleitungen. Auch ohne Funkkontakt aufzunehmen, wusste sie, dass der elegante 800-Tonner startbereit war. Sie selbst und ihr Titan würden gleich folgen. Zusammen mit den außerhalb ihrer stählernen Haut zurückgebliebenen Technikern absolvierte sie die letzten Funktionstests. Alles war perfekt. Der Titan reagierte vorbildlich auf jedes Steuerkommando, das ihm Rafale durch die eigenen Körperbewegungen vorgab. Kurz widerstand sie der Versuchung, die Maschine eine obszöne Geste vorführen zu lassen.

Um das kostbare Gerät gegen jeden erdenklichen dummen Zufall abzusichern, musste Rafale einen Lastengleiter für den lächerlich kurzen Weg zur Ladebucht der Gambier Bay besteigen. Eine absurde Idee für eine Maschine, die irgendwann, wenn sie in Serie ging, aus der Stratosphäre springen, selbsttätig landen und sogleich bewaffnete Sturmläufe auf gegnerische Stellungen unternehmen würde. Doch McBraene, der stets wachsame Geist hinter dem Projekt, ließ dem Zufall keine Chance.

Im allgemeinen Interkom-Kanal war es eigenartig ruhig. Wahrscheinlich waren alle Beteiligten angespannt, auch wenn sie es gegenüber McBraene oder Gontscharow nicht zeigen würden. Während der träge Lastengleiter in Richtung ihres eigenen Schiffes schwebte, warf sie dem Head-up-Display des Visierfensters einen weiteren Blick zu. Wie zu erwarten, lief alles problemlos. Dann ertrug sie das Warten nicht mehr. Mit einem Tastendruck tief im „Handschuh" der Maschine schaltete sie den Kanal Rot vorübergehend stumm. Nun öffnete sie – natürlich vorschriftswidrig – einen weiteren Kanal und wählte manuell die Bordfrequenz Drei-Eins-Null. Das war das interne Netz der Gambier Bay. Genau wie neulich mit Belle, so wollte sie auch jetzt virtuell Händchen halten, und dieser durch die Jammer des Schiffes abgeschirmte Kanal war vom Kontrollzentrum Primus aus nicht zu hören.

„Dan, altes Haus, schläfst du?", grölte sie ausgelassen in das Mikrofon.

Eine Weile kam gar nichts, dann meldete sich Calvet zurück.

„Mensch Raf, erschreck mich doch nicht so!"

„Das ist mein Schiff", lachte sie ihm entgegen, „darin kann ich erschrecken, wen ich will, Dan!" Es tat unfassbar gut.

„Aye, zu Befehl, Astrogatorin", frotzelte er zurück. „Melde mich bereit zum Erschrecktwerden!"

Auch wenn Calvet die interstellare Lizenz fehlte, so wusste sie doch, dass er sich gut um das Schiff kümmerte und mit allen standardisierten Systemen zurecht kommen würde. Den Rest würde Primus besorgen.

Ein schwerer Greifer fasste den Titan um die gepanzerte Taille und hob ihn an, als sei er leicht wie eine Feder, drehte ihn bäuchlings und schob ihn langsam aber sicher unter das wartende Taxischiff. Die Aussicht auf den betongrauen Hangarboden war nicht sehr berauschend, und so schloss Rafale die Augen und überließ den Maschinen die Arbeit, bis sich Levasseurs Stimme im roten Kanal meldete.

„Primus an Gambier Bay, Sektor Vier ist für 120 Minuten frei, Starterlaubnis erteilt, Test liegt im Zeitplan. Primus an Titan! Goeland, sind Sie startbereit?“

Rafale war nicht überrascht, dass Levasseur Calvets Platz eingenommen hatte, es machte das Kontrollzentrum nur noch ein wenig unsympathischer. Widerwillig reaktivierte sie den roten Kanal, um zu antworten.

„Titan an Primus!“, antwortete sie. „Reaktor läuft stabil. Steuerung meldet keine Fehler, ebenso die Kommunikationssysteme. Bin startbereit!“

Und als hätte sie es geahnt, kündigte ein Knacken im Kanal eine unwillkommene Einmischung an.

„McBraene an Titan! Goeland, unterlassen Sie bitte unnötig lange Lageberichte und beschränken Sie sich auf ein Bereit-Kommando, wenn nichts vorfällt.“

Sie biss die Zähne aufeinander, bis ein erster Anflug von Verachtung für McBraenes ekelhafte Art vorüber geschwappt war.

„Verstanden, Primus. Titan Ende“, presste sie in den Äther.

Leicht schüttelte es sie durch, als ihr Titan schließlich der Umarmung der hydraulischen Halterungen überantwortet wurde. Sie war nun fest mit dem Schiff verbunden.

Sie konnte nicht sehen, was Calvet tat, aber ihre langen Jahre als Captain dieses Schiffes ließen sie jeden seiner Schritte ahnen. Der Antrieb schickte ein feines, energiestrotzendes Vibrieren in das stählerne Skelett des Schiffes, das sich auch auf den untergehängten Titan übertrug. Wie erwartet zeigte aufwirbelnder Staub, dass die Emitter des

Grav-Kissens sich ausfuhren. Ein kurzes Schwanken erzählte vom Einfahren des Fahrwerks, und schon schob sich die Gambier Bay, durch die Manöverdüsen getrieben, durch das Hangartor, um sich ein Sonnenbad zu gönnen. Das Abenteuer begann!

Sacht hob sich das Schiff in den blauen Himmel, Calvet machte seine Sache wirklich gut. Wie ein Zaungast beobachtete Rafale durch die Scheibe vor sich, wie der Raumhafen kleiner und kleiner wurde, bis er nur noch wie eine Ansammlung von Steinchen wirkte, die ein spielendes Kind im Sand drapiert hatte.

Wie unbedeutend wir doch sind, schoss es ihr durch den Kopf. Wie groß unsere Anstrengungen, und wie klein, wenn nicht gar mickrig doch alles wirkt, wenn man etwas weiter Abstand nimmt. Ob Belle etwas Ähnliches dachte auf ihrem letzten Flug? Schnell richtete Rafale ihre Gedanken weg von diesem Thema. Sie hatten das Rätsel noch nicht gelöst. Der Dämon, der unbeobachtet seinen Finger durch irgendeine Leitung des Titan gebohrt hatte, schwirrte noch immer herum, und es war besser, ihn nicht beim Namen zu rufen. Sie würde das Puzzle lösen, aber nicht jetzt, wo schon ein geringfügiges Abweichen vom Plan den Tod bedeuten konnte, von Systemfehlern gar nicht zu sprechen.

„Titan an Primus, alles einwandfrei!“, rief sie hastig in den roten Kanal, aber es war mehr, um sich selbst zu beruhigen und so schalt sie sich im gleichen Augenblick schon für diese Äußerung, die ihr nur eine Rüge einbringen konnte.

Doch niemand sagte etwas. Mit einem kurzen Tastendruck schaltete sie den allgemeinen Kanal Rot vorübergehend wieder stumm und wandte sich über den Bordkanal an Calvet.

„Dan, bist du noch da?“

„Klar bin ich da, was meinst du, wer hier gerade fliegt? Dein Stofftier?“

Rafale verzog das Gesicht so sehr, dass die Atemmaske unangenehm drückte.

„Woher… weißt du das? Also, das mit dem Stofftier?"

„Vorgestern… da lag es etwas beiseite gerutscht neben dem Kissen. War übrigens sehr schön. Also, nicht das Stofftier!" Er lachte ihr über die Lautsprecher des Headsets entgegen.

„Du Schuft, und du hast nichts gesagt!", gab sie lachend zurück. „Wenn du das ausplauderst, erschieße ich dich!"

„Was von beiden?"

„Beides, du Droyk, und jetzt flieg! Wie hoch sind wir?" Sie hätte die momentane Höhe auch selbst vom Head-up-Display ihrer Systeme ablesen können, aber sie wollte doch gern das Thema wechseln.

„5500 Meter über Grund, gleich schalte ich auf Sublicht-Antrieb um."

„Aye, mach das, verbrenn mir nicht den Arsch dabei!"

Aus dem Kanal des Bordnetzes kam nur ein heiteres Lachen, das ansteckend und befreiend zugleich wirkte.

Kurze Zeit später erwachten die Sublicht-Triebwerke mit dem Fauchen eines sagenhaften Drachen zum Leben. Das Schiff beschleunigte und reckte die Nase steiler gen Stratosphäre. Beruhigend gleichmäßig kletterten die Zahlen des Höhenmessers vor Rafales Augen. Bald war es geschafft: Sie würde endlich frei fallen! Keine zwei Minuten später wäre all dies ausgestanden, dann hätte sie ihr Geld sowie ihren Ruhm eingesackt und könnte mit Dan beruhigt drei bis zehn Clitch-Biere trinken. Und müsste vorerst keine generalüberholten Müllfrachter mehr einfliegen.

Einige Minuten weiter zeigte ihr Gleichgewichtssinn an, dass die Gambier Bay sich der geplanten Abwurfhöhe näherte. Die Steigrate ging zurück und die Nase des Schiffes senkte sich bis fast in die Horizontale. Wie um die erfahrene

Astrogatorin zu bestätigen, meldete sich Levasseurs Stimme im roten Kanal.

„Primus an alle, Zielhöhe fast erreicht, Zeit bis zum Ausklinken T gleich minus 60 Sekunden. Bitte um Statusreport."

„Hier Goeland, bin bereit."

„Captain Calvet bereit, warte auf Ausklinksignal!"

Rafale musste grinsen: Nur weil Calvet flog, war er noch lange nicht Captain des Schiffes, aber auch diesmal blieb seltsamerweise eine Belehrung durch McBraene aus.

„Raf, die haben Angst vor uns", kam es über das Bordnetz Drei-Eins-Null, „oder hörst du irgendeinen Schwiegermutter-Kommentar von McBraene?"

„Negativ, wahrscheinlich sind die alle schon vor Anspannung geplatzt."

Ein knappes „30 Sekunden." aus dem roten Kanal beraubte beide ihrer Illusionen. Levasseur begann, den Countdown, den alles entscheidenden Countdown, herunterzuzählen.

„20 Sekunden."

Rafale hatte die verschiedenen Kontrollen ihres Titan schon dermaßen oft überflogen, dass sie beinahe fürchten musste, ein Loch in die Instrumente zu gucken. Alles war in Ordnung, was sollte auch anderes zu erwarten sein?

„10 Sekunden… 9… 8… 7… 6… 5… 4… 3… 2… 1… ABWURF!"

Rafale kiekste unwillkürlich auf, als die Massenträgheit ihren Magen in den Schwitzkasten nahm, während der Titan aus den hydraulischen Fingern entschlüpfte und sich dem freien Fall hingab. Wie ein mystisches Wesen kam sie mit ihrer grau-golden glänzenden Maschine vom Himmel gefallen. Dem uralten Traum vom eigenständigen Fliegen konnte man kaum näher sein!

„Primus an Gambier Bay und Titan, Statusreport!", knackte ihnen McBraene aus den Lautsprechern entgegen.

Das alte Spiel. Sie musste schmunzeln, denn hier und jetzt, in diesem wahrhaft göttlichen Moment, war jeder Groll gegen McBraene vergessen, jede Unsicherheit, jeder Zweifel gegenüber dem System. Selbst Belle war in diesem Moment vergessen. Es war einfach nur noch ein Hochgefühl sondergleichen, ein Moment des absoluten Friedens. Und so eine Maschine wollte man anschließend, nach der Landung, in einen Krieg schicken? Gerade kam in ihr, der treuen colerianischen Bürgerin, ein Zweifel auf. So ein Frevel!

„Gambier Bay an Primus, Ausklinken einwandfrei abgelaufen, verbleibe planmäßig im Parabelflug."

Rafale schluckte, um ihre vor Ekstase eng gewordene Kehle für eine Antwort frei zu machen. Und da fand sie das noch fehlende Puzzleteil.

Kapitel 11: Kanal Rot antwortet nicht!

Es war das Licht, das blendend helle Licht, das sie hier oben beim freien Fall begleitete. Das Licht, das sie an ihren Traum erinnerte. Und wieder hielt sie das fehlende Puzzleteil gegen den gleißenden Schein, es skeptisch vor ihrem geistigen Auge drehend, der eigenen Erkenntnis nicht trauend. Während der Titan wie ein stählerner Engel durch den Himmel sauste, wollte seine Pilotin beinahe laut losfluchen. Verebbt war jenes Hochgefühl, das bis eben noch heiß durch ihre Adern rauschte. Es war so einfach, so erbärmlich einfach, und doch hatte sie es nicht gesehen!

Dabei stand sie gestern noch vor demselben Problem, nur hatte sie es nicht lösen können. Hatte sie nicht selbst erwogen, per Codewort die Programmierung ihres Zimmerassistenten zu entsperren? Belle war es beim Titan gelungen, zum Frell, wahrscheinlich durch reinen Zufall! Natürlich hatte Belle das Codewort zum Umschalten der Steuerung nicht ausgesprochen, natürlich nicht! So wie Rafale sich damals in ein einzelnes Puzzlestück verbissen hatte, so hatten sich alle Besprechungsteilnehmer in diese belegte Tatsache verbissen, statt weiter zu denken, das große Ganze zu sehen.

Blitzartig liefen Szenen aus ihrer Erinnerung ab. Gontscharow selbst hatte erwähnt, dass die Codewörter mit einem übergeordneten Codewort zurückgesetzt werden konnten. Er hatte nicht erwähnt, wie dieses Wort lautete, weil es für die Piloten des Projektes Freier Fall nicht relevant war. Es hatte auch niemanden wirklich interessiert. Aber Belle hatte es ausgesprochen, verdammt nochmal, sie hatte es ausgesprochen! Und das neue Codewort zum Abschalten der Automatik war naturgemäß das nächste Wort, das dann fiel! Der Steuercomputer war entsperrt und wartete begierig auf dieses neue Wort, und Belle gab es ihm. Sie hatte ihr eigenes Todesurteil ausgesprochen, ohne es zu wissen.

Rafale wurde schwindlig, aber diese eine Tatsache war ihr plötzlich absolut kristallklar. Jetzt hielt sie endlich das fehlende Puzzlestück in der Hand. Sie zwang sich zum Nachdenken. Was hatte Belle zuletzt gesagt? Das war der Schlüssel. Und er würde ihr einfallen, der „Gib eine Konversation wieder"-Test war einer der Tests, bei denen Rafale wirklich gut abgeschnitten hatte. *Es ist alles so unglaublich frei und friedvoll! Rafale! Oh wenn du das hier doch nur miterleben könntest, Rafale! Ich kann nicht mehr…*

Sie verzog das Gesicht. Bei den Sternen, war das zynisch! Der Entwickler der Centaurus-Steuerung, McBraene höchstpersönlich, hatte aus Sicherheitsgründen als Entsperr-Codewort einen Begriff verwendet, den ein kämpfender Soldat niemals in den Mund nehmen würde: *Friedvoll!* Er war gar nicht fähig zu glauben, dass ein Testpilot einen lyrischen Moment bekommen und dieses Wort in den Mund nehmen könnte. Und das nächste gefallene Wort war dann das neue Codewort für die Umschaltung auf manuelle Steuerung. Ihr wurde schwindlig. *Rafale*, ihr eigener Name, war das Todesurteil. Als Belle ihn das zweite Mal nannte, schaltete der Titan pflichtschuldig in den manuellen Modus und Belle ahnte gar nicht, dass sie einen tödlichen Fehler gemacht hatte. Und ihr blieb auch keine Zeit mehr, es zu begreifen.

„Oh Belle…", seufzte sie dem unerbittlich blauen Himmel entgegen. Das eben noch empfundene Hochgefühl machte einem Anfall bitterster Trauer Platz, es brachte sie für einige Herzschläge lang zum Verstummen.

Sie kämpfte gegen die Tränen an, vom unbarmherzigen Zynismus ihrer Erkenntnis überrannt. So fühlte sich kein

Sieg an. Es war so einfach, hätte sie sich doch nur rechtzeitig bemüht, das Puzzle richtig zusammenzusetzen, statt herumzuraten und sich an Teilen festzubeißen, die keinen Aufschluss auf das Gesamtbild boten. Daddy hatte wirklich Recht gehabt. Dann fasste sie sich, sie wollte mit dieser Wahrheit nicht mehr länger allein bleiben, eingeschlossen in dieser Maschine, mutterseelenallein in der Stratosphäre.

„Titan an Primus, Achtung! Ich habe verstanden, warum Durain abgestürzt ist. Sie hatte tatsächlich die Automatik abgeschaltet, weil sie unbeabsichtigt das übergeordnete Entsperr-Codewort des Titan verwendet hat!"

Trotz ihrer Aufregung war sie noch geistesgegenwärtig genug, das fatale Wort zu vermeiden.

„Danach hat die Sprachsteuerung ein neues Kennwort aufgenommen und bei der nächsten Erwähnung auf manuelle Steuerung umgeschaltet. Durain wusste gar nicht, dass das passiert ist."

Der rote Kanal blieb still. Was war das jetzt? Waren denn alle Beteiligten so geschockt, dass sie nicht mehr sprechen konnten? Spätestens McBraene musste doch so distanziert sein, dass er darauf antworten würde, wie auch immer! Vergeblich wartete sie auf das vorwurfsvolle Mikrofonknacken.

„Hier Goeland, hören Sie mich? McBraene, sie hat versehentlich das Entsperr-Kennwort benutzt, verstehen Sie?" Spätestens diese Suggestivfrage musste ihn doch provozieren!

„McBraene, hören Sie? Bitte um Bestätigung!" Der rote Kanal schwieg.

Panik stieg in Rafale Goeland auf, sie war wirklich mutterseelenallein. Es hatte auch keinen Zweck, auf Calvets Antwort zu hoffen, wenn der rote Kanal schwieg. Das Bordnetz würde nicht funktionieren, dafür war die Gambier Bay vermutlich schon viel zu weit entfernt. Aber warum antwortete man ihr nicht? Sie sah an der Anzeige der Kommunikationskontrolle, dass der Kanal aktiv war, es gab keine Störung.

Zorn mischte sich unter ihre Panik. Es konnte doch nicht sein, dass man sie ignorierte, nur weil sie McBraenes Kartenhaus jetzt unmissverständlich zum Einsturz brachte. Oder etwa doch? War das nicht Beweis genug? Oder… fantasierte sie? Ein kurzer Blick auf die Sauerstoff-Versorgung zeigte, dass alle Messwerte so weit in Ordnung waren. Auch der Reaktor funktionierte einwandfrei. Was war hier los? Glaubte man ihr etwa nicht? Streikten denn plötzlich alle, nur weil sie die Lösung gefunden hatte?

Jetzt reichte es ihr. Sie hatte sich lange genug zum Hampelmann vor diesem größenwahnsinnigen Intellektroniker gemacht! Alles, alles konnte sie leiden, aber nicht dieses ignorante Schweigen, nur weil sie etwas Unangenehmes sagte. Statt zu verstehen, warum Belle sterben musste, schwieg man. Wahrscheinlich könnte sie, einmal gelandet, zu Fuß mit diesem Teufelsding nach Coleria marschieren und Claudanus III. persönlich einen Bericht mit Malkreide auf den Boden kritzeln, ohne dass sich hier jemand um eine Antwort bemühte!

„Gut, wenn ihr alle zu feige seid, die Augen aufzumachen…“, bellte sie aufgebracht in das Kehlkopfmikrofon. „Ich bin es nicht!“

Sie wusste nicht so recht, was sie antrieb in diesem Moment, aber sie war aufgebracht. Sie hatte das Puzzleteil gefunden und die Welt verharrte in selbstzufriedenem Schweigen. Gut. Sie, Rafale Ghauri Goeland, Astrogatorin des 1. Ranges, würde es ihnen schon zeigen.

„FRIEDVOLL!“, rief sie in den Äther. „ARSCHLÖCHER! ICH WIEDERHOLE: ARSCHLÖCHER!“

Sie wusste genau, was sie tat. Nur Sekunden später jedoch bereute sie es bitter, so ihrer Rage und Selbstüberschätzung nachgegeben zu haben. Auch ohne die unauffällig blinkende Leuchte für die Umstellung auf manuelle Steuerung bemerkte sie, wie der Computer des Titan in Passivität verfiel und nun seinerseits beleidigt streikte. Schon wankte der Gigant im tobenden Luftstrom des freien Falls.

Rafale war zwar Grav-Fallschirmspringen gewohnt, aber das hier war dann doch eine andere Klasse. Konnte sie die ersten Schräglagen noch instinktiv abfangen, so wurden die Auslenkungen mit dem zähen Verrinnen der Sekunden immer heftiger. Angst versteinerte zuerst ihre Gedanken, dann ihre Gliedmaßen. Wie lang schätzte Levasseur noch gleich die Zeit, die ein Pilot die Maschine im korrekten Fall halten konnte? Sie hatte nicht genau auf die Zeitanzeige gesehen, aber es waren sicher gut 15 Sekunden seit dem Umstellen vergangen.

Und genau in jenem Moment, als Rafale sich durch diese Gedanken ablenken ließ, passierte es: Ein Luftwirbel spreizte das rechte Bein des Titan leicht ab, mit mörderischer Kraft griff der Luftstrom nach dem exponierten Bein und knickte den Unterschenkel schneller als ein Blitzschlag nach hinten. Die Welt versank in einem Strudel aus Schmerz. Es knackte metallisch, dann ein unangenehmes, hässliches Geräusch wie ein Peitschenhieb, und sie spürte, dass etwas kaputt war. Sie schrie auf, und wenn sie in diesem Moment an Parallelen zu Belle Durain gedacht hätte, so wäre die anschließende unweigerliche Panik ihr Todesurteil geworden. Der Titan war beschädigt! Und ihr rechtes Bein verletzt, unklar wie schwer.

Das Atmen war plötzlich mühsam und der Schmerz betäubte ihre Gedanken. Wie in Zuckerwatte eingeschäumt krochen über Jahre antrainierte Reflexe durch ihre Synapsen und schafften es irgendwie, mit den Armen in Verbindung zu treten. Für einen kurzen, vielleicht entscheidenden Moment stabilisierte sich der angeschlagene Stahlkoloss wieder, er fiel wie vorgesehen mit den Beinen voran. Sie hakte mit dem linken Bein in das rechte, um es zu stabilisieren. Aber alles würde vergebens sein, wenn sie es nicht schaffte, die Automatik wieder einzuschalten.

„Ahhh…", stöhnte sie in das Mikrofon. „Arschlö…AAH!"

Ein kleinerer Luftwirbel erschütterte das beschädigte Bein, und die Schädeldecke platzte ihr beinahe vor Schmerz weg. Jetzt oder nie!

„Arschlöcher…", sie presste die Lippen zusammen, um das mühsam gestammelte Wort nicht durch ein Keuchen oder Quieken so unkenntlich zu machen, dass die Sprachsteuerung es nicht wiedererkannte.

Einen weiteren Versuch würde sie vielleicht nicht mehr schaffen.

Ein eiliger kontrollierender Blick nach links im Cockpit löste eine unendliche Erleichterung aus: Die Leuchte der Steuerung zeigte Grün, die Automatik arbeitete wieder! Sie schrie kurz auf, als die Servomotoren des rechten Oberschenkels ihr darin befindliches Bein bewegten, aber es war nur ein kleiner Ruck, die Maschine legte das Bein steif, um dem Elektronengehirn die aerodynamische Störung so berechenbar wie möglich zu machen. Als der heiße Schmerz etwas nachließ, versuchte Rafale, sich zu entspannen, sie würde, unten angekommen, einen klaren Kopf brauchen. Das Head-up-Display zeigte den Schadensbericht an: Das rechte Bein war zwar mit der natürlichen Bewegungsrichtung geknickt, aber wohl so ruckartig, dass der Servomotor des Knies zerstört wurde. Und das heiße Brennen in ihrem eigenen Knie zeigte ihr auch ohne Display, dass da wohl Sehnen, wenn nicht gar der Meniskus, kaputt waren. Sie versuchte, sich selbst beruhigend zuzureden.

Alles behebbar! Alles behebbar, Goeland, wenn du nur gut unten ankommst! Dann fiel ihr der rote Kanal auf. Er war noch immer aktiv, aber niemand sagte etwas, niemand fragte etwas. Irgendwas stimmte hier nicht, aber ihr Verstand war keine große Hilfe in diesem Moment. Ihr Bewusstsein schrumpfte in einem einzigen Punkt zusammen, und der hieß *unten ankommen*.

Als nach langen, quälend langen Sekunden der Grav-Generator ansprang, um das Kraftfeld für die Landung aufzubauen, ging ein Kribbeln der Erleichterung durch ihren geschundenen Körper. An sich gab es keinen Grund mehr, an der Maschine zu zweifeln, aber in ihrem Zustand schien ihr fast alles möglich, und sei es, dass Car Di Llac sie vom Boden aus mit Nufa-Mist bewarf. Die drei Tonnen schwere Maschine bremste nun mehr und mehr ab, alle Systeme bis auf das rechte Bein arbeiteten einwandfrei.

Was für eine Niederlage musste das für McBraene sein, dachte sie sich. Sie war sich absolut sicher, dass er diesen Fehler schon selbst erkannt hatte. Ebenso sicher war sie sich auch, dass er ihn aber niemals eingeräumt hätte, egal was gekommen wäre. Es passte einfach nicht in seine Welt, dass ein System, das er erfunden hatte, das preisgekrönt war und einwandfrei funktionierte, von einer geschwätzigen Testpilotin versehentlich ausgehebelt worden war. Das war nicht weniger zynisch als Belles Tod selbst. Ausgerechnet er, der große McBraene, hatte ein nicht narrensicheres System erfunden, und dann den Fehler nicht einmal selbst rechtzeitig erkannt. Nüchtern betrachtet würde kein Mensch ihm daraus einen Strick drehen, aber nach den Vorkommnissen, die Marain angedeutet hatte, würden sich schon Kritiker finden, die sich mit Freuden dieses Patzers annehmen würden. Bis McBraene erledigt war. Irgendwie tat er ihr in diesem Moment aufrichtig leid.

Das Fiepen des Tausend-Meter-Alarms riss Rafale aus ihren Gedanken. Der Titan bremste seit geraumer Zeit leicht ab. Dennoch fiel er mit hoher Geschwindigkeit, um ihn im

Ernstfall in dieser Flugphase sicherer gegen die Erfassung durch die Luftabwehr zu machen. Erst im allerletzten Moment würde sein Grav-Bremsfeld die Kraft maximal erhöhen und den Bodeneffekt zum Bremsen ausnutzen. Ihr grauste vor diesem letzten Ruck, wenn sie an ihr verletztes Knie dachte, aber es gab keine Möglichkeit, ohne Primus die Fallprogrammierung zu ändern. Und Primus schwieg. Ob Calvet langsam misstrauisch wurde? Aber wer weiß, vielleicht war der Defekt ja nur auf ihrer Seite der Verbindung und man beriet bereits eifrig, was zu tun war, um den havarierten Riesen zu bergen.

Und noch während sie diese Gedanken wälzte, erfasste das Bremsmoment ihren Ersatzkörper aus Panzerstahl und ließ ihn, wie von unsichtbarer Faust geschüttelt, vibrieren. 800 Meter… 700… 600… 500… 400… 350… 325… Rafale ließ die Höhenanzeige Höhenanzeige sein und kniff die Augen zusammen, der Schmerz wurde unerträglich. Das Vibrieren machte sich jetzt als dumpfes Dröhnen bemerkbar, und das Bein schmerzte wie damals, als sie auf Muunari Nord den Plasmaschuß ins Knie bekam. Dann hielt sie es nicht mehr aus und schrie, sie schrie ihren Schmerz heraus, die Maschine würde eh allein landen. Sie gab sich ganz dem Schmerz hin und schrie. Sie war eins damit. Ein finaler, heißer Blitz schoss durch die Dunkelheit ihrer geschlossenen Lider, dann setzte der Titan auf dem Wüstenboden Toutaines auf, strauchelte kurz seitwärts und kippte langsam über das beschädigte Bein hinweg in die weiche Umarmung des Wüstensandes. Der Boden hatte sie wieder.

Kapitel 12: Vorschriftswidrig

Für eine Weile wusste Rafale Goeland nicht so recht, wo sie war. Sie lag auf der Seite und ihr rechtes Bein schmerzte sehr, besonders, wenn sie es bewegen wollte. Dann kam sie langsam wieder zu Verstand. Der Flug. Der Fall. Die manuelle Steuerung. Und – beinahe – die Katastrophe. Sie verfluchte sich selbst mit einigen derben colerianischen Schimpfworten. Wie war sie nur auf die Schnapsidee gekommen, die Automatik derart zu deaktivieren, wie Belle es unabsichtlich getan hatte? Sicher, sie war aufgebracht gewesen, weil niemand ihr zugehört hatte. Aber war es wirklich nötig, mit einer derartigen Kurzschlusshandlung zu beweisen, dass sie Recht hatte? Nun, vielleicht war es das. Andernfalls wäre der Versuch einfach erfolgreich abgeschlossen worden und McBraene hätte in aller Seelenruhe seinen Patzer heimlich beseitigen können, nachdem er erfahren hatte, dass sie ihm auf die Schliche gekommen war. Aussage gegen Aussage. Wer hört schon angesichts eines so großen Erfolges auf die Nörgler? Erfolg macht schön, Erfolg gibt Recht.

McBraene hatte schon schlimmere Desaster unangefochten durchgestanden. Längst ging es ihr nicht mehr nur um Belle, es war auch das Kräftemessen mit diesem Mann, der so ganz anders dachte als sie. Mit diesem Mann, der über Leichen ging, wenn nur seine eigene, paranoide kleine Welt heil blieb. Nein, es war an der Zeit, diesen Kerl zu entzaubern, und vielleicht hatte sie, Rafale Goeland, damit der Wissenschaft Colerias einen größeren Beitrag geleistet, als es all ihre Jahre draußen im weiten All getan hatten. Zunächst aber musste sie hier raus.

Immerhin, so stellte sie mit Zufriedenheit fest, war der Titan an sich noch funktionstüchtig. Die Klimaanlage der Maschine arbeitete perfekt, ansonsten hätte Toutaines Wüstensonne sie darin schon zu einem hübschen Stück Trockenfleisch gedörrt. Das Visier hatte sich automatisch abgedunkelt, so dass die Umgebung beruhigend gedämpft war. Nicht, dass ein paar Sanddünen besonders sehenswert waren. Ohnehin hatte sie in diesem Moment ein unerhörtes Heimweh nach den Stränden Colerias und nach einem kühlen Clitch-Bier. Hoffentlich würde sie nicht noch bis zum Einbruch der Dunkelheit hier herumliegen. An den Versuch, die Maschine inklusive ihres verletzten Beins aufzurichten, dachte sie gar nicht erst. Wohin hätte sie sich auch bewegen sollen? Es war besser, halbwegs innerhalb der berechneten Landezone zu bleiben, anstatt herumzuirren. Und schließlich gab der Transmitter der Maschine ja auch ein Peilsignal ab. Lange konnte es also nicht mehr dauern bis zu ihrem wohlverdienten Bier mit Daniel, und sei es auf der Krankenstation des Raumhafens.

Sie fand eine Position, in der sie das Bein einigermaßen schmerzfrei lagern konnte. Vermutlich war es das gar nicht, aber eine gewisse Abstumpfung war ihr jetzt durchaus willkommen. Hätte dieses Mistding ein anderer Intellektroniker erfunden, so hätte sie vermutlich als Zeitvertreib Musik hören können, aber McBraene empfand vermutlich so viel für Musik wie ein Plastziegelstein.

Am rechten Rand ihres Gesichtsfeldes erregte plötzlich etwas ihre Aufmerksamkeit. War da was? Träge durchblinzelte sie das abgedunkelte Visier. Ja, wahrhaftig, ganz oben, auf dem Kamm der höchsten Düne, wirbelte Sand auf! War das ein Luftwirbel oder konnten das etwa Fahrzeuge sein? Gebannt hielt sie den Kopf so verdreht, dass der Nacken schmerzte. Mit den Armen hätte sie die Maschine weiter herumdrehen können, aber damit hätte sie unweigerlich auch ihr Bein bewegt, und darauf verzichtete sie. Aber da wurde es auch schon klar, was die Ursache des tanzenden Staubes war: Es war ein Fahrzeug, bei den Sternen, ein Fahrzeug! Nein, zwei, dann erschien noch eines. Zwei mittlere Gleiter und ein größeres Kettenfahrzeug, das waren ihre Leute, man hatte sie gefunden!

Sie hatte Lust, wie in ihren altmodischen Abenteuerromanen aufzustehen und den Rettern entgegen zu humpeln, aber solche Albernheiten unterließ sie dann doch lieber. Diese letzten Minuten würde sie warten können. Der Trupp musste ihr Peilsignal empfangen, denn sie fuhren mehr oder weniger genau auf ihre Position zu. Rafales Herz hämmerte gegen das Mikrofon.

„Titan hier, hallo? Hört mich jemand?“, rief sie in die Sprechanlage, aber es kam wieder keine Antwort.

Etwas war kaputt, aber das konnte ja jetzt egal sein, sie war gerettet. Schon konnte sie Details der Fahrzeuge sehen, es waren Fahrzeuge vom kybernetischen Serviceteam. Das war gut, die hatten mehr als genug Werkzeuge dabei, um sie aus ihrer Lage zu befreien und vermutlich sogar eine Hebeanlage für den Titan. Selten war sie so froh, andere Menschen zu sehen, wie just in diesem Moment. Wie Götterboten schwebten die Gleiter heran und mit jedem Moment wuchs die Erleichterung in ihr, dass das Martyrium gleich ein Ende haben würde. Alles würde gut werden. Schon hielt das erste Fahrzeug dicht bei ihr an, das Grav-Kissen des knallgelben Gleiters warf dünne Sandschleier über den Titan. Eine Luke des geschlossenen Aufbaus öffnete sich, und ein Mann im vorschriftsmäßigen Schutzanzug mitsamt geschlossenem Fahrerhelm sprang heraus und stapfte unbeholfen durch den hohen Sand, einen Werkzeugkoffer in der Rechten. Einige weitere Leute in ihren gelben Overalls stiegen aus und folgten mit etwas Abstand.

Dankbar sprach Rafale ein Stoßgebet zu den Sternen, als der Mann sich neben der Maschine hinkniete. Er kannte sich offenbar gut mit deren Außenbedienung aus, denn er öffnete klugerweise zuerst das Visier des Titan, um mit ihr zu sprechen. Unangenehm heiße Wüstenluft strömte in das Cockpit und sie wurde leicht geblendet, aber das war verschmerzbar. Es tat sogar gut, den Sand in den Augen zu fühlen.

„Gut, Sie zu sehen, Mister. Das rechte Bein der Maschine hat einen Überlastungsbruch im Knieservo, Steuerleitungen sind aber noch funktionsfähig. Mein Knie ist auch verletzt, und… heh!"

Rafale wurde in ihrem eifrigen Schadensbericht jäh unterbrochen, und schuld war nicht das eindringende helle Sonnenlicht, das auf ihr Gesicht fiel. Der Techniker hatte doch glatt mit einem Eingriff in das Steuerpaneel im Rückenteil den kompletten Antrieb außer Kraft gesetzt!

„Achtung, TX-5 und TX-6!", warf er den beiden MechBots zu, die als Erste nach ihm den Ort erreichten. „Gebiet weiträumig absperren, Strahlungsalarm! Sperrzonenradius zweihundert Meter!"

Gehorsam watschelten die beiden humanoiden Roboter davon und gingen den anderen Technikern gestikulierend entgegen. um sie von einer weiteren Annäherung abzuhalten.

„Hey, Mister, was soll der Scheiß? Wenn hier was verstrahlt ist, dann sind Sie allein das, ansonsten ist hier alles in Ordnung. Und was fällt Ihnen ein, einfach alle Servomotoren abzuschalten?" Dann gefror Rafale trotz Toutaines sengender Sonne das Blut in den Adern. Sie erkannte das Namensschild am Schutzanzug: „McBraene!"

„Ganz Recht, Goeland, McBraene!", kam es zurück. Er klappte das Visier seines Schutzhelms auf, um die Erkenntnis zu unterstreichen.

„Was soll das, McBraene?", fragte sie ihn. „Was haben Sie vor?" Sie war zu überrascht, um zornig oder ängstlich zu sein.

„Miss Goeland, machen Sie sich keine Sorgen", gab er zurück. „Ich habe an alles gedacht."

„Ach? So wie bei Ihrer Fehlkonstruktion, der Sprachsteuerung des Centaurus? Sie haben nicht an alles gedacht, McBraene, weil Sie längst die Welt der fehlbaren Menschen verlassen haben!"

Er griff nochmals an das Rückenteil des Titan. Etwas in ihr regte sich und signalisierte höchste Gefahr, aber ohne den hydraulischen Antrieb war sie hilflos in diesem Blechkörper gefangen. Und bei dem herrschenden Wind waren zweihundert Meter Abstand zu den anderen Rettern mehr als genug, dass es zwecklos war, um Hilfe zu rufen. Er war wirklich ein cleverer Bursche, sogar im Improvisieren.

„Was tun Sie da?"

„Miss Goeland… vielleicht haben Sie Recht, und ich habe die Welt der fehlbaren Menschen verlassen. Allerdings… muss ich Ihnen mitteilen, dass Sie diese ebenso verlassen werden. Ich habe gerade das Kühlsystem Ihres Reaktors abgeschaltet. Noch einige Minuten und es wird zu einer explosiven Schmelze kommen, und dann werde ich in sicherer Entfernung sein. Jemand muss hinterher schließlich Ihre bedauernswerten Überreste zusammenfegen."

Rafales Augen weiteten sich vor Entsetzen. Es war genau wie in ihrem Traum. Sie sah in grelles Licht, die Erkenntnis in der Hand, aber Car Di Llac beendete jetzt ihr Leben. Und dieses Mal würde es kein Erwachen geben, wenn ihr nicht bald etwas Gutes einfiel. Etwas ziemlich Gutes.

„McBraene, Sie sind ja irre! Glauben Sie, Sie könnten damit Ihren Konstruktionsfehler noch vertuschen? Alle haben es mit angehört vorhin! Alle!"

Und plötzlich dämmerte ihr, warum der rote Kanal so merkwürdig still war. Niemand hatte es mit angehört, außer McBraene selbst und vielleicht ein paar eingeweihten Komplizen. Jetzt lebte die Angst wieder auf, sie lief in Rafales aufgepeitschtem Verstand Amok.

„Oh, was denken Sie denn, Miss Goeland, warum Levasseur selbst auf dem Lotsenplatz saß? Natürlich hat er den allgemeinen roten Kanal ab dem Moment unterbrochen, als Sie kurz vor dem Ausklinken standen. Die Kollegen werden das auf eine unbedeutende Störung im Kontrollzentrum zurückführen, so was passiert. Sie dachten, Calvets Teilnahme sei ein taktischer Sieg gewesen?"

Er lachte sie leise an, und das ungewohnt amüsierte Gesicht wollte ihr partout nicht gefallen.

„Im Gegenteil! Es gab mir erst die Möglichkeit, meine Leute an die richtigen Stellen zu setzen. Ich werde gleich, wenn Ihnen das Atomfeuer durch den Körper brennt, erklären, wie sich die Kühlschläuche durch Ihre ungeschickten Manöver an einem Felsen zerrissen haben. Leider wird der Systemspeicher in diesem Fall ebenso atomisiert wie der Rest des Titan. Wie sagt man in den Witzkolumnen doch so schön? Operation gelungen, Patient tot!"

Ihr wurde angst und bange angesichts McBraenes Ausgelassenheit. Er war wirklich übergeschnappt. Aber damit würde er immer noch besser dran sein als sie, wenn der Reaktor hochging. Mit entsetztem Blick sah sie auf die Warnanzeigen der Kühlung: Er hatte sie wirklich deaktiviert! McBraene hatte sich erhoben. In einiger Entfernung sah sie, wie die Mech-Bots eine Kraftfeldsperre um den Fundort gelegt hatten, sicherlich mit Zehntelzentimeter Genauigkeit zweihundert Meter im Radius. Alle hielten sich daran, vermutlich fanden sie McBraene sogar heldenhaft, wie er bis zuletzt versuchte, die Pilotin aus der detonierenden Maschine zu befreien.

„Sie machen einen Fehler, McBraene!“, japste sie verängstigt. „Schalten Sie die Kühlung wieder ein, und wir können über alles reden!“

„Ach ja? Ich denke, ich mache erstmals seit Tagen wieder etwas gründlich richtig. Was glauben Sie denn, aufbieten zu können, kurz vor Ihrer bedauerlichen Atomisierung?“

„Ich… ich habe das Bordnetz meines Schiffes eingeschaltet!“, warf sie ihm mit einem Unterton der Verzweiflung entgegen. „Calvet hat das alles mit Sicherheit mitgeschnitten!“

Er erwiderte das nur mit einem zufriedenen Grinsen.

„Miss Goeland… arme, arme Miss Goeland. Sehen Sie, ich bin kein schillernder Pilotenheld, wie Sie oder Ihre Kollegen. Wenn mehr Zeit wäre, würde ich Ihnen sogar erklären, wie sehr ich Sie manchmal beneidet habe…“ Er schüttelte kurz den Kopf.

„Nein, gar nichts hat er mitgeschnitten! Weil ich, auch ohne Pilot zu sein, weiß, dass das Bordnetz nur in sehr geringen Entfernungen zum Schiff funktionstüchtig ist. Und Ihr schönes Schiff mit Ihrem Freund Calvet ist weit, weit weg, auf seinem vorgeschriebenen Flugweg. Oder… sehen Sie hier irgendein Raumschiff?“

Die Kehle wurde ihr vor Verzweiflung eng, sie war kurz davor, loszuheulen. So würde sie also enden, noch erbärmlicher als die arme Belle. Tränen des Selbstmitleids und der ohnmächtigen Wut stiegen in ihren Augen auf und sofort brannten diese. Im Hintergrund ihres Bewusstseins piepste schon der Alarm des Reaktors. Im Vordergrund jedoch legte sich ein lindernder Schatten zwischen die grelle, unbarmherzige Sonne Toutaines und ihre gereizten Augen. Wie zynisch von McBraene, ihr in diesen letzten Momenten die Sonne abzuschirmen. Vermutlich wollte er sie ein letztes Mal verhöhnen. Sie blinzelte die Tränen fort und sah ihn zornig an. Doch McBraene war nicht die Ursache des Schattens, er drehte sich in diesem Moment selbst, um dessen Herkunft festzustellen.

Ein großer, dunkelgrauer Umriss schob sich über die Szene, und dieses Triebwerksgeräusch war für Rafale so unverkennbar wie ihr eigener Atem. Es war die Gambier Bay!

„D – Das ist vorschriftswidrig!“, stammelte McBraene. Dabei sah er gebannt in die Doppelmündungen des unteren Bordgeschützes, das drohend aus der Rumpfverkleidung ausgefahren war.

„McBraene, Sie sind ein kluger Mann“, ermahnte sie ihn. „Es wäre jetzt sehr klug von Ihnen, die Reaktorkühlung wieder einzuschalten. Ansonsten verlassen Sie die Welt der fehlbaren Menschen noch einen Augenblick früher als ich.“

Das riss ihn aus seiner Starre und er wandte sich mit unbewegtem Gesichtsausdruck dem havarierten Titan zu. Nach wenigen Handgriffen konnte Rafale zu ihrer Erleichterung erkennen, wie die Temperaturanzeigen des Mini-Reaktors wieder sanken.

„Sie haben mich ruiniert, Goeland, ruiniert“, knirschte er wie zerbröckelnde Steine, während die Gambier Bay weiter über ihnen schwebte.

„Nein, McBraene, Sie haben sich selbst ruiniert, ich habe Sie nur darauf aufmerksam gemacht.“

Epilog

„Wenn du dich noch einmal beim Vögeln auf mein lädiertes Knie stützt, beiße ich dir ein Ohr ab!"

Inmitten der absoluten Dunkelheit der Astrogatorenkabine der Gambier Bay vermochte Rafale nichts zu erkennen, aber sie wusste genau, dass Dan Calvet jetzt gerade grinste. Die Raumyacht war unterwegs im Hyperraum, der alten Route nach Coleria Prime, der Heimat, folgend. Es war Vorschrift, dass ein Raumschiff neben dem Autopiloten stets mit einem flugtauglichen menschlichen Piloten besetzt sein musste. In keiner Vorschrift stand jedoch, dass man während der langen Tage im Hyperraum, während eben jener Autopilot stoisch über den Flug wachte, den menschlichen Piloten nicht anderen – angenehmeren – Aufgaben zuweisen durfte. Es war ein Leichtes, für den Heimflug Dan zugeteilt zu bekommen, und er machte seine Aufgabe wirklich gut. In jeder Hinsicht.

„Hab ich dein Kreuzband kaputt gemacht, oder wer?", spöttelte er zurück. „Beschwer dich bei McBraene!"

„Der hat andere Sorgen, glaub ich. Was meinst du, was sie mit ihm machen werden? Inhaftieren und auf eine Gefängniswelt bringen?"

„Glaub ich nicht. Immerhin ist er ein verdienter Held Colerias, vom Imperator Claudanus III. persönlich ausgezeichnet. Wenn man den jetzt in einen Knast stecken würde, hieße das ja, Claudanus hätte sich in dem Mann geirrt. Für wie wahrscheinlich hältst du es, dass man so was zugibt?"

Rafale schwieg und drehte sich umständlich auf die Seite, schmiegte ihren nackten Körper an den seinen. Galant zog er die Bettdecke aus kühler Synth-Seide über sie beide, damit Rafale ihr geschientes Knie nicht unnötig bewegen musste.

„So unwahrscheinlich wie die Annahme, dass du jemals beim Vögeln nach mir kommst", gluckste sie.

„Haha! Haben Sie ein Glück, dass Sie krankgeschrieben sind, Lieutenant! Nein, im Ernst: Ich wette, dass sie ihn nicht verknacken, sondern dafür stillschweigend auf andere verantwortungsvolle Entwicklungsprojekte loslassen. Zum Beispiel hyperraumtaugliche Nasenhaarschneider oder innenbeleuchtete Kloschüsseln mit künstlicher Intelligenz."

„Und Levasseur und De Marnet werden ihm dann als Testscheißer zugeteilt!"

Dans Bauch zuckte neben ihr, dann lachte er los.

„Igitt, hast du schmutzige Fantasien!"

„Merkst du das jetzt erst, Daniel?" Sie legte einen Arm quer über seinen Brustkorb und seufzte entspannt. Die sechs Wochen Sonderurlaub am Platinstrand von Coleria Prime würden ihnen beiden gut tun.

„Sie werden das Projekt Freier Fall vermutlich erst mal für ein paar Jahre auf Eis legen, bis Gras über die Sache gewachsen ist. Macht dich das traurig, Raf?"

„Du meinst, weil die ganze Anstrengung vorerst umsonst war und Belles Opfer auch? Ein wenig schon, ja. Aber diese Technik ist einfach noch nicht reif für unsere Welt."

„Oder… vielleicht ist unsere Welt noch nicht reif für diese Technik", philosophierte Dan.

Sie erwiderte nichts, aber sie wusste, dass er Recht hatte.

„Wirst du deinem Vater jetzt sagen, dass seine verrückte Tochter endlich kapiert hat, wie man Puzzlespiele löst?"

„Damit der alte Mann denkt, er hätte mir einmal etwas Sinnvolles beigebracht? Nein, dann wird er nur größenwahnsinnig und glaubt, dass er mir auch den Sternenpendler beigebracht hat!"

Ausgelassen kichernd griff sie nach Boo und drückte ihn Dan mitten ins Gesicht.

Kratzen im Hals

Diese Geschichte widme ich Sophia, Mike und Thomas, deren Unterstützung und Zuspruch mir beim Schreiben unendlich geholfen haben.

Injektion Nr. 1: Frauenzeitschriften

Alles begann mit einem Kratzen im Hals. Rafale Goeland war kaum aufgewacht, als ihr ein schneidender Schmerz beim Schlucken ankündigte, dass sie kränkelte. „Na, das wird ja ein toller Tag, zum Rodder!“, fluchte sie verdrossen in ihre Synthfaser-Bettdecke und zog sich diese sogleich über den Kopf. Ja, es hatte sie erwischt. Irgendein blöder Infekt, der mal wieder umging wie der Klingelbeutel im Tempel. Damit das Halsweh sich nicht allzu einsam fühlte, gesellten sich die üblichen Verdächtigen dazu: Kopfweh, Gliederschmerzen, Bauchweh. Wie lästige Verwandtschaft hatten sich diese Plagegeister über Nacht bei Rafale eingenistet. Coleria, die Sonne ihres Systems, reckte bereits lange, goldgelbe Lichtfinger über den fast wolkenlosen Himmel von Coleria Prime. Morgenrot beleuchtete Hochnebel spielten Fangen mit startenden Raumschiffen.

Mochte der Morgen scheinheilig dämmern, soviel er wollte: Sie würde heute kürzer treten, und die Decke über dem Kopf war der erste Schritt. Ihr eigener warmer Atem schlug ihr entgegen und besänftigte den Halsschmerz ein wenig. So sehr sie bedauerte, dass niemand zum Trösten bei ihr war, so beruhigt war sie dann doch darüber, dass sie so auch wenigstens niemanden anstecken würde. Man wusste nie, wozu man eine kerngesunde Familie noch brauchen konnte, wenn man selbst gerade sterbenskrank war und bemuttert werden musste. Apropos sterbenskrank: Hatte sie nicht neulich etwas Seltsames, geradezu Beunruhigendes gelesen? Irgendwo im Holo-Zeitschriftenstapel ihres Ionenfriseurs? Vielleicht stand es in der *Igitte* oder in der *Drogue*, die *Galaxis im Spiegel* hatte sie auch durchgeblättert.

Natürlich hauptsächlich wegen der lustigen Holocomics darin. Natürlich.

Jedenfalls ging es um eine grassierende gefährliche Krankheit, die zunächst ganz harmlos anfing, wie ein grippaler Infekt, wie… wie… ja, genau so wie sie sich jetzt fühlte! *Ganz ruhig Raf, ganz ruhig! Du glaubst doch nicht an den verfrellten Mist, der in diesen Schundzeitschriften steht. Ganz sicher nicht!* Oder vielleicht doch? Vielleicht war sie wirklich ernsthaft krank? Die Colerianerin räkelte sich widerwillig unter der Bettdecke, in ihren Körper lauschend. Doch außer dem üblichen Knacken des synthetischen Kniegelenkes und eben den Grippesymptomen war nichts weiter zu spüren. Nichts weiter? Schlimm genug, dachte sie sich. Angestrengt presste sie ihren hämmernd schmerzenden Kopf aus wie eine Tiras-Limette. Was hatte denn da noch genau gestanden? Es half nichts, vor ihrem Gedächtnis hing ein dickes fettes *Wegen Krankheit geschlossen*-Schild, sie musste es anders angehen.

Schlangenhaft tastete sich ihr Arm unter der Decke hervor in die feindlich-helle Morgenwelt ihres Schlafzimmers. Schlangenhaft, wenn auch nicht ganz so anmutig und zielsicher fand er, was er suchte, jedoch nicht ohne vorher eine leere *Clitch*-Bierdose vom Nachttisch auf die Reise nach unten zu schicken und dem Gigamedia-Wecker eine plärrende imperiale Marschmusik zu entlocken. Verdammte Propaganda. Am Ziel der Suche angekommen, entrissen die Finger dem Haufen Unterwäsche von gestern ihren Kommunikator und zogen die Beute unter die Bettdecke. Bunt flackerte das Display auf und sandte sogleich schmerzende Impulse in ihr dröhnendes Hirn. Nachdem sie resignierend die letzten vier Online-Ausgaben von *Galaxis im Spiegel* gekauft hatte, fand sie dann doch, was ihr Gedächtnis ihr verwehrte, den gesuchten Artikel:

„Rätselhafte Seuche auf Coleria Prime: Bereits 12 Tote!“, stand da in reißerischen Flackerlettern. Hätte ihr Hals nicht so geschmerzt, so hätte sie jetzt beunruhigt geschluckt. Ungeduldig las sie weiter. „Conoret City, Coleria Prime: Die Zeichen für eine neue grassierende Seuche verdichten sich. Nachdem in diesem Monat bereits über 100 Colerianerinnen, Colerianer und colerianische Wesen mit abweichenden Merkmalen“ – Die colerianische Presse nahm es mit der politischen Korrektheit sehr genau – „mit nicht behandelbaren Grippe-Symptomen in MediCenter eingeliefert werden mussten, sind jetzt die ersten Todesfälle bekannt geworden. Die betroffenen Patienten klagen über Hals- und Kopfschmerzen sowie Übelkeit und Gelenkschmerzen. Doch die scheinbar harmlose Grippe entwickelt sich mehr und mehr zum ansteckenden Albtraum, der bereits seinen ersten Tribut forderte, und alle Zeichen deuten auf eine rasche Ausbreitung dieser rätselhaften Krankheit hin. Dr. Dr. Tanya Antalus, führende Forscherin auf diesem Gebiet, gab der Krankheit ihren Namen: Endoplasmatische Reticulitis, oder Antalus-Syndrom, ein Begriff, der sicher noch für Schlagzeilen sorgen wird. Dr. Dr. Antalus widmet ihre gesamte Zeit der Erforschung und Therapie dieser tödlichen Bedrohung unseres unvergleichlichen Planeten: ‚Wir sind zwar erst am Anfang, aber mein neu entwickeltes Therapieverfahren zeigt schon stabilisierende Wirkung. So konnten wir die Lebenserwartung der infizierten Patienten drastisch erhöhen und wir erhoffen uns weitere Fortschritte‘, so die Medizinerin. Alle bekannten Fälle wurden in einer Spezialklinik in Conoret zusammengeführt, um der führenden Epidemiologin dieser Tage ihre segensreiche Forschung zu erleichtern und die Überlebenschancen der Patienten zu verbessern. Lesen Sie mehr über Dr. Dr. Antalus' aufregendes Privatleben in unserer nächsten Ausgabe!“

Mehr war der Zeitschrift nicht zu entnehmen, danach kamen schon das interstellare Horoskop und die *Dr. Winter*-Kolumne. Aber Rafale hatte ohnehin genug. So war das also, sie war tödlich erkrankt! Dann war es ja wirklich ein Segen, dass niemand hier war: Wer weiß, wie viele andere sie schon angesteckt hätte. Sie musste in diese Klinik und sich untersuchen lassen. Mit einem entnervten Stöhnen schob sie die Decke schließlich beiseite und setzte sich der quälend heiteren Morgensonne aus.

Injektion Nr. 2: Dr. Dr. Antalus würde sie gerne sprechen!

Seit Rafale die kleine Klinik im Herzen von Conoret City betreten hatte, kam sie aus dem Staunen nicht heraus. Mochte das Gebäude von außen doch etwas dürftig ausgesehen haben, so war es von innen wie ausgewechselt: Modern, ansprechend designt, voll mit gut gekleideten Pflegern und geschäftigen Medi-Bots, welche durch die Gänge huschten. Eine Insel der Professionalität inmitten des banalen, grauen Alltags. Sie war beileibe nicht die einzige potentiell Erkrankte, im Gegenteil: Sie musste sich in einer kleinen Warteschlange, die sich windend vor dem Empfang aufbaute, hinten anstellen. Mit einem Plumpsen ließ sie ihre knautschige Reisetasche vor sich fallen. Erschrocken fuhr die Frau vor ihr herum, eine ältere Dame mit rötlichem, leicht ergrauendem Haar.

„Huh, Sie haben mich ganz schön erschreckt!", japste sie heraus. Dann fiel ihr Blick auf Rafales Tasche. „Was schleppen Sie denn da eigentlich alles mit sich herum? Wollen Sie auch zur Voruntersuchung wegen der Reticulitis?"

Ertappt. Verlegen sah Rafale zur Seite. Ja, warum schleppte sie eigentlich schon ihre Reisetasche mit Wechselwäsche an? War sie denn schon so hypochondrisch aufgelegt, dass sie fest damit rechnete, hierbleiben zu müssen? Sie bedachte sich selbst mit einem resignierenden Kopfschütteln: Was für eine Suggestivkraft Medien doch besaßen!

„Ehm… also, ich kam gerade vom Sport, wissen Sie? Hab mich kränklich gefühlt." Zu einem verlegenen Räuspern fühlte sie sich nicht aufgelegt, der Hals schmerzte zu sehr. Die Frau vor ihr ließ ihr allerdings auch keine Gelegenheit, festzustellen, ob Rafales Verlegenheitslüge verfing oder nicht. Gerade in diesem Moment bewegte sich die Warteschlange einige quälend kleine Schritte weiter vorwärts, dem Schalter entgegen. Rafale trat halbwegs erleichtert und unauffällig ihre Tasche mit dem Fuß voran.

Geraume Zeit und nicht wenige Fußtritte später stand sie endlich an dem fast schulterhohen Tresen der Anmeldung. Von der anderen Seite lächelte ihr ein junges, hübsches Mädchengesicht entgegen. Kurze blonde Haare drängten unter einer etwas zu klein wirkenden Schwesternhaube hervor.

„Guten Tag, Miss, willkommen in der Antalus-Klinik!", plapperte sie ihren Begrüßungssatz herunter, sicher schon zum hundertsten Mal an diesem Tag. „Was können wir für Sie tun?"

„Ehm… Goeland, Rafale Goeland, hallo… ehm…", stammelte sie vor sich hin. „ColMed-Krankenkasse GoldCard!" Sie war sich unsicher, was sie jetzt sagen sollte. In Krankenhäusern stellt man sich ja nicht alle Tage vor.

„Angenehm, ich bin Schwester Rys. Sind Sie hier, weil Sie einen Verdacht auf endoplasmatische Reticulitis haben?" Sie lächelte noch immer gewinnend. Hübsches Kind.

„Eh… ja, genau! Also, ich bin da mit diesem Kratzen im Hals aufgewacht und dachte mir…"

„Oh, dann gehen Sie doch bitte durch die Tür rechts von Ihnen", half sie der unsicher plappernden Patientin in spe aus. „Dort ist der Untersuchungsraum."

Rafale nickte nur langsam, erwiderte etwas verlegen das strahlende Lächeln und folgte der Wegweisung. Ihre Reisetasche trug sie so, dass Schwester Rys sie hinter ihrem Tresen nicht bemerken konnte.

Der Raum für die Voruntersuchungen war nicht minder beeindruckend ausgestattet und gestaltet. In dieser Klinik steckte sichtlich eine Menge Geld. Und sicher warf sie auch eine entsprechende Menge davon ab. Ein namenloser Pfleger nahm ihr Blut- und Gewebeproben ab, fuhr mit einem Scanner über ihre Kehle und ließ sie dann mit ihren Gedanken allein. Rafale griff nach einer der diensteifrig ausliegenden Holozeitschriften. Um die *Galaxis im Spiegel* machte sie verständlicherweise einen Bogen.

In der *ACRC-Turbinenwelt* waren einige interessante Artikel über die neuen Umweltzonen für Grav-Bikes und die übliche Werbung für Bauchweg-Gürtel, Haarersatz und Treppenhauslifte. In *Holo Spielfilm* war ein Artikel über Anjolina Gelee und Brit Padd. Sie mochte Filme mit den beiden, sehr zum Missfallen ihrer gebildeten Freundin T'sani, die ihren üblichen Anspruch auf Kultur darin vermisste. Rafale hingegen gefielen die Sexszenen und die Schießereien.

Schließlich hatte sie vom Lesen genug. Sie betrachtete die vielen ebenso hübschen wie unbekannten Pflanzen im Wartezimmer, aber auch die Gesichter der mit ihr wartenden Patienten. Einige waren gleichgültig, andere drückten klar erkennbar tiefe Besorgnis aus. Die meisten von ihnen schnieften oder röchelten gedämpft.

Ob das nicht gefährlich war, wenn man keine Infektion hatte und sich dann in ein solches Zimmer, vollgestopft mit Kranken, setzte? Aber wahrscheinlich hatten sich genug Fachleute darüber Gedanken gemacht, sonst wäre das ja nicht so. *Nur nicht überreagieren, Goeland.*

Einer nach dem anderen wurden die Wartenden von einem Pfleger angesprochen und murmelnd aufgefordert, ihm an einen bestimmten Ort zu folgen. Durch den gedämpften Tonfall war nicht zu hören, wohin genau. Schließlich kam der Pfleger auch auf Rafale zu. Jetzt musste sie doch schlucken, zu sehr fühlte sie sich wie eine Delinquentin. Ihre Füße klemmten Halt suchend die Reisetasche ein.

„Miss Goeland?“, eröffnete er das Gespräch.

Gleich würde er murmeln, sie solle ihm doch bitte folgen. Erfolglos bemühte sie sich, aus seiner Mimik oder dem Tonfall etwas herauszufinden.

„J – Ja? Das bin ich! Was ist heraus… gekommen?“

„Miss, würden Sie mir bitte folgen? Dr. Dr. Antalus würde Sie gerne sprechen.“

Injektion Nr. 3: Antalus' Büro

Für einen Moment vergaß Rafale die bange Frage, was nun aus ihr werden sollte. Das fensterlose Büro von Dr. Dr. Tanya Antalus war in demselben atemberaubend geschmackvollen Stil eingerichtet wie der Rest der Klinik. Oder war es die Klinik, die im Stil dieses Büros eingerichtet war? Wenn das der Fall war, dann hatte man sich im allgemeinen Bereich wenigstens die Ansammlung von – vermutlich – kostbaren Bildern an den Wänden gespart, ebenso die vielen kleinen Kunstwerke, die in Regalen, auf Tischplatten oder auch dem Fußboden selbst einen kostspieligen Verdrängungskrieg führten.

Rafale verstand nichts von Kunst, aber sie hatte ein sicheres – und typisch colerianisches – Bauchgefühl für den Wert von Gegenständen, und dieses Bauchgefühl klingelte gerade mächtig. T'sani hätte ihre wahre Freude an dieser Einrichtung gehabt. Rafale vermisste dagegen den Plasma-Kühlschrank für das Bier.

„Miss Goeland, so setzen Sie sich doch bitte!“, drang eine angenehme weibliche Stimme durch das Kunstdickicht zu ihr. Sie gehörte Antalus, einer ansehnlichen Mittvierzigerin, die hinter ihrem massiv hölzernen Schreibtisch aufgestanden war und den Einweiser für eine Parkposition auf einem Patientenstuhl, dem Tisch gegenüber, spielte.

Sie sah auf den ersten Blick gebildet und seriös aus, fand Rafale. Eine leichte randlose Phasenkonverter-Lesebrille – sicherlich ein Designermodell –, ordentlich frisiertes, graublondes Haar, eine hochgewachsene, schlanke Gestalt mit zarten Händen. Schwiegermutters Traum, dachte sich Rafale, etwas eingeschüchtert in ihrem sportlichen Dress mit

Synthlederjacke und Gravbiker-Stiefeln, die Reisetasche in der Linken.

„Ich fürchte, ich habe eine schlechte Nachricht für Sie, Miss Goeland!“, fügte Antalus mit ins Mitleidige umschwenkender Miene hinzu.

Rafale sank auf dem gerade erst eingenommenen Stuhl sogleich noch etwas weiter zusammen. *Also doch! Die Reticudingsda!*

„Die Labortests ergaben, dass Sie tatsächlich an endoplasmatischer Reticulitis erkrankt sind, Miss. Ich werde Ihnen also ein Zimmer in meiner Klinik zuweisen müssen und Sie zur Behandlung hier behalten.“

Ein Schweigen, ein geradezu tödliches Schweigen, lag plötzlich in der Luft, bevor Antalus wieder die Initiative ergriff. Sie blickte dabei mit nachdenklicher Miene auf Rafales Reisetasche.

„Wie ich sehe, sind Sie bereits gerüstet für den nächsten Schritt.“

„Frau Doktor… wie gefährlich ist denn die Lage? Ich hab ne Menge Schlimmes über die Reticusidis gelesen.“

„Reticulitis. Übrigens ist geplant, ihr auch in der Fachliteratur den Namen *Antalus-Syndrom* zu geben.“ Dr. Dr. Antalus lächelte sowohl freundlich als auch ein wenig stolz. Rafale wollte es ihr gern gönnen, wenn sie selbst nur mit heiler Haut davonkäme.

„Miss Goeland, ich will Ihnen nichts verheimlichen: Die Sterberate ist für eine zivilisierte Hyperwelt wie Coleria Prime ungewöhnlich hoch, aber dennoch mit 10–20 % noch überschaubar. Ich und mein Ärzteteam arbeiten fieberhaft an der Therapie, der einzig bekannten erfolgreichen des ganzen Planeten, um diese Zahl weiter zu senken. Für Sie persönlich sehe ich jedoch keine allzu große Gefahr.“ Antalus musterte Rafale dabei wie ein Fleisch gewordener Mediscanner.

„Sie sind recht jung und, soweit ich es beurteilen kann, anderweitig gesund. Und außerdem… Sie sind doch sportlich, nicht wahr?“

Rafale nahm sich augenblicklich vor, nie mehr auch nur einen einzigen fettigen Fronik zu essen, keine Dose Clitch auch nur anzusehen und ab sofort mit T'sani zusammen joggen zu gehen.

„Ehm… es geht so einigermaßen. Man tut, was man kann, Frau Doktor.“

„Meine Therapie ist – noch – keine eigentliche Heilung, aber sie vermag, die Patienten solange zu stabilisieren, bis die kritische Phase der Krankheit vorüber ist. Noch einige Monate, und unsere Sterblichkeit geht gegen Null und wir haben sogar einen Impfstoff zum Wohle Colerias!“

Bei diesen Worten meinte Rafale beinahe, einen goldenen Sternschnuppenregen auf den Schultern von Dr. Dr. Antalus niedergehen zu sehen. Einem Engel der Heilung gleich, schimmerte es um die Medizinerin.

„Haben Sie denn keine Angst, sich damit anzustecken, Frau Doktor?“

„Nein, Miss Goeland, und das hat seinen Grund: Aus noch unbekannten genotypischen Gründen bricht die Reticulitis nur bei weiblichen Homo Coleriens mit von Geburt an roten oder rotbraunen Haaren aus. Bei allen anderen bleibt der Erreger apathogen.“

Rafale war sich nicht sicher, was *apathogen* bedeutete, aber sie wollte nicht ihrer ersten Eingebung glauben, dass es etwas Schweinisches war.

„Aber… in der Warteschlange standen doch alle möglichen Leute“, merkte Rafale an. „Warum schicken Sie die nicht gleich wieder weg?“

„Miss Goeland, wenn wir das täten, würde sich diese Information schnell verbreiten und jedermann wäre komplett sorglos. Dadurch würde das Risiko, dass der Erreger die Typgrenze überspringt, ins Unermessliche steigen. Das können wir momentan nicht riskieren. Ich… rechne da mit Ihrer Verschwiegenheit, ja?“

Rafale schluckte mühsam, dann nickte sie. Ihr leuchtete das ein.

„Ich würde ebenfalls darum bitten, von Verwandtenbesuchen für die erste heiße Phase der Infektion abzusehen, wir wissen noch zu wenig über den Erreger. Selbstverständlich können Sie Hologespräche führen. Gibt es sonst noch etwas Wichtiges vorab zu klären, Miss Goeland?“

Dr. Dr. Antalus lächelte wirklich so, als müsste man sich kaum noch Sorgen machen. Sie wirkte sehr sympathisch auf Rafale.

„Mh… gibt es in der Kantine zufällig Clitch-Bier?“

Injektion Nr. 4: Belegte Betten

Verglichen mit Dr. Dr. Antalus' Büro wirkte Krankenzimmer Nr. 38 karg. Verglichen mit Rafales Kajüte auf ihrem Schiff, der *Gambier Bay*, wirkte es jedoch wie ein gehobenes Mittelklasse-Hotel. Und wahrscheinlich kam es ihr nur deswegen karg vor, weil sie noch immer an der persönlichen Beleidigung, dass es offenbar in der ganzen Klinik kein Bier geben würde, zu knabbern hatte. Missmutig zog Rafale eine Schnute. Wenn sie die Infektion überlebte, würde sie sicherlich elendig an Biermangel verrecken. Sie beschloss, die Klinik aus ihrem imaginären Testament zu streichen, warf die Tasche mit Schwung auf das Bett und… HALT!

Gerade noch realisierte sie, dass das Bett belegt war: Ihre Linke hielt die Taschengriffe fest, was in einer ungeschickten Pirouette endete, bei der sie sich fast langgelegt hätte. Ein Zweibett-Zimmer! Eines mit belegtem zweiten Bett! Rafale kam sich spontan reichlich blöd vor, natürlich war die ColMed-Mitgliedschaft *Gold* nur das unterste medizinische Versorgungsniveau. Einzelzimmer und anderen Luxus konnte man vermutlich frühestens mit Platin-Status erwarten.

„Verfrellte Werbesprache, der Rodder soll dich holen!“, fluchte sie unterdrückt vor sich hin.

Der Inhalt des belegten Bettes entpuppte sich als eine alte Bekannte.

„Oh… die junge Dame mit der Reisetasche!“, entgegnete der Lebendinhalt, den Rafale sogleich wiedererkannte. Es war die Dame aus der Warteschlange. Sie lag noch in Straßenkleidung auf dem Bett und musste wohl erst ihren kleinen Hausstand organisieren.

Das überlegene Lächeln erfolgreicher weiblicher Intuition zog auf Rafales Lippen und nistete sich dort ein.

„Ja, wie es aussieht, haben wir beide Vollpension gebucht, eh?"

Ein Lächeln zog über das Gesicht der anderen.

„Ja, ich könnte wohl darauf verzichten, aber… öch!" Ein heiseres Husten unterbrach sie. „Aber wir wurden da wohl nicht gefragt."

„Sieht so aus." Mit diesen Worten warf Rafale ihre Tasche auf das Bett am Fenster, das erfreulicherweise nicht auch noch belegt war. Sie hatte sich bereits fest vorgenommen, ihre GoldCard zurückzugeben, wenn dies der Fall gewesen wäre.

„Geda Greson ist mein Name, ich bin aus Conoret." Die Frau lächelte sie warmherzig an.

Rafale hegte sogleich eine gewisse Sympathie für ihre Zimmergenossin, warum auch immer. Ob sie Bier mochte?

Wer dem Krankenhauskoller bestmöglich vorbeugen will, der tut gut daran, den Übergang vom *Leben draußen* in das *Leben drinnen* harmonisch zu gestalten, ganz so, als bezöge man ein Urlaubsquartier am Platinstrand. Rafale gelang dies wider Erwarten. Geda Greson trug das ihre dazu bei. Man unterhielt sich über den Rodder und die Welt, half sich beim Einrichten im Zimmer, sprach über Schlafgewohnheiten. Dass Rafale schnarchte, verschwieg sie geflissentlich, darauf bauend, dass Greson schwerhörig war. Man tauschte Mutmaßungen über den Klinikalltag und die Kompetenz der Ärzte aus (Nicht, dass irgendjemand Zweifel an Dr. Dr. Antalus gehabt hätte).

Es stellte sich heraus, dass die sympathische Dame mit dem leicht ergrauenden roten Haar umgänglich, freundlich und aufgeweckt war, wenn auch vom Schicksal nicht gerade mit einer derart robusten Gesundheit gesegnet wie Rafale

Goeland. Sie litt an Herzproblemen. Rafale hatte den wissenschaftlichen Namen dafür auch nach dem dritten Versuch nicht verstanden und nahm sich vor, bis auf weiteres von *deinem Herzkram* zu sprechen. Beinahe hatte sie schon vergessen, wo sie sich befanden, als mitten in die Unterhaltung Schwester Rys hineinplatzte.

Die junge blonde Frau strahlte mit dem Sonnenschein Colerias und den hellgelb gestrichenen Wänden um die Wette und begrüßte beide herzlich. Man war fast geneigt, bei ihr ein Getränk zu bestellen und sie mit einem Trinkgeld zu bedenken. Sie erklärte in freundlichstem Plauderton die wichtigsten Details der nächsten Zeit: Die Essenszeiten, Nachtruhe, die Einrichtungen, Visitenzeiten und die Therapie. Erstaunlicherweise bestand die Therapie lediglich darin, dass man täglich Blutbilder und Gewebeproben entnahm und einmal nachmittags per Injektor eine Dosis *Antalusan* bekam. Dies war unüberhörbar das Wundermedikament, das Dr. Dr. Antalus entwickelt hatte, um die Krankheit in Schach zu halten, bis der Körper damit allein fertig werden konnte. Offenbar war es in ihrem Stadium lebensnotwendig, die tägliche Dosis keinesfalls zu verpassen. Alles durfte vernachlässigt werden, auch die Mahlzeiten, die tägliche Injektion jedoch war ein Muss. Dass Mahlzeiten ins Hintertreffen geraten könnten, wollte Rafale nicht recht gefallen, aber sie entschied sich für schweigende Kooperation. Vielleicht gab es ja doch Bier.

Schwester Rys erklärte letzteres mit einer bedeutungsvollen und ernsten Stimme, ohne jedoch das Lächeln dafür abzulegen. Zwar hatte Rafale selten Probleme damit, Leute spontan zu mögen, aber Rys machte es ihr ebenso leicht wie ihre Zimmergenossin. Vom Biermangel und der Krankheit selbst abgesehen, war dieser Aufenthalt hier im Begriff, eine angenehme Zeit für Rafale zu werden.

Injektion Nr. 5: Schwester Rys

Keine Rose ohne Dornen. Neben dem lästigen Kratzen im Hals und der Clitchlosigkeit hatte Rafale schnell einen weiteren Mangel der Klinik festgestellt: Das interne Musikprogramm war zum Sterben langweilig. Mit ihrem leicht brummigen Kopf fiel es ihr schwer, sich zu erinnern, wie oft heute schon „We don´t heed another Nero“ von Tuna Burner lief, aber es war entschieden zu oft. *Billiger Mainstream*, murrte sie innerlich. Irgendjemand hatte da einen miesen Geschmack, wenn nicht gar keinen. „Shunlight Meadows“ von Oak Mildfield, „Beverage in a bottle“ von The Pilots, sie konnte es nicht mehr hören. In diesem Moment medialer Erkenntnis fühlte sie sich zum dritten Mal isoliert: Kein Besuch, kein Bier, keine gescheite Musik. Wollte man ihr das Sterben leicht machen, indem man das Leben zur Ödnis gestaltete? Dr. Dr. Antalus war wohl auch eine begabte Psychologin.

Rafale lächelte grimmig. In Ermangelung ihrer MP11-Sammlung lag sie mit geschlossenen Augen auf ihrem Krankenbett und summte aus Trotz einige Songs der Hauling Thrones. Für Außenstehende mochte es klanglich so schief sein wie ihr Finanzbudget, sie behauptete jedoch immer, es wäre die zweite Stimme. Kluge Leute pflichteten ihr bei, in der steten Furcht, sie könnte vom Modus *Mitsummen* auf *Vorsingen* wechseln.

Jetzt gerade war sowieso niemand da, ihre Zimmergenossin war wieder einmal wegen ihrer Herzgeschichten zu einer Sondertherapie unterwegs. Kein Wunder, dass Geda es mit dem Herzen hat, wenn man die ständig von Nuntius zu Vibratus durch die Gegend scheucht, dachte Rafale sich.

Diese Einschätzung würde sie aber wie üblich für sich behalten.

Etwas berührte ihre Schulter. Sie zuckte zusammen, öffnete voller Erwartung die Augen. Es war nicht der Leadsänger der Hauling Thrones, Dick Bagger, aber immerhin Schwester Rys. Wunder waren eben rar in diesen Zeiten und wenn, dann nur für die PlatinCard-Besitzer reserviert.

„Ich habe da ein seltsames Quieken gehört, da dachte ich mir, ich schaue einmal rein. Geht es Ihnen gut, Miss Goeland?“

Rafale brachte eine spontane Errötung der mittleren Alarmstufe zustande.

„Ehm… ja, ist alles in Ordnung… ich… ehm… hab dieses komische Geräusch auch gehört. Aber von mir kam das nicht!“ Sie hoffte, es war ein überzeugendes *mir*.

„Ach so, dann ist ja gut.“ In Rys' Lächeln schien der funkelnde Stern der Fürsorge.

„Erzählen Sie doch mal was von sich, Schwester“, versuchte Rafale ein Gespräch anzuknüpfen, überzeugt, extrem subtil vorzugehen. „Die Krankengeschichten der anderen kenn ich schon auswendig!“

Fast entgegen ihrer Erwartung blickte Rys kurz auf ihren Kommunikator, nickte sich selbst bestätigend zu und setzte sich dann ganz unkompliziert auf den Rand des Bettes. Rafale wurde spontan klar, dass die junge Frau nicht nur freundlich und unkompliziert war, sondern auch verdammt hübsch. Ihre üblichen Gesprächsthemen Bier, Fastfood, Musik und Sex wollte sie um wenigstens einen Punkt kürzen, sonst würde sie unruhig schlafen.

„Hm, was soll ich denn erzählen? Es würde Sie sicher langweilen.“

„Oh, erst mal hab ich eine frellig tolle Idee! Sag einfach du zu mir, eh? Ich bin Raf. Oder nenn mich Krücke, wie du magst." Dabei deutete sie wie üblich zur Erklärung auf die pneumatischen Streben an ihrem rechten Knie.

„Ich ziehe dann Raf vor, wir haben hier schon genug Krücken!", lachte Rys heiter durch das blonde Haar in ihrem Gesicht. „Also… Raf… Ich kann erzählen, wie ich hierher kam."

Das *Raf* tat ihr gut, vermittelte es doch einen Hauch Normalität.

„Gute Idee, endlich mal einer, den nicht das Kratzen im Hals hierher beordert hat!" Rafale schmunzelte, für einen weiteren Moment schien die Krankheit vollständig vergessen.

„Ich studiere Molekularmedizin in Conoret. Gerade stand die Frage im Raum, wo ich mein erstes Praxissemester verbringen könnte, da brach diese Reticulitis aus. Der Name von Dr. Dr. Antalus und ihrer Klinik war plötzlich in aller Munde und da dachte ich mir: Bewirb dich doch mal hier, die brauchen bestimmt jede Menge Leute! Und… wer will denn nicht mal Leben retten, so wie in den kitschigen Holoserien?" Sie kicherte dabei herrlich unbeschwert. „Naja, und jetzt bin ich hier. Die Doktorin ist eine tolle Frau, modern und engagiert. Eine Schande, dass sie erst mit dieser Krankheit so richtig bekannt geworden ist, die hätte schon viel früher eine Karriere verdient."

„Naja, spätestens jetzt hat sie ja Gelegenheit, bekannt zu werden. Nur um die Bierversorgung muss sie sich mal Gedanken machen!" Rafale lachte, was sofort einen Hustenanfall provozierte. Verkrampft bäumte sie sich in ihrem Bett auf.

„Oh je, man sollte dir Witzverbot verordnen, Raf!", lachte Rys mit ihr, legte ihr dabei die Hand beruhigend auf den Brustkorb.

Rafale überlegte, wie lange sie wohl weiter husten könnte, ohne aufzufallen. Das Leben bestand eben doch nicht nur aus Bier, Fastfood und Musik.

Injektion Nr. 6: Die Tote unter dem Tuch

Die raue Wirklichkeit holte Rafale Goeland ein wie ein Plasmaschuss. Gerade wollte sie sich auf die Suche nach dem nächsten Getränke-Bot machen, denn wenn sie nur genug trank, fiel ihr die Vorstellung, es handele sich um Bier, deutlich leichter. Sie kam jedoch nur bis zur Schwelle ihrer Zimmertür. Auf dem Gang schob ein Pfleger, ein Hüne von einer Pflegekraft, ein Grav-Krankenbett mit einem abgedeckten Körper vor sich her.

Zum Rodder! Rafale hielt, ohne es zu registrieren, erschrocken eine Hand an ihren Mund. Die Konfrontation mit dem Tod nahm ihr alle Gelüste auf Bier, Fastfood, Musik und sogar Sex. Gebannt lag ihr Blick auf dem Tuch, glitt über die darunter verborgene Topografie eines Gesichtes. Dann wanderte das Bett weiter voran auf dem Korridor und ihr Blick kreuzte den des Hünen. Der Pfleger guckte nicht sonderlich betroffen, mehr mürrisch oder gar genervt. Sie war sich nicht sicher, wie groß das Gefühlsspektrum solcher Menschengebirge war, und so blickte sie ihm eher hilflos entgegen.

Er schenkte ihr dafür einen *Sag nichts dummes, denk nichts dummes, geh weg!*-Blick der Stufe 3, welcher die gewünschte Wirkung hatte. So war das also, dachte sie sich, als sie die Tür wieder zwischen sich und dem Korridor schloss. Die Einschläge kamen näher.

Die Gedanken begannen, sich in ihrem Kopf schneller und schneller zu drehen. Blitzartig dachte sie an Geda Greson. Auch die sah nicht allzu gut aus, sicher machten ihr die Komplikationen wegen ihrer Herzerkrankung mehr zu schaffen als anderen Patientinnen auf der Station. Ob man sie auch eines Tages so unter einem Laken…? Rafale zwang sich mit einem energischen Kopfschütteln, das sie ihres vergrippten Kopfes wegen sogleich bereute, zum Abbruch dieses Gedankenganges.

Nein! Nicht verrückt machen lassen, Goeland! Das hier geht gut aus! Für dich und für die anderen, du musst nur fest dran glauben! Langsam sank sie an der Wand zu Boden, sich die Haare zerwühlend, erstmals von der Verzweiflung überrannt. Wie ein losgelassenes Grav-Surfboard trieben die Gedanken durch die verdüsterten Winkel ihres aufgewühlten Geistes, verloren sich, verknäuelten sich, nur um ihre Regatta wieder von vorne zu beginnen. Erst ein wiederholtes Stupsen eines Fingers an ihre Schulter riss Rafale von ihrer mentalen Zuschauertribüne. Verwirrt sah sie in das Gesicht eines Pflegers, das ihren Ausdruck nicht ungeschickt spiegelte, während er neben ihr in die Hocke gegangen war.

„Miss Goeland, ist alles in Ordnung mit Ihnen?"

„J – ja… denke schon. Habe nur eben das Bett mit einem Toten gesehen, das war nicht gut für die Nerven, eh?" *War das wirklich eben? Wie lange habe ich hier gesessen?* Einziges Indiz war ihr schmerzender Hintern, und der schwieg ansonsten beleidigt.

„Ja, das verstehe ich. Versuchen Sie, es zu vergessen, wenn möglich. Das ist eben in einer Klinik so, hier sterben Leute, so sehr wir uns auch bemühen."

So ein verfrellter Droyk, dachte sie! Hielt der Kerl sie denn für dämlich? Dann zögerte sie. Ja, sie war dämlich. Dämlich, weil sie genau das verdrängt hatte. Das hier war kein Kurhotel in Tynera. Und auch kein spaßiger Jugendclub irgendwo am Platinstrand. Das hier war eine Klinik voller kranker Leute. Beinahe bekam sie ein schlechtes Gewissen wegen ihrer Rafale-Goeland-ist-sorglos-Mentalität. Nicht alle kamen hierher, um die Hauling Thrones zu hören und zu schwatzen. Manche kamen, um zu sterben, ob sie es wollten oder nicht.

„Wer war es denn?“

„Miss Brann, von Zimmer 45.“

„Kenn ich nicht.“

„Ältere Dame, alleinstehend und schon ein wenig schwach auf der Brust. Die trifft es am härtesten, leider.“

Rafale nickte nur. Gleich morgen würde sie sich in einem Fitness-Studio einschreiben.

Der Pfleger half ihr schließlich auf und gab ihr mit dem Injektor die fällige Dosis von Antalusan. Ein herbeigerufener Medi-Bot entnahm die Gewebeproben. Wenn sie noch länger hier wäre, würde von ihr nichts übrig bleiben, bei der ständigen Gewebeentnahme, dachte sie sich.

Zu ihrer großen Erleichterung kam danach wenigstens Geda Greson wieder zurück. Mit müder Geste legte sie eine klappernde Handvoll frisch verordneter Injektor-Kartuschen in die Schublade ihres Nachtschränkchens. Herzkram. Sie sah zwar erschöpft aus und hatte leichte Ränder unter den Augen, aber jeder Anblick außerhalb eines Leichentuches war Rafale jetzt so willkommen wie Colerias Sommersonne.

Injektion Nr. 7: Es werde... Bier!

Fordernd fingerte das Erwachen nach Rafale „Krücke“ Goeland. Doch wenn jene eines zur Perfektion entwickelt hatte, dann war es das Hakenschlagen auf der Flucht vor unangenehmen Dingen. Wie zum Beispiel dem Aufwachen. Seit man am vorigen Abend ihre Bettnachbarin wegen ihres miserablen Zustandes auf die Intensivstation verlegt hatte, sank Rafales Laune schneller als ein leckgeschlagenes Schiff. Geda tat ihr leid, sie war nun wirklich mit ihrem Herzkram schon genug gestraft. Aber es machte sich auch eine gewisse ichbezogene Unruhe in ihr breit wie ein Hautausschlag: Wer würde die nächste sein? Geda? Oder würde auch sie, Rafale, demnächst unter einem weißen Tuch spazieren fahren? Geschoben von einem fies dreinblickenden hünenhaften Pfleger? Da war es ihr doch bedeutend lieber, zu schlafen. Den Schlaf hatte sie noch im Griff. Oder hatte er sie im Griff? Sobald sie zu erwachen drohte, warf sie sich ihm immer wieder neu entgegen, wie einem Prominenten aus einer Holo-Castingshow. An langweilige Reden an der Uni denken. Grav-Eiskunstlaufen. Die lokalen Süßkartoffelpreise. Sternezählen. Alles, was half einzuschlafen, war ihr recht und willkommen.

Gerade beschäftigte sie sich mit der Frage, wie sicher eine Rettungskapsel war. Konnte sie ebenfalls havarieren, wie das Raumschiff, dem sie entsprang? Und bräuchte man dann nicht Rettungskapselrettungskapseln? Und Rettungskapselrettungskapselrettungskapseln? Ihr Verstand tat in dieser unauflösbaren Lage das einzig Sinnvolle: Er schlief wieder ein. Um Rafale herum drehte sich alles, die Grenze zwischen Realität und Traum verschwamm erneut. Wie ein Mäander wickelte sich die Warteschlange an der Rezeption um ihre Sporttasche. Alle tuschelten irgendwas zum Thema, aber sie verstand nicht, was. Der Hüne schob sich durch das Bild, erblickte sie und krümmte finster grinsend einen lockenden Finger, deutete mit der anderen Hand auf ein unbesetztes Bett samt Leichentuch. Angst stieg in ihr auf. Sie wollte schreien, doch das Kratzen im Hals hinderte sie daran. Verzweifelt streckte sie eine Hand aus, suchte einen festen Halt, während der Pfleger an ihrem Fuß zerrte, um sie zu holen. Nicht weit von ihr entfernt stand Dr. Dr. Antalus, doch sie reagierte nicht auf Rafales ausgestreckte Traumhand, sie lächelte nur. Rafale streckte ihren Arm weiter aus wie ein Werkstatt-Bot die Teleskopgreifer auf der Suche nach dem 13er Schlüssel. Eine Rettungskapsel. Nein, kleiner! Ein Behälter! Egal was, es war die Rettung vor dem Griff des Hünen, der sie unter das Tuch zerren wollte! Sie packte zu. Kalt, metallisch und seltsam vertraut war das Gefühl in ihren Fingern.

Als Rafale verschwitzt und keuchend aufwachte, schien ihr die rötliche Abendsonne grüßend ins Gesicht. Ihr Arm war noch immer ausgestreckt, die Hand auf dem Regalboden des Nachtschränkchens ruhend und etwas umklammernd. Wenn Rafale Goeland auch nicht paranormal begabt war, so übertraf ein ganz besonderer Spürsinn jeden Wahrsager um Lichtjahre: Ihre Hand ruhte auf einem Sixpack Clitch-Dosen! Sprachlos und mit großen Augen starrte sie das kostbare Zeugnis colerianischer Braukunst an. Kaum wagte sie zu atmen, aus Angst, den Zauber doch noch zu brechen.

„Tausend stinkende Nufas, mit diesem Trick mache ich mich selbständig!“

Nachdem sich der zweite Halbliter des köstlich prickelnden Bieres in ihre Kehle gestürzt hatte, fiel Rafale der kleine

Host-it Zettel an der Packung auf. Hastig nahm sie ihn ab und las die handgeschriebene Notiz:

Ich dachte mir, dieses kleine Geschenk könnte Dich ein wenig aufmuntern. Bitte verstecke es gut und: Ich weiß von nichts! – Rys

Rafale lächelte. Rys, dieses Goldstück! Wenn überhaupt jemand sie verstand, dann war es dieser blonde Bierengel! Sie hielt den Atem an. Verstecken… verstecken… Ja, sicher, das wäre das Beste! Und wo? Sie nickte ihrem Bauch zu.

„Mh, ich hab da ne verfrellt gute Idee, wo ich das Zeug verstecken kann", murmelte sie hochzufrieden und äquatorial breit grinsend. „Da wird es garantiert nicht auffallen, höhö!" Mit diesen Worten griff sie nach der nächsten Clitch-Dose.

„Auf uns beide, Blondie!"

Injektion Nr. 8: Die verräterische Dose

Es klopfte. Gerade gab sich Rafale noch der – medizinisch sicher bestens begründbaren – Kühlung ihres kratzenden Halses mittels illegalen Bierkonsums hin, da fuhr sie jäh hoch. Nein, sie hatte sich nicht verhört, es klopfte abermals. Ertappt, sie fühlte sich ertappt. Das traumatische Erlebnis, damals, als ihr Abschreiben in der Ultraphysik-Klausur aufflog, holte sie wieder ein. Verzweifelt versuchte ihr alkoholisierter Verstand, eine Notfallreaktion zu planen. Was tun? Die sechste und letzte Dose des wundervollen, lebensrettenden Bieres ruhte noch in ihrer Hand wie ein lästiges Beweisstück. Und das da draußen war bestimmt nicht Rys, die hätte nicht so kräftig geklopft.

50 % ihrer sonst so typischen Gelassenheit beruhten auf dem festen Glauben, die unangenehme Situation aussitzen zu können. Dies hier war eindeutig ein Fall für die anderen 50 %, es würde wieder klopfen.

Fieberhaft sah sie sich um. Wohin mit der verräterischen Dose? Es war noch zu viel darin, als dass man den Rest hätte herunterstürzen können. Nicht einmal sie hätte das vermocht, ohne gleich danach wie eine gurgelnde Brunnenfigur Fontänen zu speien. Niemals, nicht einmal in ihren wildesten Träumen hätte sie sich vorstellen können, dass ihr eine Dose Bier dermaßen ungelegen kommen könnte. Hastig einem Instinkt folgend, den poetischere Naturen *weibliche Intuition* genannt hätten, zog sie die Schublade ihres Nachtschränkchens auf und stellte die Dose hinein.

Noch während sie die Schublade hastig schloss, öffnete sich bereits die Tür von Zimmer 38 und ein Pfleger trat ein. Sie unterdrückte einen derben colerianischen Fluch, als sie bemerkte, dass die stehende Dose nicht in die Schublade hinein passte!

Mit Gewalt geht alles besser, Goeland! Und mit diesen Gedanken gab sie der Notlösung ebenso wie der Schublade einen kräftigen Schwung und schloss diese. Es mochte die Dose darin zum Kippen gebracht haben, aber das war im Moment egal. Die Lösung dieses Problems sollte gefälligst warten. Eins nach dem anderen.

Der Pfleger, der sie neulich vom Boden aufgelesen hatte, trat ein. Er sah erwartungsvoll in ihre Richtung, wohl hoffend, dass die Patientin nicht schon wieder Unfug angestellt hatte. Um ihn zu belohnen, strahlte diese ihn mit ihrem Rafale-Goeland-ist-die-unschuldigste-Person-der-Galaxis-Lächeln Nr. 17 an. Dieses Lächeln war nur Notsituationen vorbehalten. Wenn Rafale sich recht erinnerte, war es das letzte Mal benutzt worden, als man sie dabei erwischt hatte, wie sie mit dem Freund ihrer besten Freundin schlief. Zugegeben, damals hatte ihr die Verwendung dieses Premium-Lächelns nichts genützt, aber da hatte er ja auch noch auf ihr gelegen. Heute waren die Umstände weit günstiger. Hatten sie Rafale seinerzeit noch eine Ohrfeige eingebracht, deren knallrote Wange ihr als Folge länger erhalten blieb als die beste Freundin, konnte sie heute breit lächelnd auf Gewinn spielen.

In der Tat, der Pfleger war sichtlich angenehm überrascht über das zahnige Unschuldslächeln eines neugeborenen Kätzchens.

„Miss Goeland, ich wollte Ihnen nur Bescheid sagen, dass Ihre Injektion heute etwas später kommt, wir hatten bis eben eine Schulungsmaßnahme in der Abteilung."

„Oh, kein Problem, mein Bester, Hauptsache, ich bekomme sie überhaupt, damit ich meinen Pegel halten kann, eh?" Ihr hämisches Grinsen, diesmal ungekünstelt, entlockte dem Pfleger einen misstrauischen Blick.

„Alles in Ordnung, Miss Goeland? Soll ich Ihnen ein Mittel für die Nacht geben?“ Mit diesen Worten griff er an die Schublade des Nachtschränkchens.

„NEIN! ICH…“

Weiter kam sie nicht, denn die Hand, mit der sie dem Pfleger in die Parade fahren wollte, streifte die Bedienkonsole ihres Bettes: Damit löste sie gleichzeitiges Zusammenklappen von Ober- und Unterteil, die Musikanlage (wieder Tuna Burner, diesmal „Mythical Tale“), das aufblasbare Nackenhörnchen sowie den Duftspender und den Nacht-Bot-Notruf aus.

Eine ganze Weile später, nachdem der Pfleger die Patientin aus der zusammengefalteten Matratze befreit hatte und die zahlreichen plärrenden Bots zur Tür hinausgeschoben waren, schien die Frage nach dem Beruhigungsmittel vergessen. Oder der Pfleger wollte einfach nur noch aus dem Zimmer dieser chaotischen Patientin entkommen. Kaum hatte er die Tür hinter sich geschlossen, sprang Rafale unbeholfen auf. Ihre Knie waren ebenso alkoholisiert wie der Rest ihres Körpers.

Sie zog die Schublade auf und sah sich die Bescherung an: Die Dose war tatsächlich ausgelaufen und hatte alle drei Fächer der Einlage mit Bier überschwemmt. Die Injektorkartuschen trieben darin wie Schiffbrüchige auf See, Servietten, Notizzettel und das Programm des Stationsradios, um das es ihr nun wirklich nicht leidtat, waren vom Bier durchweicht. Was tun? Da 90 % des Sixpacks in ihrem Kopf rotierten und nur 10 % ausgelaufen waren, entschied sich die Besitzerin des Kopfes für das Naheliegende: Sie zog die Schublade heraus, legte sie provisorisch in die Duschzelle und betrachtete das gähnende Loch in ihrem Schränkchen.

„Zum Rodder, das sieht blöd aus!“, murrte sie dem Loch entgegen. Dann strahlte sie auf, in der sicheren Erkenntnis, gerade eine unheimlich schlaue Idee zu haben. Sie wackelte zu Geda Gresons Schränkchen und zog dort kurzentschlossen deren Schublade samt Inhalt heraus, um sie in ihr eigenes Schränkchen einzusetzen. Glücklich und zufrieden mit dem Ergebnis ihrer Transplantation – das hier war immerhin eine Klinik – schob sie sich in ihr Bett und warf sich dem warmen Clitch-Rausch entgegen.

Injektion Nr. 9: Böses Erwachen

Rafale fuhr hoch wie ein Vibrator unter Starkstrom.

„Zum Rodder, Goeland! Die Injektion! Du hast gestern Abend die Injektion verpasst!“ Hektisch atmend sah sie sich um. Sie war so gut wie tot! Heftig hämmerte ihr Herz von innen an die Rippen, als wäre ihm die bisherige Behausung urplötzlich zu eng geworden. Einige Wimpernschläge lang schien die Welt still zu stehen. Sie war so gut wie tot. Keine Injektion. Diese Reticudingens da würde ausbrechen und ihr den Garaus machen! Schwester Rys hatte sie gewarnt. Mit aller Kraft musste sie das aufkommende Jammern unterdrücken.

„Ganz ruhig, Raf, ganz ruhig. Das ist unmöglich. Selbst wenn du im Bierrausch nichts mitbekommen hast, muss jemand da gewesen sein!“

Das interne Überzeugungsduell hing unentschieden in der Schwebe. Rafale brachte es nicht fertig, ihrer eigenen Vernunft zu trauen. Panik war destruktiv, hatte aber durchaus etwas Heimeliges, Vertrautes. Skeptisch betrachtete sie ihre rechte Armbeuge. Dann die linke. War da nicht der Rest eines frischen Einstichs? Oder war da nur eine Mücke scharf auf die Reticu… Recutu… Recu… Erkrankung gewesen?

Behutsam, als sei sie aus Glas und könnte zerbrechen, beugte sie sich über das Fußende, angelte aus der dort eingehängten Patientenmappe das Injektionsbuch. Wenn ihr jemand gestern in ihrem Suff eine Injektion gegeben hatte, dann musste dort der Kontrollaufkleber der Kartusche eingeklebt sein. Sie hatte das schon oft genug so beobachtet. Und wirklich: Beim gestrigen Tag war ein Aufkleber in dem Büchlein. Erleichtert nickte Rafale. Alles in Ordnung.

Solange, bis sie die Beschriftung des Aufklebers las. Ihr bis eben noch nickender Kopf blieb ruckartig hängen, als sei er in einer – zugegeben sehr albern aussehenden – Position eingerastet. Das war kein Antalusan!

„Aber… warum? Wieso?“, stammelte sie ratlos vor sich hin. Das leere Bett von Geda gab ihr keine Antwort. Sie sah zum Fenster, auf die Spitzen der benachbarten Bürotürme, die sich gerade im Licht der grellen Sonne ertränken wollten. Dann zurück, geblendet von dieser unbefangen anwidernden Heiterkeit. Auf Gedas Nachtschränkchen. Da dämmerte es ihr.

„FUCK! Die Schublade! Ich blöde Nuss hab doch die Schublade ausgetauscht! Klar, das war eine von Gedas Kartuschen für dieses Herzdingens!“

Hastig nahm sie nochmals das Injektionsbuch zur Hand. „Megatonischer Elektrolyt, zur Verbesserung des osmotischen Haushalts“, hieß es dort. Rafale war also trotzdem so gut wie tot.

„Na klasse!“, schalt sie sich, die Linke zur Faust geballt. „Da denken andere ausnahmsweise mal für dich mit und selbst dann versaust du es noch, Goeland!“

Nie wieder würde sie ein Clitch anrühren. Sie sah sich um, blinzelte. So wie es aussah, würde sie wohl Recht damit haben, eher früher als später. Sie ließ den Kopf hängen, sank in sich zusammen wie ein undichter Luftballon. Andererseits… es war fast Mittag. Müsste sie sich denn nicht schon schlecht fühlen? Man hatte ihr doch gesagt, das Antalusan müsste unbedingt regelmäßig dosiert werden. Verstohlen und leise wie ein Dieb räusperte sie sich. Da war nur das mittlerweile gewohnte Kratzen im Hals, ansonsten fühlte sie sich subjektiv betrachtet eher noch etwas besser als die Tage zuvor. Stimmte hier etwas nicht? Aber was? Sie zwang sich zur Ruhe, schon deshalb, weil eine Wiederholung ihrer Panik langweilig war. Selbstmitleid reloaded schmeckte fahl.

Geraume Zeit später saß Rafale auf ihrem Krankenbett, die Beine im Schneidersitz gekreuzt. In den Händen hielt sie je eine Injektor-Kartusche. Links ihre nächste Dosis Antalusan, rechts eine weitere von Gedas Elektrolytspritzen. Langsam, wie auf einer gut ausbalancierten Wippe, wog sie die Kartuschen in ihren Händen. Betrachtete mal die eine, mal die andere Seite der Wippe. Sollte sie es wagen?

Man sagte ja, gelungene Experimente ließen sich niemals wiederholen. Andererseits war ihre Neugier geweckt, gepaart mit ihrer angeborenen colerianischen Risikobereitschaft. T'sani hätte es – wie üblich – Irrsinn genannt, der Rest der Galaxis vermutlich auch. Unschlüssig wog sie die Kartuschen in dem stillen Zimmer gegeneinander. Dann schnaufte sie, um dem Ganzen einen möglichst theatralischen Abschluss zu geben. Sie legte die Kartuschen schließlich aus den Händen und beugte sich weit aus dem Bett, um in den Zeitschriftenständer zu langen. Fast verlor sie dabei das Gleichgewicht. Ihre Beute war die aktuelle *Galaxis im Spiegel* und sie wusste genau, wo sie nachzuschlagen hatte. Bunt flackerte die Flash-Folie beim Blättern auf, warf Hologramme vor Rafales Augen. Diese jedoch schenkten den neuesten Erzeugnissen der Konsumwelt keine Beachtung und blieben schließlich auf dem interstellaren Horoskop hängen: Da! Sternzeichen Leier, erste Dodekade, heutiger Eintrag:

„Heute ist ein Tag, an dem Sie getrost Wagnisse eingehen können! Seien Sie besonnen, aber mutig, und Ihnen wird so manches gelingen."

Zufrieden klappte sie die Zeitschrift zu und ließ die Werbe-Holos mit sich selbst allein, sie hatte genug gesehen. Besonnen, aber ermutigt griff sie nach den Kartuschen, um die Aufkleber behutsam zu lösen und auszutauschen.

Injektion Nr. 10: Ein gewagtes Experiment

Der dritte Tag ihres großen Experiments. Und gleichzeitig der Tag, an dem die letzte Kartusche aus Geda Gresons vergessenem Tischvorrat verbraucht war. In dem Maß, in dem ihre innere Anspannung stieg, wurde der Klinikalltag langweiliger und zermürbender. Geda lag noch immer auf der Intensivstation. Rys meinte, ihr Zustand sei mittlerweile sehr ernst. Der dazu passende Gesichtsausdruck der sonst stets gut gelaunten Pflegerin sprach Bände, wenn nicht gar eine ganze Encyclopedia Coleriana.

Arme Geda. Ohne ihre Zimmergenossin war es noch öder in Zimmer 38 und Rafale war ihren Gedanken ungewohnt schutzlos ausgesetzt. Im Klinik-Programm des Holo-TVs hatte sie schon sämtliche verfügbaren Filme mit Bud Spicer und Horace Hill angesehen, zuletzt „Das Krokodeal und sein Seepferd", zum fünften Mal. Es half nichts. Sie saß dabei auf dem Bett, wie immer völlig vertieft in den Film, machte mit unbewusster Gestik jeden der vielen Faustschläge simultan mit, aber lange konnte auch das sie nicht ablenken. Sie hatte – wie so oft – ein riskantes Experiment losgetreten, ohne sich wirklich Gedanken über die Konsequenzen gemacht zu haben. Ein Umstand, der colerianischen Technikern die höchste Patentdichte, aber auch die geringste Lebenserwartung der Hauptwelten bescherte.

Wieder und wieder horchte Rafale in ihr Experimentierobjekt, den eigenen Körper, hinein. Doch abgesehen von gelegentlichen Verdauungsgeräuschen schien dieser nicht sonderlich an einer tieferen Kommunikation mit seiner Besitzerin interessiert zu sein. Sie betrachtete ihre ausgestreckte Zunge im Spiegel, bis sie ihre eigene Grimasse nicht mehr sehen mochte. Nichts. Im Gegenteil: Nach bisheriger Erfahrung hätte sie sich selbst attestiert, jetzt über den Berg zu sein. Sie fühlte sich recht gesund, und das trotz Biermangels.

Sie erkundigte sich bei den Visiten nach ihren Werten, fragte die Pfleger, was für einen Eindruck sie denn mache. Und alle, Dr. Dr. Antalus, Schwester Rys, sogar der stets miesepetrige Pflegehüne, dessen Name Maniss lautete, alle bestätigten erfreut, dass die Patientin einen sehr gesunden Eindruck mache. Das riskante Experiment war gelungen, aber was hatte Rafale damit jetzt bewiesen? Dass das Antalusan keine Wirkung hatte, schön und gut. Den Gedanken, eine Seuche mittels eines Herztonikums bekämpfen zu können und somit versehentlich weltberühmt zu werden, verwarf sie sogleich. Das war selbst für ihre lebhafte Gedankenwelt zu wild. Andererseits… Sie knabberte wie üblich an ihren Fingernägeln, während sie angestrengt nachdachte.

Das Holo-TV in der Zimmerecke schüttete dabei völlig unbeachtet eine Werbesendung nach der anderen über Rafale aus, immer wieder von imperialen Propaganda-Spots unterbrochen. Andererseits… Wenn es dieses Medikament eigentlich nicht gab, gab es dann auch diese Reticudingens-Krankheit gar nicht? Wer tat so was? Und warum? Und warum starben dennoch einige Leute an… Ja, woran eigentlich? Unbewusst hielt sie den Atem an. In ihr breitete sich ein Gefühl aus, als hätte sie im Lokal an der Ecke versehentlich die große Randwelten-Grillplatte für zwei bestellt. Verdammt große Portion.

Oh ja, Rafale Goeland, du bist da an etwas verdammt Großem dran. Fragt sich nur, wer der Koch ist.

Es war ein Gefühl, genau wie damals an der Uni, wenn eine Klausur bevorstand. Sie wusste, dass heute etwas Wichtiges passieren musste, auch wenn der Ausgang des

Unternehmens nicht ganz gewiss war. Und genau wie damals war ihr naheliegendster Impuls, einfach liegen zu bleiben und sich die Decke über den Kopf zu ziehen. Sie tat es. Kurze Zeit später tauchten ihre Finger aus dem Deckenmeer auf, dann ein roter Haaransatz, gefolgt von Augen und Nase. Im Holo-TV lief gerade eine Folge einer uralten Kampfsport-Serie.

Der Lang Tsu-Meister verprügelte die Bösen, ohne mit der Wimper zu zucken. Ein echter Held. Eine Weile sah sie fasziniert zu, dann schob sie sich aus dem Bett, das Flackerbild dabei nicht aus den Augen lassend. Schließlich stand sie vor dem Spiegel, übte sich im Entschlossen-Gucken. Sah sie in ihrem Bademantel nicht auch ein wenig aus wie David Quarrantine? War es nicht auch für sie an der Zeit, den Bösen zu zeigen, was ein Repulsor-Rechen ist? Mit zackigen Bewegungen wirbelten ihre Hände vor dem Spiegel. Wuah! Huah! Fuchtelfuchtel! Gut, sie hatte kein so schickes Stirnband. Aber sie konnte mindestens so cool gucken wie David Quarrantine, der Lang Tsu-Meister. Ja, es war Zeit für den nächsten Teil des Experiments.

Injektion Nr. 11: Das Krokodeal und sein Seepferd

Die Nacht schützt die Jäger. Der Tag schützt die Heiligen. Und die Kaffeestunde der Reticulitis-Station schützt die neugierigen Rafales. Einem Ameisenhaufen gleich wimmelte es von Pflegern, Medi-Bots, Besuchern und kaffeegierigen Patienten auf dem Gang. Dezent öffnete sich die Tür von Zimmer Nr. 38 und spuckte einen rothaarigen Kopf mitsamt Stirnband aus, der sich kurz umsah. Betont unauffällig schob sich dann der Restkörper Rafales hinaus in die Ameisenstraße. Heldenzeit. Nur mühsam konnte sie den Impuls, zackige Lang Tsu-Bewegungen beim Gehen zu machen, unterdrücken. Das goldene Licht der Nachmittagssonne kam durch die großen Fenster hinein und trieb Unzucht mit der kühlen künstlichen Beleuchtung, Kaffeeduft waberte durch den Gang. Wenn Plexoplast-Geschirr klappern könnte, hätte es das jetzt freudigst getan. Die ideale Zeit, um sich heimlich umzusehen.

Für Rafale lag es auf der Hand: Wenn man etwas über Leute erfahren will, geht man mit ihnen einen trinken oder man besorgt sich deren Akten. Da es in Dr. Dr. Antalus' Klinik alles gab außer Alkohol, von Schwester Rys' milder wie unerlaubter Bierspende abgesehen, blieb ihr ja nur der Weg über die Akten. Notwehr quasi. Schon bei dem bloßen Gedanken wurde ihre Kehle trocken wie der Wüstenplanet Toutaine. So diskret wie möglich schlenderte sie in Richtung des Schwesternzimmers, wo ihrer Meinung nach die Patientenakten deponiert waren. So, wie es sich für diese schicke Klinik gehörte, waren in kurzen Abständen elegante mehrfarbige und -sprachige Holo-Hinweisschilder an die

Wände projiziert, die den Weg dorthin wiesen, obwohl ein Blick den Gang entlang durchaus dafür gereicht hätte. Das Schwesternzimmer war deutlich erkennbar, nicht nur wegen der zahllosen weiß gekleideten Kräfte, die dort hinein und hinaus hetzten, sondern auch wegen der breiten Tresenfront statt der sonst üblichen Türen. Noch immer im Unauffälligkeitsmodus, näherte sich Rafale.

Die Tresenfront war offen wie ein einladendes Maul und als Rachenzäpfchen stand dort eine Oberschwester hinter dem Tresen! Wenn es auf dieser Station jemanden gab, der Maniss, den ebenso bulligen wie misslaunigen Hünen, noch an Massivität übertraf, dann war es dieser Nufa-gesichtige Koloss. Die Sorte, die zwei Metallplatten durch bloßes Aufeinanderdrücken kaltverschweißen konnte. Die Sorte, die eine Kuh mit bloßen Händen packte und solange schüttelte, bis Butter herauskam. Und mit Sicherheit die Sorte, die missliebige rothaarige Patientinnen solange zusammenfalten konnte, bis sie aufgestielt als Klobürste taugten.

„Zum Rodder, welcher Höllensumpf Colerias hat dieses Weib nur ausgespuckt?", presste sie leise zwischen den zum diffusen Lächeln gebleckten Zähnen hervor.

Wie ein Traktorstrahl hatten die Oberschwester-Blicke Rafale eingefangen und zogen diese unerbittlich an, bis sie nur noch durch den Tresen von ihr getrennt wurde. Das unangenehm nahe Namensschild auf dem Kittel wies sie als *Muir* aus. Die Vorsehung hatte ihr diesen Namen wohl gegeben, um sie von einem Nufa unterscheiden zu können, denn Nufa-Rinder waren traditionell namenlos.

„SIE WÜNSCHÄN?", donnergrollte es ihr entgegen.

Rafale zuckte reflexhaft zusammen und verlor knapp drei Zentimeter Körpergröße. Sie war eben doch nicht David Quarrantine. In ihrem Hirn gefroren Worte wie Ideen zu einem unbeweglichen Klumpen Hoofh-Eis.

Zum Frell, Goeland! Jetzt sag was, sonst schnallt dich diese Nufa-Kuh auf eine Bettpfanne, bis du lachst, zischelte der Lang Tsu-Meister durch ihre mentale Eiswüste.

„I – Ich… also…“, bröckelte es aus ihr heraus.

„JA?“, donnerte es aus den Nufa-Bergen zurück.

Rafale spähte hilflos den Gang entlang, auf der Suche nach einem Rettungsanker. Ganz am Ende war zwar kein Anker, aber eine Schwester mit dem Servieren von Kaffee und Kuchen beschäftigt, eine leicht gebückt gehende alte Dame stand neben ihr.

„Also… Ich war da gerade auf Klo…“, deutete sie auf die Toilettentüren.

Muir folgte dem Wink desinteressiert und legte dann wieder ihren zentnerschweren Blick auf Rafale. Minus vier Zentimeter.

„Also… Wie gesagt, ich musste mal. Und während ich da saß, war jemand nebenan in der Kabine.“

Muir schaffte es, noch desinteressierter zu wirken, während sich die kleinen, eng stehenden Augen in Rafale bohrten. Minus fünf Zentimeter.

„Na, die hatte gehörigen Durchfall, konnte ich genau hören. Und als die raus ist, hat sie sich weder die Hände gewaschen noch den Desinfektionsstrahler benutzt, ganz bestimmt!“

„JA? UND?“

Kurz bevor Rafale optisch vollends in den Boden gestampft wurde, zückte sie ihre Trumpfkarte im Gesundheits-Poker.

„Naja, und ich hab ihr dann hinterhergeguckt, das war die alte Dame da hinten, die jetzt Ihrer Kollegin beim Kuchen austeilen hilft…“

„WAS?“, grunzte die Oberschwester auf und machte sich schnaufend und stampfend wie ein echtes Nufa auf

Vernichtungsmission, den Tresen wie ein Waisenkind allein zurücklassend. Allein? Nicht ganz.

Rafale hatte das schelmische Lächeln von Horace Hill bestens eingeübt. „Krokodeal gegen Seepferd 1:0!" kicherte sie und schob sich hinter den Tresen.

Injektion Nr. 12: Akteneinsicht

Mit einem eiligen Ruck wurden die in ihrer Schublade dämmernden Akten aus ihrer stoischen Ruhe gerissen. Blendend helles Licht fiel hinein, gefolgt von einer neugierig tastenden Frauenhand. Wie ein kreisender Raubvogel angelte diese ihre Opfer heraus, die Akten mit dem Buchstaben *G*. G wie *Goeland*, G wie *Greson*. G wie *Grsmeczak*.

„Frellig, wer hat denn so einen bekloppten Namen?", gluckste Rafale Goeland leise vor sich hin.

Hastig öffnete sie den Deckel ihrer eigenen Akte und überflog die Einträge: Gewebeanalysen, Blutwerte mitsamt des Zusatzes *Ernährt sich vermutlich ausschließlich von Fast Food*, einige handschriftliche Notizen ohne besonderen Belang sowie Essenspläne. Mit schmalen Lippen quittierte Rafale die Aussicht, dass es morgen schon wieder Whez-Vollkorngrütze geben würde. Sie musste hier raus!

Empörung machte sich in ihr breit, als sie das einsame Wort *Alkoholikerin* neben ihren Leberwerten sah.

So eine Frechheit, zum Rodder! Knapp widerstand sie der Versuchung, den Eintrag mit FlippEx auszuradieren, entschied sich dann aber doch dafür, den Tarnmantel ihrer Subtilität zu wahren.

„Schwester?", krächzte es plötzlich alterstrocken vor ihr, mehr ein Geräusch als eine artikulierte Frage.

Rafale sah erschrocken auf.

„Schwester, wo ist denn das Verbandszimmer?", ergänzte eine eher klapprig wirkende alte Dame. „Ich soll zum MediBot gehen, um meinen Beinverband zu wechseln." Ihre Brillengläser waren so dick, dass sie eine Unwucht in der Drehachse Colerias bewirken konnten.

Aha! Die Frau verwechselt dich nur, weil sie nichts sieht! dämmerte es in Rafales aufgescheuchten Gedanken. Wo konnte nur diese verfrellte Verbandsstation sein? Nervös blickte sie den Gang hinunter, an deren Ende die Nufaschwester, eine Pflegerin und die gebückte Alte den Gesten nach heftig miteinander diskutierten.

„Ehm… In diese Richtung!“ Rafale wies in die entgegengesetzte Richtung. „Fünfte Tür auf der linken Seite, einfach reingehen ohne zu klopfen!“ Hoffentlich gab es auf der linken Seite überhaupt fünf Türen, aber egal. Rafale wollte die Frau nur los sein. Oberschwester Muir konnte jeden Moment den Rückweg anstampfen und dann war sie geliefert.

„Dankeschön, Schwester!“, krächzte die Frau ihr über die schiefe Schulter nach, während sie sich schon mit ihrem Repulsor-Rollator in die zugewiesene Richtung bewegte.

Rafales Hände legten einen schnelleren Betriebsmodus ein. Eilig ließ sie die Akte *Grsmeczak* liegen und widmete sich *Greson.* Gleiches Bild, abgesehen von der bekannten Herzkrankheit, deren Namen Rafale nicht einmal durch Ablesen richtig aussprechen konnte. Hilflos formten ihre Lippen das Wort, das so viel schwerer als *Grsmeczak* und noch viel, viel schwerer war als *Clitch-Bier.* Durst regte sich rockzipfelzerrend in ihr. Nicht jetzt! Nein, außer der Überweisung auf die Intensivstation wegen fortgesetzter negativer Entwicklung der Reticudingsbums war da nichts Auffälliges. Rafale schnaufte. So würde das nichts werden. Ihre Gedanken schweiften ab, unbeeindruckt von der Gefahr, demnächst Muirs tonnenschwere Pranke auf der Schulter zu spüren. Wie eine Abrissbirne schwebte Ratlosigkeit über ihr. Sie dachte an Bulk Logan, den bekannten Wrestler. Der Mann hatte immer großen Eindruck auf Rafale gemacht, und sie hatte eine nicht unerhebliche Zahl von Chipstüten vor dem Holo-TV-Altar in seinem Namen geopfert, wenn er kämpfte. Was würde der Bulk jetzt tun?

Ihr fiel einer seiner bekanntesten Sprüche ein, ein Zitat, das in CNL noch heute rauf- und runtergedudelt wurde: „Also… wenn ich mal einen schlauen Gedanken haben will, dann versetze ich mich immer in die Köpfe anderer Leute, höhö!“ Genau das hatte er gesagt. Er war so klug!

Rafale lächelte. Wie einfach war doch manches, wenn einem nur die richtigen Vorbilder einfielen. Hm, und wer war hier so klug, dass man sich in dessen Kopf versetzen müsste? Richtig, Dr. Dr. Antalus! Na klar! Hatte sie etwas damit zu tun? Goeland wackelte derart mit dem Kopf, dass sie einen imaginären Hut damit hätte abwerfen können. Wenn die Reticusonstwas auf die eine oder andere Art ein Schwindel sein sollte, wer, wenn nicht Antalus, sollte darin verwickelt sein? Und was würde Antalus tun, wenn sie das alles organisieren wollte? Richtig, keinesfalls alles in die Akten schreiben. Sie mochte hier einige Komplizen haben, aber es war trotzdem viel zu riskant, verräterische Informationen in die öffentlich zugänglichen Akten im Schwesternzimmer zu schreiben. Und nur ein ausgemachter Volltrottel würde demnach dort suchen. Rafale pausierte. Ihr Blick schweifte ab und begegnete ihrem Spiegelbild, ein kleiner Frisierspiegel diente als behelfsmäßiges Alter Ego. Es schien sie irgendwie missbilligend anzusehen.

„Ausgemachter Volltrottel, ja?“, knurrte sie diffus vor sich hin. „Sehr komisch. Aber wenn ihr unbedingt Streit wollt, bitte. Ich kann auch anders!“

Stampfende Nufa-Erdbebenschritte sowie ein spitzer Schrei aus dem Zimmer hinter der fünften Tür links rissen sie aus ihrer gedanklichen Kampfansage und ließen sie elegant um den Tresen herumhuschen.

Injektion Nr. 13: Die Nummer mit der Nummer

Wie ein Gewitter war Schwester Muirs schlechte Laune an Rafale vorbeigezogen, die befürchteten Blitzschläge waren ausgeblieben. Sie lehnte sich in sicherer Entfernung zum Schwesternzimmer an einen Pfeiler, ein Bein lässig angezogen. Leise zischelnd protestierte ihre Synth-O-Flex-Pneumatik am Knie gegen diese Pose, konnte sich aber bei ihrer Trägerin nicht durchsetzen. Diese war mit ihren Gedanken weit weg und hatte noch keine Rückfahrkarte gelöst. Wenn das Antalusan ohne Wirkung war, wenn die Reticusidididingens ein Schwindel war, wenn Antalus darin verwickelt war, wenn die Beweise irgendwo anders waren… Die vielen *Wenn* hetzten einander im Kreis und Rafale Goeland liebte zu viele *Wenn* ebenso wenig wie zu viele *Warum*. Leider war momentan kein *Darum*- oder *Weil*-Automat in Sichtweite und so musste sie weiter mental gründeln.

Sie warf dem offenen Tresenbereich des Schwesternzimmers einen verstohlenen Blick zu. Muir hatte sich dort wieder als kolossales Krankenschwestergebirge eingerichtet und spähte mit ihren kleinen, eng stehenden Augen umher. Rafales kurze Akteneinsicht war zwar erfolglos, aber dem Rodder sei Dank offenbar auch folgenlos geblieben. Sie schloss die Augen. Dachte nach. Vermied Bulk Logans Weisheiten. Professor Nyren, ihr Dozent für abgewandte Physik hatte ihr einst gesagt: „Goeland, Sie Null! Es heißt, wir nutzen nur 20 % unseres geistigen Potentials! Wenn Sie das erreichen wollen, müssen Sie sich anstrengen, verdammt anstrengen!“ Vielleicht hatte er Recht. Sie arbeitete gerade an einem Seufzer der Resignation, als eine ihr bekannte

Krächzestimme sie aus dem nicht vorhandenen Konzept brachte.

„Schwester, die fünfte Tür von links war aber falsch! Da waren keine Medi-Bots und Verbände, nur Duschräume!“

Vor Schreck kippte Rafale kurzentschlossen aus ihrer betont lässigen Pose und kam taumelnd auf beide Füße. Die kurzsichtige und etwas tüdelige alte Frau sprach jedoch nicht mit ihr, sondern mit Schwester Muir, offenbar bemerkte sie den Unterschied gar nicht. Ein kurzer Anflug von ehrlich empfundener Empörung verflog schnell, als sie weiter lauschte:

„Sie wirken viel breiter als vorhin, ist das ein gefütterter Kittel?“

Ein hämisches Grinsen überzog Rafales Mund, gefolgt von ihrer Rafale-Goeland-ist-unschuldig-Miene Nr. 3.

Dezent summend zog sie sich von der Szenerie zurück, suchte Sichtschutz hinter der geöffneten Tür der Kaffeeküche. Ein kurzer Blick hinein. Nein, kein Clitch-Zapfhahn, nur viele stumme, ultrachromblitzende Falseco-Kaffeemaschinen.

Mh, die Enttäuschungen stehen heute Schlange, eh, Goeland? Sie begab sich erneut auf die innere Suche nach hilfreichen Weisheiten, während Schwester Muir jenseits der Tür mit dem Tonfall einer Gerölllawine die alte Dame zurechtwies. Sie dachte wieder an David Quarrantine in der Lang Tsu-Serie. Sagte der nicht auch immer so schlaue Sachen? So was wie… ja… mhhh… ja, schlaue Sachen halt. Ihr fielen nur gerade keine ein. Der hatte doch immer so einen weisen Spruch, wenn er nicht wusste, wo er anfangen soll, oder? Ach ja: „Wer Kötel sucht, muss zum Hund gehen!“

Wie ein Blitz schoss die Erleuchtung durch Rafales Hirnlandschaft. Jawohl! Dr. Dr. Antalus' Büro, das war die

Lösung! Wo, wenn nicht da, konnte man Beweise sicher aufbewahren? Sie untermalte diese Erkenntnis mit einem derart lauten Fingerschnippen, dass ein in der Kaffeeküche abgestellter Servier-Bot mit einem dienstbaren Fiepen reagierte. Äußerst zufrieden mit sich, schlenderte Rafale in Richtung der Ärztezimmer.

Dr. Dr. Antalus' Büro aus dem Gedächtnis wiederzufinden war für Rafale nicht schwerer, als in der Nase zu bohren, sie verzichtete jedoch auf den praktischen Vor-Ort-Vergleich. Das Tastenfeld einer Schließanlage gab ihr neben der ohnehin vorhandenen Frage, wann sie dort eindringen sollte, auch gleich die Frage auf, wie sie es denn tun sollte. Gereizt widerstand sie dem Impuls, die Kombination *1-2-3* auszuprobieren. Diese verwendete Rafale bei sämtlichen eigenen Codesicherungen. Es erschien ihr ausgesprochen clever, eine so dämliche Kombination zu wählen, denn so was würde kein intelligentes Wesen tun. Außer ihr selbst natürlich.

Sie musste an den Code kommen, aber wie? Ihr Blick fiel auf eine ebenso pädagogisch wertvolle wie üppige Grünpflanze, welche an der gegenüberliegenden Wand den floralen Wachhund spielte. Gedankenverloren rieb sie eines der großen Blätter zwischen ihren Fingern. Mit etwas Geschick könnte sie dort ihren Kommunikator drapieren und die kleine, eingebaute Kamera einschalten. Aber wie lange sollte sie warten, bis jemand die Tür öffnen würde? Schließlich hatte ihr Kommunikator-Modell nur einen begrenzten Aufnahmespeicher, es war eben nur ein Billigmodell für Treuepunkte von CallMart. Hätte sie etwas mehr eingekauft, hätte es vielleicht für das nächstbessere Modell gereicht. Hätte, wäre, wenn. Eine Lösung musste her. War da nicht eine Rufanlage hinter dem Tresen des Schwesternzimmers? Wie ein Eisblock im Nacken traf sie der Gedanke, Schwester Muir erneut überlisten zu müssen.

Zum Frell! Hätten die nicht einen Kampfroboter da hinstellen können? Aber nein, immer muss ich voll ins Ionenklo greifen! Doch schließlich, angefeuert von ihren bisherigen Höhenflügen, fiel ihr auch dafür eine Taktik ein, die den Lang Tsu-Meister mit Stolz erfüllt hätte. Freudig schnippte sie abermals mit den Fingern, mit dem Ergebnis, dass sie das Blatt, welches sie noch immer zwischen ihren Fingern hielt, dabei zerrupfte.

„´tschuldigung!", stammelte sie schuldbewusst.

Injektion Nr. 14: Der Kaffee ist fertig!

Nachdem sie ihrem Kommunikator einen vorgeschobenen Beobachterposten in der mächtigen – und pädagogisch wertvollen – Grünpflanze vor Dr. Dr. Antalus' Büro verschafft hatte, schlenderte Rafale Goeland so unbeteiligt wie nur möglich zum Schwesternzimmer zurück. Schwester Muir stand einsam dort, vermutlich hatte sie die bucklige Alte allein durch ihren drohenden Nufa-Blick atomisiert. Mit Grausen malte sie sich das Szenario aus, wenn Muir sie diesmal erwischen würde, dann zerknüllte sie das geistige Malpapier und warf es in die ebenso geistige Ecke. Es würde nicht schiefgehen. Mit einer Bewegung wie flüssiges Quecksilber schob sie sich in die einladende Türöffnung der Kaffee-Küche. Wer sich das mit dem Quecksilber nicht vorstellen kann: Es sieht genauso aus wie kullernde Hasenkötel, klingt aber stilvoller. Ihr Plan war während des Fußwegs gereift wie ein guter Camembert und so fiel sie aus dem Quecksilbermodus und stemmte die Hände in die Hüften, sich aufmerksam umsehend.

Gedämpftes Licht fiel durch das Mattglas des Küchenfensters. Es war nicht einmal schlecht geputzt, was in Dr. Dr. Antalus' Klinik auch ein Ding der Undenkbarkeit gewesen wäre: Es war wirklich mattiert. Wahrscheinlich wollten die Schwestern sich nur ungern aus dem gegenüberliegenden Gebäude bei der Kaffeepause beobachten lassen. Hier wäre der ideale Raum zum Clitchtrinken gewesen, Clitch vorausgesetzt. Unbehaglich schob Rafale diesen Gedanken beiseite, auch wenn er sich mental arg festklammerte. Auf dem langen Tresen standen, wie dienstbereite Soldaten aufgereiht, sechs Falseco-Kaffee-Automaten. Während sie noch mit funkelnden Augen die ebenso funkelnden Automaten bewunderte – bei ihr daheim langte es nur für eine Sensiblo-Maschine –, fand ein melodisches „Drrrrt?“-Fiepen in ihren Gehörgang.

„Der Servier-Bot, zum Frell!“, fluchte Rafale vor sich hin.

Der halb mannshohe, zylindrische Roboter warf ihr abermals ein „Drrrrt?“ entgegen und schaffte es tatsächlich, mit dem Haufen akustischer Konsonanten eine Frage zu suggerieren: „Was willst du hier?“

Fieberhaft spielten die möglichen Lösungen Fangen in Rafales Kopf, schafften es aber trotz der Enge nicht, einander abzuklatschen. Schließlich griff sie sich an die Schläfe, zerrte ihr Stirnband vom Kopf und machte einen großen Schritt auf den Bot zu, um es ihm über die beiden Objektive seiner Kamera-Augen zu stülpen.

Mit einem verärgert klingenden „Brrrrt Huii!“-Fiepen drehte dieser den beweglichen Kopfteil in alle Richtungen, hob seine Greifarme an, die jedoch nicht dafür ausgelegt waren, sich selbst am Kopf zu erreichen.

Eine Weile schaute Rafale mit quietschvergnügter Miene dem seltsamen Karussellspiel zu, dann widmete sie sich wieder den Kaffee-Automaten. Alle waren sie betriebsbereit, verrieten ihr die diversen Kontrollleuchten. Befüllt mit 110 % Tirasica-Bohnen, Milch aller möglichen galaktischen Säugetiere, Nufa eingeschlossen, Zucker und synthetischem Polymersirup. Unter den Ausläufen für den fertigen Kaffee gähnte der Stellplatz für Tassen und harrte eines Gefäßes. Ihr schlanker Zeigefinger näherte sich dem Bedienfeld und stupste nacheinander die Tasten *Große Kanne*, *extra voll*, *Dreifach Milch*, *Zucker* und *Sirup*.

Zufrieden betrachtete Rafale den ins Leere laufenden Kaffee, dann wiederholte sie diese Prozedur an den anderen fünf Maschinen. Herrlicher Kaffeeduft breitete sich aus, der Kaffee ebenso, und zwar Richtung Tisch, dann Richtung

Fußboden und schließlich Richtung Ausgang. Sie beschloss, es dem Getränk gleichzutun und das Weite zu suchen. Im optischen Windschatten der Tür schlich sie fort und eroberte eine etwas entfernt stehende Sitzgruppe (ein Paradoxon in sich). Dann ließ sie den Dingen ihren Lauf. Und sie liefen und kamen ziemlich weit. Wenige Minuten später schlängelte sich der Kaffeeduft wieder in Rafales Nase. Der kleine See, welcher sich aus der Küche ergoss, erreichte die gegenüber liegenden Zimmertüren und Schwester Muirs Aufschrei das Geräuschniveau eines durchstartenden XL-Frachters. Es war unnötig, sich allzu offensiv nach vorn zu beugen, um die Geschehnisse auf dem Gang erkennen zu können: Schwester Muirs Schritte bewegten sich hör- wie fühlbar in die kleine Küche, um den Quellfluss des Kaffee-Sees zu stoppen.

Als schließlich das klägliche Geschnatter des Servier-Bots erklang, war der Augenblick der Lang Tsu-Kämpferin gekommen: Rafale erhob sich federnd und huschte zum Tresen des Schwesternzimmers. Siegessicher griff sie nach dem Schwanenhals der Stations-Sprechanlage, drückte schwesternmäßig-herrisch den Sprechknopf und bemühte sich um eine stimmliche Dringlichkeit. Dabei half es ihr sehr, sich in Schwester Muirs momentane Gefühlslage zu versetzen, allerdings wollte sie diesem mentalen Vergleich nicht allzu lange ausgesetzt bleiben.

„Pfleger Maniss bitte dringend zum Büro von Dr. Dr. Antalus, Pfleger Maniss bitte!“

Rafale entließ den Schwanenhals aus ihrem Würgegriff und begab sich zum Stationsausgang, sie hatte ein Rendezvous mit einer verräterischen Kübelpflanze.

Injektion Nr. 15: Peppo

Das Leben als Zimmerpflanze hatte seine unbestreitbaren Vorteile, wenn man sie denn nur zu schätzen wusste. Peppo, wie er sich nannte – eine alte Dame von Station B2 hatte ihm diesen Namen während ihres Klinikaufenthaltes verliehen –, war ein stattliches, mannshohes Exemplar der Gattung *Ficus Constantin* und wusste ebendiese Vorteile sehr wohl zu schätzen. Natürlich bedingte das einen gewissen Konservatismus, der ihm aber – wie allen Zimmerpflanzen – ohnehin im Blut, respektive Saft lag. Von den in seinen „Augen" linken, schrillen Schnittblumen distanzierte man sich. Auch Kakteen waren ihm nicht geheuer, ihre spontanen, üppigen Blüten hatten für ihn etwas Schwülstig-Laszives. Nein, da blieb man lieber unter sich. Man wusste, wer man war und war stolz darauf. Das Leben als Ficus, hier in der Antalus-Klinik, hatte eine Menge Annehmlichkeiten, die er genoss.

Gewiss, man sah wenig echtes Sonnenlicht, aber die Reinigungs-Bots versorgten ihn zuverlässig mit Wasser und Volldünger, er musste keine Unwetter fürchten und gelegentlich kam ein Insekt vorbei und versorgte seine kleinen Blüten mit Floralerotik. Er war stolz auf seinen eigenen Kübel, den er sich mit niemandem teilen musste, genoss die Massage eines gelegentlichen Umtopfens und konnte sich ganz dem Vorwärtskommen im Leben widmen. Was eine Kübelpflanze genau unter „Vorwärtskommen" verstand, verschwieg Peppo den Nichteingeweihten.

Nur ein einziges Ärgernis trübte momentan seinen Brunnen der Selbstzufriedenheit, und das war eine Frau mit roten Haaren, welche seine prachtvollen Äste missbrauchte, um darin ein elektronisches Gerät unterzubringen. Noch dazu verwendete sie dafür ein Gummiband, also geronnenen Kautschuk-Saft. Was für ein Affront einer empfindsamen Pflanzenseele gegenüber! Was, so dachte er sich, würde diese Frau sagen, wenn man ihr etwas mit geronnenem Blut entfernter Verwandter auf der Haut anklebte? So eine Barbarei! Peppo ließ ein stummes Seufzen durch sein Geäst fahren. Er hatte diese Geste von den Menschen kopiert und fand, es stünde einer distinguierten Pflanze wie ihm gut an.

Das Gerät störte seinen empfindlichen elektromagnetischen Sinn und er hätte es am liebsten den frechen Tulpen nebenan auf die Stängel geklatscht, aber das ging ja leider nicht. Und nein, er hatte so was auch nicht nötig, auf dieses Niveau würde er sich nicht herablassen! Zuerst dachte er, das Gerät sei ein Bewässerungsautomat oder ein Bodentester. Aber nein, die Sorgfalt galt nicht ihm, wozu auch? Es war ein Ding namens Kommunikator und dieser rothaarigen Frau schien es offenbar wichtig, dass es genau auf die gegenüberliegende Bürotür blickte. Vor dieser hatte sich gerade eben erst ein massiver Pfleger aufgebaut und an der Tastatur ein paar Zahlen eingetippt. Peppo kannte die Kombination mittlerweile auswendig, aber eine Pflanze von Welt kollaboriert nicht. Kurze Zeit später kam der Pfleger, leise vor sich hin grummelnd, wieder aus dem Büro heraus, es schien nicht zu seiner Zufriedenheit verlaufen zu sein. Ob man ihm seinen Dünger verweigert hatte?

Und als wäre dies nicht schon genug deplatzierte Aufregung gewesen, nein, kurz darauf kam dann tatsächlich wieder diese schreckliche Frau vorbei! Nicht nur, dass sie ihm vorhin schon ein Blatt zerrupft hatte, ihm dieses unsägliche Gummiband aufnötigte. Nein, sie würde sicher gleich eine weitere Floralschändung begehen. Wollte denn gar niemand einschreiten? Peppo hatte schon als kleiner Setzling im Anzuchtbeet die Schauergeschichten über Wühlmäuse und andere impertinente Nager gehört. Er war sich nicht sicher, wie es sich anfühlt, diesen asozialen Schädlingen in die Klauen zu fallen, aber es musste sich zweifellos ganz ähnlich anfühlen wie die ungeduldig zerrenden Finger dieser Frau. Endlich hatte sie ihn von diesem Kommunikator (und was ihm persönlich noch viel wichtiger war: Von diesem Gummiband!) befreit, da gluckste sie auch schon vor sich hin wie eine verstopfte Hydrokultur. Das sollte wohl ein primitiver menschlicher Ausdruck für fröhliche Zufriedenheit sein. Peppo beschloss, *Tote Pflanze* zu spielen, bis dieses Martyrium vorbei war.

Rafale Goeland gluckste gutgelaunt. Es hatte geklappt! Mit einem diebischen Grinsen verfolgte sie die digitale Vergangenheit auf ihrem Kommunikator, die Wiedergabe auf maximalen Zoom gestellt. Maniss' prankenartige Hände wirkten in dieser Vergrößerung noch bedrohlicher. Sie tippten deutlich sichtbar einen Code, welcher sogleich auf Rafales mentaler Pinnwand landete: *0815*. Es mochten nur Zahlen sein, aber sie lasen sich verheißungsvoll wie eine Segnung. Bald würde sie dem Geheimnis auf die Spur kommen, bald… War da jemand hinter ihr? Sie kam sich plötzlich beobachtet vor, sehr beobachtet. Aber da war nur eine Zimmerpflanze.

Injektion Nr. 16: Die Weisheit eines Kekses

Rafale Ghauri Goeland war einer der Menschen, die immer durstig waren. Meistens lauteten Subjekt, Objekt und Prädikat in diesbezüglichen Sätzen *Bier*, dieses Mal jedoch war es *Tatendurst*. Der Moment zum Zuschlagen war gekommen. Wie eine Welle beim Grav-Surfen rollte er auf sie zu, sie brauchte nur noch aufzuspringen. Wenn es hieb-, stich- und sonstwiefeste Beweise gab, dann würden sie in Dr. Dr. Antalus' Büro versteckt vor sich hin schlummern. Und Rafale würde sie wecken, oh ja!

Gerade wollte sie sich in Bewegung setzen, als zwei Pflegerinnen ihr einen zeitweiligen Strich durch die Rechnung machten.

Zum Frell! Müssen die ausgerechnet jetzt vorbeischlurfen, wo ansonsten alles in der Nähe wie ausgestorben ist? Die seltsame Kübelpflanze zählte sie trotz allen Unbehagens mal nicht als Präsenz dazu – vernünftig wie sie war! Sie hielt die Hände vor sich hin, betrachtete ihre Fingernägel so aufmerksam, als würde sie diese erstmals an den Enden ihrer Finger bemerken und wartete geduldig, bis die tratschenden Pflegerinnen sie passierten.

Über was unterhielten die sich denn da? Lauschend neigte sie den Kopf.

„Also, wenn ichs dir doch sage! Das war keine kaputte Kaffee-Maschine! Das war ein Roboter, stell dir das mal vor! Der diensthabende Servier-Bot hat sich so ein komisches Stirnband aufgesetzt, weißte, so eins wie in diesen billigen alten Lang Tsu-Serien. Hielt sich wohl für David Quarrantine, hihihi! Jedenfalls hat er dann sämtliche Maschinen in der Kaffeeküche in Betrieb gesetzt, deswegen ist da grad der Gang gesperrt und alle putzen wie die Blöden!“

„Ein Lang Tsu-Bot?“, kicherte die andere. „Das ist echt abgeflogen! Wenn sich die Menschen schon nicht mehr trauen, so einen alten Kitsch zu tragen, fangen jetzt die Roboter an… total droykig, sag ich dir!“

Mit einem unübersehbar beleidigten Gesicht strafte Rafale die beiden Schwestern ab, als diese an ihr vorübergingen. Sie schienen es nicht wahrzunehmen.

Trotzig beschloss sie, sich das Stirnband dennoch zurückzuholen, wenn auch vielleicht im Dunkeln. Sicher ist sicher. Die Pflegerinnen verschwanden schließlich hinter der Verbindungstür zur nächsten Station, mit unbekanntem Ziel. Rafale verschwendete keine Zeit mehr mit ihnen und schlich zur Tür von Dr. Dr. Antalus' Büro. Wissend grinste sie das Zahlenfeld an, dann überkam sie ein Moment der Unsicherheit. Hektisch schob sie die virtuellen Notizzettel auf ihrer virtuellen Pinnwand hin und her.

Bier… Bier… mehr Bier… Leergut wegbringen… 0815. Sie atmete auf. *Ha! Das war der Richtige! Der Schließcode!* Hüpfend wie Lasertwist spielende Kinder tippten die Fingerspitzen den Türcode ein. Mit einem Summen, welches ihr in diesem Moment der Heimlichkeit wie das Dröhnen eines alten Raumfrachters vorkam, öffnete sich Antalus' Tür einen einladenden Spalt weit. Ein Gewinnerlächeln mit angehängter Rafale schob sich hinein und schloss die Tür wieder. Es war alles so einfach!

„Fantasie ist die Taschenlampe im Dunkel der Ratlosigkeit!“, so stand es neulich mal auf dem Zettel in einem marualanischen Glückskeks. Exotische Wochen bei den *Men at Wok*, ihrer Lieblings-Fastfoodkette. Marualanische Glückskeksweisheiten wurden eigentlich nur noch von Bulk Logans praktischen Lebenshilfen übertroffen, sinnierte Rafale vor sich hin, und schon nach der Hälfte des durchquerten Raumes kam ihr dann auch die Idee, sich mal umzusehen, ob sie auch wirklich allein war. Allein war sie aber tatsächlich, allein mit dem Büro und der pädagogisch wertvollen Einrichtung. Nichts hatte sich verändert, seit sie vor einer gefühlten Dreiviertel-Ewigkeit hier war und sich von Dr. Dr. Antalus ihre Diagnose erklären ließ. Wie leichtgläubig sie doch war! Nun gut, jeder konnte mal einen schwachen Moment haben, gestand sie sich zu.

Noch immer führten die einzelnen Kunstgegenstände ihren kostspieligen Verdrängungskrieg, noch immer buckelte da der bescheidene Patientenstuhl vor dem Stil-Arrangement aus Echtholz-Schreibtisch und Chefsessel. Doch jetzt war sie am Zug. Kurz widerstand sie der Versuchung, sich Lang Tsu-mäßig zackig zu bewegen und näherte sich gelassen den Aktenschränken. Schon aus einigen Schritten Entfernung erkannte sie, dass doch nicht alles so einfach war, wie die Glückskekse behaupteten: Erbarmungslos blinzelte ihr das Display einer weiteren Schließanlage entgegen! Schon wieder, zum Rodder! Und diesmal sogar ein alphanumerisches Tastenfeld! Das konnte ja heiter werden.

„Na, mal sehen, wie stark die Taschenlampe jetzt ist!", brummelte sie unbehaglich. „Zuerst mal die naheliegenden Passwörter versuchen, Goeland, wird schon werden!" *0815* – „Zugang verweigert!", *Antalus* – „Zugang verweigert!", *Maniss* – „Zugang verweigert!", *Coleria123* – „Zugang verweigert!", *Antalusan* – „Zugang verweigert!", *Mutti* – „Zugang verweigert!". Dabei passte *Mutti* eigentlich immer! Rafale wurde ungeduldig, der Bogen von naheliegend zu fernab spannte sich wie eine Hängebrücke. Verärgert gab sie dem Tastenfeld einen Fausthieb. *GnLpfT* – „Zugang gewährt!" Das Schloss der Schranktür öffnete sich anbiedernd sanft. Rafale beschloss, sich bei der nächsten Exotik-Woche einen Großmarktvorrat an marualanischen Glückskeksen zu kaufen.

Injektion Nr. 17: Die Erkenntnis

Seine eigene Krankenakte zu lesen, hat etwas davon, mitzubekommen, wie andere von einem sprechen: Es erfüllt einen mit einer sonst unbekannten Neugier auf sich selbst, dem Wunsch, die eigene Wirkung nach außen zu sehen und zugleich mit der unterschwelligen Angst, Dinge zu erfahren, die man doch eigentlich gar nicht sein kann. Oder will. Oft genug hatte Rafale Goeland, meist in bierlauniger Runde, gesagt: „Ich kenne mich nur aus dem Spiegel. Kein Wunder, wenn manche Eindrücke verzerrt sind!" Dennoch drückte diese charmante Entschuldigung eigentlich nur ihre Unsicherheit gegenüber den Unwägbarkeiten der Perzeption anderer aus.

Beruhigenderweise enthielt die schmale Aktenmappe aus trendiger Durafolie keine unangenehmen Neuigkeiten. Im Wesentlichen war es eine ordentlichere Kopie der Akte aus dem Schwesternzimmer. Der handschriftliche Hinweis *Alkoholikerin* fehlte in diesem Schriftstück, was ihm in Rafales Augen eine gewisse selbstzufriedene Seriosität verlieh. Sicher war es das sachkundige Original, was verstanden Krankenschwestern schon von Alkohol?

Eigentümlicherweise waren die Angaben zu ihrer Familie mit Pulsar-Leuchtstift markiert. Was mochte das wohl bedeuten? Da weder ihr Verstand noch die Akte ihr eine Antwort darauf geben wollten, hängte sie die Mappe wieder sorgfältig in ihre Position. Was, wenn sie sich geirrt hatte? Wenn es doch alles nur ein dummer Zufall war? Nein, ihr Selbstversuch mit dem Antalusan war eindeutig, daran gab es nichts zu interpretieren. Hier war etwas faul, absolut faul. Sie musste weitersuchen.

„Beharrlichkeit ist die Tugend der Talentlosen“, hatte ein kluger Kopf einst gesagt, und auch wenn Rafale sich der tieferen Bedeutung nie ganz klar wurde, so fand sie es dennoch gut, Tugenden zu besitzen. Nächste Akte. Ah, der bereits bekannte Mr. Grsmeczak. Diese Akte konnte sie getrost überspringen. Wenn Dr. Dr. Antalus einen Betrug an den Patienten vornahm, dann ganz sicher nicht bei diesem, den konnte ja kein Droyk richtig buchstabieren! Greson. Gedas Akte, das könnte interessant sein. Behutsam, als könnte eine unbedachte Bewegung Gedas kritischen Gesundheitszustand noch verschlimmern, hob sie die Akte heraus und schlug sie auf. Auch hier war zunächst nichts zu finden, was nicht auch schon in der Akte des Schwesternzimmers gestanden hätte. Doch dann wurde sie fündig, und die Erkenntnis traf sie wie ein Vibrohammer.

„Ideales Zielobjekt: Keine nahen Verwandten, gesundheitliche Vorschäden.“ Und dann folgten wieder diese Kauderwelsch-Bezeichnungen von Gedas Herzkram, wie Rafale es nannte. Ihr Mund stand weit offen, als wären sämtliche Muskeln in Urlaub gegangen. Ihre Augen verhielten sich solidarisch. Was zum Frell sollte das bedeuten? Was für ein Ziel stellte Geda dar? Mit unsicherer Motorik blätterte sie die Seite um. Es war dasselbe Gefühl, mit der man den Unterschlupf einer großen Spinne umdreht, wohl wissend, dass diese daheim ist. Und sie wurde nicht enttäuscht: Auf der nächsten Seite befand sich ein handschriftlicher Plan, mit Dosierungen und Daten. „Tötung durch Standardverfahren. Verwendung des Spezialinjektors, kontinuierliche Steigerung der Gremal-Dosis um 100 intergalaktische Einheiten pro Tag bis zum Eintritt des Todes“, stand da.

Alles in ihr fühlte sich plötzlich taub und zugleich prickelnd an. Sie hatte einen Volltreffer gelandet und konnte vor Faszination des Schreckens die Augen nicht von diesem

Plan lassen. Auf einmal riss die Wolkendecke über ihrem Erkenntnishorizont auf, sie brauchte nicht mehr zu suchen. Ihr war plötzlich absolut klar, dass sie weitere Akten dieser Art finden würde: Alle die jener Patienten, die gerade wie Geda in einem „kritischen Zustand“ waren. Und dass Akten Verstorbener, wie jene der alten Frau, deren Leiche man neulich noch vor ihren Augen vorbeigeschoben hatte, allesamt diese Notiz enthielten.

„Von wegen Reticudingens! Von wegen Antalus-Syndrom!“, schnaufte sie verdrießlich. Alles Schwindel, hier ging es um x-fachen Mord. Aber warum? Diese – in ihren Augen unlösbare – Fragestellung riss sie aus dem Strudel ihrer momentanen Empörung. Doch nicht aus Jux und Tollerei? Kein normales Wesen tötet einfach, weil es das kann und weil es ihm Spaß macht. Bei den colerianischen Gleitertaxi-Fahrern war sich Rafale nicht ganz so sicher, aber für den Rest galt dies bestimmt. Warum dieser Aufwand, warum dieses Risiko, warum diese Systematik, warum diese Stimmen vor der Tür, warum all diese… *Moment. Stimmen vor der Tür???*

Rafale Goeland kam nicht nur auf den Boden der Tatsachen zurück, sie grub sich förmlich darin ein. Da waren Stimmen vor der Tür, jemand war im Begriff, gleich hereinzukommen! Sie gab sich eine virtuelle Ohrfeige. Da hatte sie alle Weisheiten ihrer Medienkonsumwelt aufgeboten, um hineinzugelangen, aber für ein Problem dieser Art war offensichtlich gerade Sendepause. Am liebsten wäre sie vor Schreck aufgesprungen, ihre Füße jedoch waren soeben am Boden festgefroren und der nächste Streusalzbehälter schien unendlich weit weg…

Injektion Nr. 18: Im Reich der Klimatechnik

Mit einem instinktiven Ruck, als wollte sie wirklich das Eis an ihren Füßen abschütteln, bewegte sie sich. Wie die Zeiger einer altmodischen Uhr krochen ihre Gedanken voran, unangenehm langsam, der nächsten Strichmarke entgegen. Ein Seufzer der Verzweiflung befreite sich aus ihrem Mund, und wenn es geholfen hätte, dann hätte sie gern noch ein Dutzend weiterer spendiert. Aber es half nichts. Ihr Herz machte sich klopfend an ihrem Rachenzäpfchen bemerkbar. Binnen Kurzem würden aus den Stimmen vor der Tür Personen in der Tür werden. Ziemlich unfreundliche Personen, das war sicher. Wohin nur, wohin? Hektisch sah Rafale sich um. Wenn sie sich doch nur in Luft auflösen könnte, in einen unauffälligen Windhauch! Panik schnürte ihre Kehle mit Seemannsknoten zu. Windhauch? Windhauch? Ihr Blick hob sich unter die Decke. Da war doch ein Lüfterschacht… Vielleicht war diese Idee, ein Kind der Angst, gar nicht mal so schlecht. Wenn die Luft hier raus konnte, dann konnte sie es auch!

Mit wenigen entschlossenen Schritten war sie zu dem Lüftungskanal gehechtet, welcher sich wie eine Schlange aus Innenarchitektur unter der Decke in unbekannter Richtung aus dem Büro schlängelte. Die Richtung war ihr in jenem Moment auch völlig gleich, das schon bekannte atonale Piepen der Türsicherung hieß sie schneller denken. Jemand spielte dort gerade die „Lass mich herein!"-Symphonie, und es klang wie der Schlussakkord. Freundlicherweise hatte die kosmische Vorsehung in Gestalt eines Raumdesigners genau unterhalb des Einlassgitters ein kleines Podest erschaffen. Auf diesem stand stoisch die Figur des Will´y, des tragischen

Helden aus der tullusanischen Beamtenoper „Tristheit und Besoldung". Gramgebeugt wie direkt aus der dramatischen Handlung – dramatisch zumindest nach tullusanischen Standards – gehüpft, stand sie da und bot das steinerne Kreuz als Aufstieghilfe für die Colerianerin an.

T'sani würde mich erschlagen für diesen Frevel! ging es ihr durch den Kopf, während sie mit einem beherzten Ruck und der Hoffnung, nicht allzu viel Duraputz von der Verkleidung zu rupfen, das Gitter losriss. Gerade verschluckte der dunkle Schlund des Lüfterschachtes ihren schlanken Körper, als sich die Tür mit dem bekannten leisen Schnarren öffnete. Keine Sekunde zu früh fingerte Rafale von innen das Gitter wieder vor die Öffnung. Vor Erleichterung glucksend begann sie ihre Flucht ins Reich der Gebäudeklimatisierung. David Quarrantine wäre stolz auf sie gewesen. Auch ohne Lang Tsu-Stirnband.

Eilig kroch sie voran, während in der von ihr soeben verlassenen Bürowelt die Stimmen von Dr. Dr. Antalus und – noch beunruhigender – Maniss erklangen. Der Schacht war zwar nicht komfortabel, aber immerhin geräumig genug, um ihr ein Krabbeln auf Knien und Ellenbogen zu ermöglichen. Dunkel war es in ihrem Aufputz-Fluchttunnel, dunkel aber frei von Gefahr. Nur gelegentlich leisteten ihr die kleinen bunten Kontrolllämpchen irgendwelcher Apparate Gesellschaft, elektronische Glühwürmchen in einem unbekannten, finsteren Reich. Rafales Orientierungssinn arbeitete wie üblich gut und er legte noch eine Sonderschicht Akkord ein. Sie kroch langsam, aber stetig in eine Richtung, die halbwegs parallel zum Hauptgang der Station verlaufen musste. Es war ein gefühlt langer Weg, ihre Gelenke schmerzten und die pneumatische Synth-O-Flex an ihrem Knie gab gelegentlich zischelnde Laute des Protestes ab. Ab und zu passierte sie ein Lüftergitter. Die Aussicht, die ortstypischen Geräusche und Gerüche boten ihr eine gewisse Orientierung. Ihr begegnete eine Duftwand aus Kaffee-Schwaden und sie musste grinsen. Kurz darauf verzweigte sich der Schacht. Wohin? Sie pausierte einen Moment lang, ein Schatten in Schatten, nur von den künstlichen Glühwürmchen beobachtet.

Gedanken gingen ihr durch den Kopf. Hatte sie in Antalus' Büro wirklich alles so verlassen, wie sie es vorgefunden hatte? Hatte sie den Will´y auch nicht verrückt? Das Gitter gerade eingesetzt? Mit einem verärgerten Zischen pustete sie die Bedenken zurück in die Dunkelheit hinter sich.

Wird schon alles richtig gewesen sein, Goeland, mach dich nicht selbst verrückt! Eine Schwade aus Desinfektionsmittel und Fäkalien riss sie aus ihren Gedanken. Zuerst wollte sie sich abwenden, dann aber drehte sie sich in diese Richtung. Die Toiletten, warum nicht? Ein idealer Ort, um ungestört in ihre angestammte Welt zurückzukehren! Der Schacht wurde hier enger, sie musste auf dem Bauch robben, stieß sich wieder und wieder an scharfen und spitzen Kanten und Winkeln.

Kein Job für Leute mit Klausopho… Klaubopfo… Lausofon… Platzangst! Ihr innerer Zufallsgenerator ließ sie schließlich in eine Endverzweigung krabbeln. Wie ein vorsichtiges Tier wartete sie, den Kopf gegen das Endgitter gepresst, ob sie jemanden in der Nähe hören konnte. Rauschen einer Klospülung, Rascheln von Synth-Papier und einige andere körperphonetische Lautmalereien waren zu hören, aber keine davon in der Toilette genau unter ihr. Schließlich gab sie zuerst sich, dann dem Gitter einen Ruck.

Ein stilles Dankeschön an ihre schlanke Figur sendend, schob sie sich durch die enge Öffnung, sie hatte es geschafft! In Sicherheit! Den einen oder anderen blauen Fleck hinnehmend, hangelte sie sich aus der dunklen Lüfterwelt in eine Toilettenkabine. Sobald ihre vor Anstrengung zitternden Hände wieder unter ihrer Kontrolle standen, zog sie die Tür zu und schloss sie. Verschnaufen. Zu Kräften kommen. Alles würde gut werden. So saß sie noch einige Minuten da, umgeben vom geschäftigen Kommen und Gehen im Toilettenraum. Als schließlich niemand mehr zu hören war, war auch für sie die Zeit zum Aufbruch gekommen. Sie würde gar nicht erst in ihr Zimmer zurückkehren, sondern sich sofort aus dem Staub machen, die Conoret Police Unit CPU würde sich sicherlich sehr über ihre Entdeckung freuen. Antalus und ihre Helfershelfer waren geliefert. Bereits in Gedanken die Holo-Zeitungsartikel über Rafale Goelands große Enthüllungsstory lesend, öffnete sie die Toilettentür und prallte gegen eine massive Wand aus 100 % Hüne, von der ihr sogleich klar wurde, dass diese auf den Namen Maniss hörte. Einen halben Schritt taumelte sie zurück, dann legte sie den Kopf in den Nacken, um den finster dreinblickenden Pfleger anzulächeln.

„Mister, die Herrentoiletten sind eine Tür weiter!“ Sie schenkte ihm ihr Rafale-Goeland-ist-unschuldig-Lächeln Nr. 4.

Nur wenige Lidschläge später schenkte er ihr seine schönste Hüne-haut-Goeland-Faust-ins-Gesicht-Geste. Um sie herum wurde es Nacht.

Injektion Nr. 19: In den Fängen des Henkers

Rafale Goeland war nie gut im Aufstehen, ergo sah sie auch nie eine Notwendigkeit zum Aufwachen. Es sei denn, es mündete nicht in den Modus *Aufstehen*, sondern einen der Modi *Sex*, *Frühstück im Bett* oder *Neue Folge von Sandfarmer sucht Frau*. Sie war sich jedoch sehr sicher, dass es heute sogar in den Modus *Sich in einer riesengroßen Scheiße befinden* münden würde, und so bemühte sie sich, die Augen noch ein wenig geschlossen zu halten. Dabei stellte sie fest, dass ihr linkes Auge von pochend heißem Schmerz durchzogen wurde, es fühlte sich stark geschwollen an. Sie schimpfte innerlich. Verfrellter Kerl! Schließlich riss ein aufdringlicher Klaps an ihre schmerzende linke Wange sie aus ihrer inneren Isolation.

„Aufwachen, Kleine!“, brummte ihr Maniss' bassige Stimme ins Ohr.

Sie öffnete die Augen, das linke davon ging sofort auf Teillast, die gesamte Gesichtshälfte schien in Flammen zu stehen. Zuerst verschwommen, dann klarer und klarer sah sie den hünenhaften Pfleger Maniss und schließlich auch Dr. Dr. Antalus. Sie selbst war auf eine Art Liege geschnallt, nur der rechte Arm war noch frei. Der unangenehme Wurm der aufkommenden Panik fraß sich in ihre Eingeweide und nistete sich ein. Sie entschied sich jedoch dafür, dass es klüger war, vorerst gefasst zu erscheinen. Bulk Logan konnte schließlich auch Schläge einstecken.

„Sie sollten Ihre Pfleger besser schulen, Antalus, der Umgang mit Patienten lässt zu wünschen übrig!“ Rafale ließ bewusst den akademischen Grad weg, in der trügerischen Hoffnung, Antalus damit effektvoll getroffen zu haben.

Doch diese lächelte nur. Es war wie üblich ihr fürsorgliches Gutmenschen-Lächeln, aber etwas Unheimliches lag jetzt auch darin. Rafale dämmerte, dass es ernst wurde und selbst der Bulkster jetzt in Schwierigkeiten wäre.

„Miss Goeland…“, fing Antalus an, und es klang fast wie ein Beratungsgespräch.

Maniss hantierte mit einem Gerät herum, aber er drehte ihr den gebirgsbreiten Rücken derart zu, dass sie es nicht richtig beobachten konnte. Außerdem soll man Raubtiere nie aus den Augen lassen, hatte sie mal in einem Buch gelesen, und so hing sie an Antalus' Blick geklebt.

Diese schüttelte jetzt mit einer fast bedauernden Miene den Kopf.

„Miss Goeland… Was haben Sie sich nur dabei gedacht? Haben Sie ernsthaft geglaubt, dieses Büro würde nicht kameraüberwacht? Und auch in der Lüftungsanlage gibt es doch Service-Kameras. Es war ein Leichtes, herauszufinden, wer hier war, was er getan hat und wohin er verschwunden ist. Nur ein Vollidiot hätte gedacht, hier unerkannt herumlaufen zu können. Was haben Sie sich denn vorgestellt?“

Na klasse, ein Idiot also, eh? Warte nur, bis ich hier rauskomme, dann werden wir schon weitersehen, du Nufa-Kuh! Rafale war jetzt aufgebracht und konnte sich nur mühsam unter Kontrolle halten. Dabei fiel ihr abermals auf, dass das auch egal gewesen wäre, immerhin war sie gefesselt.

„Warum? Sagen Sie mir einfach nur, warum! Warum haben Sie diese Tecitul… Rectilu…“

„Reticulitis.“

„Ja genau, danke! Warum haben Sie diese Krankheit erfunden und warum bringen Sie Leute um? Welchen Sinn macht das?“

Antalus stellte sich links neben sie und betrachtete sie eine Weile schweigend, als wartete sie auf einen Entschluss. Dann sprach sie.

„Miss Goeland, als ich frisch von der Universität Conoret kam, war ich euphorisch und enthusiastisch. Die Welt lag vor mir. Aber schon bald musste ich feststellen, dass die Realität anders war, als ich vermutete. Talent allein reicht nicht. Ich musste zusehen, wie junge Kollegen an mir vorbeizogen, weil sie bessere Kontakte zu Ärzten und Kliniken hatten, oder weil sie sich von Pharma-Unternehmen und galaktischen Tech-Konzernen schmieren ließen. Wir alle prostituieren uns, und viele überschreiten die Grenzen ihres Stolzes. Können Sie mir folgen?"

Rafale hatte kurz das Bild der käuflichen Frauen und Männer in den schattenhafteren Vierteln Conorets vor sich, aber das war es wohl nicht, was Antalus meinte.

„Ich konnte das nicht", unterbrach Antalus ihren Gedankengang. „Und ich wollte das auch nicht."

„Sie… haben sich also entschlossen, in kürzester Zeit durch eine Seuche und deren Heilung berühmt zu werden, und weil gerade keine da war, mussten Sie eine erfinden, ja?"

„So ist es, Miss Goeland. Manchmal heiligt der Zweck die Mittel. Können Sie sich vorstellen, was diese Klinik hier kostet? Ich bin tiefer verschuldet als der Grund des Ozeans. Ich habe mich entschieden, alles auf diese Karte zu setzen und kann nur noch nach vorn. Verstehen Sie das denn nicht?"

In Antalus' Worten klang so etwas wie ein zarter Hauch der Verzweiflung, es schien Rafale, als wollte sie ihr dieses Gefühl zum Teilen anbieten. Gedanken rasten durch ihren Kopf und machten einen behutsamen Umweg um ihr schmerzendes Auge. Sie hatte selbst Energietechnik studiert damals. Wenn ihr Vater nicht Leiter einer colerianischen Raumwerft gewesen wäre, hätte sie dann ebenso leicht

Praktika und Projekte bekommen? Hätte sie ebenso unbeschwert ihren Gravbike-Rennen und Strandparties nachgehen können, ohne je eine Konsequenz befürchten zu müssen? Sicherlich nicht.

Kurz nur, für einen Lidschlag, brandete Mitleid für diese Ärztin in ihr auf. Sie hatte den Rodder um Hilfe gerufen und kam nicht mehr aus dem Deal heraus. Dann aber dachte sie an Geda und all die anderen. Der Zorn übernahm wieder das Ruder, sofern man in ihrer Lage noch das Bild eines Schiffes benutzen wollte.

„Und was ist mit den ganzen Toten? War das nötig, eh? Mussten Sie dafür über Leichen gehen, Antalus?"

„Ja."

Das unumwundene Eingeständnis überrumpelte Rafale in ihrem Zorn.

„Ja, ich musste das tun. Sehen Sie, für wie gefährlich würde man denn eine Seuche halten, wenn die erste Ärztin im Praktikum sie bekämpfen kann? Nein, das war der Preis, den ich zahlen musste. Ich weiß, was Sie sagen wollen, Miss Goeland. Die Patienten mussten zahlen, nicht ich, aber das ist nur die halbe Wahrheit. Wir alle zahlen. Und ich versuche, die Kosten klein zu halten, indem ich nur kranke Patienten und solche ohne Familie auf die Liste setze. Das sind die kleinsten Verluste für eine Gesellschaft.

Wissen Sie, ich hatte nie vor, als Mörderin herumzulaufen. Es belastet mich, glauben Sie mir das bitte. Aber wir Ärzte müssen ohnehin jederzeit ein Leben gegen ein anderes abwägen. Ich muss entscheiden, ob ich ein dringend benötigtes Organ einem Kleinkind zuteile oder einer alten Frau. Klingt leicht, ja? Ist es aber nicht. Was, wenn das Kind weitere Krankheiten hat, die vielleicht seine Lebenserwartung kürzer halten als jene der alten Frau? Und es geht noch komplizierter: Wenn das Gesetz von bestimmten Kriterien zur Vergabe ausgeht, zum Beispiel Blutwerten, die nichts mit der Transplantation zu tun haben und die man leicht medikamentös beeinflussen könnte, aber es fehlt einem die Zeit dazu? Wenn genau hier und jetzt entschieden werden muss?

Nein, Sie können sich so was nicht vorstellen, Miss Goeland. Aber ich. Und ich muss tagtäglich damit leben, so wie alle Ärzte. Mit dem, was ich tat und auch mit dem, was ich noch unweigerlich tun werde. Und diese Leute müssen sterben, damit ich in eine Position komme, in der ich ein Hundertfaches davon retten kann! Global gesehen ist der Preis niedrig, und die Moral dahinter ist nicht viel anders als die eines Generals, der einen Scheinangriff machen lässt, um anderswo weniger Verluste für seine Hauptstreitkraft zu erkaufen."

„Sie sind krank, Antalus, krank!" Rafale spie es ihr förmlich entgegen, in ihren Augen funkelte noch immer der Zorn. Wäre sie nicht festgeschnallt gewesen, so wäre sie Antalus sicher direkt an den weißen Kittelkragen gegangen.

„Warum erzählen Sie mir das alles überhaupt? Denken Sie ernsthaft, ich würde dafür Verständnis haben, dass Sie Leute wie Geda Greson langsam und qualvoll töten? Sie haben doch einen Skrag in der Schale!"

„Ich…", Antalus musterte sie durch die schicke modische Brille, die Augen ruhig, gleichsam mit etwas Bedauern durchmischt. „Ich hatte es wirklich gehofft, Miss Goeland. Vielleicht verliere ich ja langsam den Verstand." Ein Brummeln des Hünen riss Antalus aus ihrem Anflug von Selbstmitleid. Sie straffte ihre Haltung und sprach ruhig, aber mit einer neu hinzugefügten Spur Kühle weiter.

„Ich erzähle es Ihnen auch, weil ich Sie nicht töten kann, ohne Ihnen wenigstens gesagt zu haben, wofür ich das alles tue. Niemand ist bislang ansatzweise so weit gekommen wie Sie, und irgendwo empfinde ich es als ungerecht, Sie im Dunkeln zu lassen. Sie mögen das als verrückt empfinden, aber ich versuche nach Möglichkeit, gerecht zu bleiben."

Moment… Rafale spürte, wie ihr Körper vor Schreck versteinerte. *Was hatte sie da gesagt? Töten?* Natürlich hatte sie das gesagt. Ihr Atem ging schneller und schneller. Wenn ihr in den nächsten Sekunden nichts einfiele, würde sie das Lang Tsu-Stirnband nicht mehr brauchen.

Sie kämpfte gegen die schreckhafte Lähmung an, obwohl es eher zweifelhaft schien, dass es sie weiterbringen würde. Was sollte sie in dieser Lage noch tun? Zeit schinden? Um sich schlagen? Um Hilfe rufen? Alles schien sinnlos, und gerade das stachelte sie weiter an.

„Schauen Sie mich bitte nicht so an, Miss Goeland. Wir wissen beide genau, dass ich Sie nicht mehr gehen lassen kann, ganz egal, was Sie mir versprechen. Ich tue es wirklich ungern, aber auch Sie werden sich einreihen in die Zahl derer, die ein Opfer zum Wohle der Zukunft Colerias bringen müssen. Ich verspreche Ihnen auch, dass es sehr schnell gehen wird. In weniger als einer Minute nach der Injektion werden Sie sanft einschlafen. Maniss?"

Mit diesen Worten blickte sie zu dem Pfleger, der sich wunschgemäß umdrehte. In seiner riesigen Hand war ein Injektor und er näherte sich Rafale von rechts, griff mit unbarmherzigen Fingern nach ihrem rechten Arm, um das Gerät zur finalen Injektion aufzusetzen. Rafale zappelte, fluchte, verwünschte, aber es war zwecklos und ihre Anstrengungen ein Windhauch gegen den festen Griff des Pflegers. Der Injektor setzte zu Rafale Goelands Exekution auf ihrer entblößten rechten Armbeuge auf.

Injektion Nr. 20: Startschuss zum Endlauf

Rafale Ghauri Goeland hasste sich gerade selbst. Auch wenn die Situation ausweglos war: Sich einfach in ihr Schicksal zu ergeben, sah einer Colerianerin nicht ähnlich. Es kam ihr vor, als holte man die Fahne schon ein, bevor der Sturm ausgebrochen war. Es war einfach uncolerianisch!

Dennoch, die Faktenlage war so erdrückend wie ein Gebirge, das quer über ihre Brust gelegt war. Und in etwa so leicht fiel ihr auch gerade das Luftholen. Mit weit aufgerissenen Augen und offenem Mund starrte sie atemlos auf das todbringende Injektionsgerät, welches sich wie ein böses Insekt auf ihren nackten Arm gesetzt hatte und nun jeden Moment seinen tödlichen, finalen Stich setzen würde. Was tun, was nur? Diese Frage hetzte auf ihrer mentalen Hunderennbahn dem Kaninchen hinterher, und wie üblich, holte sie es nicht ein. In den billigen Action-Serien im Holo-TV kam jetzt immer die Rettung in Form eines selten dämlichen Zwischenfalls. Bulk Logan entkam immer, David Quarrantine auch. Bud Spicer und Horace Hill kamen erst gar nicht in solche Lagen. Warum sie?

„1000 intergalaktische Einheiten, Maniss, damit wir sichergehen, dass sie tot ist."

„Aye, Doktor, mit Vergnügen!", antwortete Maniss. Und man sah ihm an, dass er ein grundehrlicher Kerl war: Es bereitete ihm tatsächlich Vergnügen.

Vor Entsetzen gelähmt, starrte sie auf den riesigen Zeigefinger, wie er langsam, quälend langsam, den Auslösehebel durchzog. Ihre Fixierung auf die eigene Hinrichtung war ihr unbewusst eine große Hilfe, denn so bemerkte sie nur am

Rande, dass sich in genau diesem Moment die Tür öffnete und Schwester Rys eintrat.

Antalus, aber vor allem Maniss bekamen dies jedoch sehr viel deutlicher mit und reagierten sofort auf den überraschenden Besuch. Der Pfleger legte den Injektor kurzentschlossen ab und zog unter seinem Kittel eine Plasmapistole hervor. Erst jetzt wurde Rafale wirklich wach und folgte seiner Handbewegung. Noch immer unter Schock, war sie unfähig, eine Warnung zu schreien, und selbst wenn: Es wäre zu spät gewesen. Maniss schoss sofort und traf genau.

Das fauchende Plasmageschoss bohrte sich in die Brust der jungen Frau, die mit fassungslos entsetztem Blick noch für einen kurzen Moment taumelnd im Türrahmen stand und dann zusammensackte. Ihre Blicke kreuzten sich nicht mehr.

Rafale wusste innerhalb eines Herzschlages, dass sie selbst noch vor wenigen Sekunden genau diesen Gesichtsausdruck getragen hatte. Im Gegensatz zu Antalus und Maniss war ihr offenbar noch am ehesten bewusst, dass der Injektor achtlos auf ihrem Bauch abgelegt ruhte. Sie musste handeln, und zwar jetzt oder nie!

Mit der freien Rechten ergriff sie das unhandliche Gerät und streckte den Arm so weit, wie es nur eben ging. Die Gurte an ihrem Leib schnitten schmerzhaft ein, aber sie erreichte Maniss' Arm und drückte den Auslöser. Einmal. Zweimal. Dreimal. Dann schrie der Mann auf, wohl mehr vor Überraschung denn vor Schmerz, taumelte einige Schritte zurück. In seinen Augen glühte Zorn. Tödlicher, angefachter Zorn. Rafale warf den Injektor so weit wie möglich beiseite, polternd landete das Gerät, um 3000 intergalaktische Einheiten des Giftes leichter, zu Füßen einer der vielen wertvollen Statuen.

Keine Zeit verlieren, Rafale. Keine Zeit verlieren! Schlag auf Schlag, wie der Lang Tsu-Meister, wenn er die Bösen verdrosch! Mühsam wälzte sie sich halb auf die Seite und machte den Gurt des linken Armes los, dann ein Sit-up. Während sie wieder einmal an den unbedingt geplanten Besuch eines Fitnessstudios dachte, befreite sie ihre Beine. Frei, endlich frei!

Maniss, noch vom Eindruck der Giftinjektion überrumpelt, hinderte sie nicht am Aufstehen. Dr. Dr. Antalus hob hilflos die Hände auf Brusthöhe, von draußen drangen erregte Stimmen und Schreie in das Büro. Rafale setzte sich in Bewegung, der entstandene Tumult war genau der rettende Strohhalm, den sie jetzt brauchte!

Mit wenigen, noch etwas wackligen Schritten war sie auf der Türschwelle. Ein mulmiges Gefühl machte sich in ihr breit wie eine eiskalte Welle, als sie über Rys' toten Körper stieg. Auf dem hübschen Gesicht waren noch immer Entsetzen und Fassungslosigkeit eingefroren. Die weit aufgerissenen toten Augen der jungen Schwester schienen sie anzublicken, während Rafale ihren Weg in die Freiheit suchte. Aus der riesigen Wunde im Brustkorb rauchte es und der beißend-süßliche Gestank verbrannten Fleisches wehte zu ihr hoch und ließ sie würgen.

Auf dem Gang hatten sich bereits erste Menschentrauben gebildet, Medizinal-Bots standen blockiert mittendrin und piepsten vorwurfsvoll, doch noch hielten sich alle von der unmittelbaren Szene fern. Und genau das gedachte sie jetzt auch zu tun. Mit einem kurzen Zusammenschlagen der Knie aktivierte sie den Notfallmodus ihrer Synth-O-Flex Kniepneumatik und sprintete davon, dem Ausgang entgegen. Das Rennen war eröffnet und Rafale Goeland rannte um ihr Leben.

Injektion Nr. 21: Gejagt!

Erst als Rafale in wildem Sprint durch den Ausgang zum Park rannte, fiel ihr auf, dass es wohl Abend sein musste. Die Ereignisse hatten sie komplett ihres Zeitgefühls beraubt. Aber es war auch gleichgültig, sie musste einfach nur hier raus und sie kannte den Weg. Ob die Eile überhaupt nötig war? Maniss hatte schließlich die Giftladung bekommen und Antalus war zwar eine ruchlose Mörderin, aber kaum in der Lage, ihr nachzusetzen. Sollte sie es riskieren, sich zu schonen, ihrem wild hämmernden Herzen eine Chance geben, das heiß durch ihre Adern rauschende Adrenalin abzuarbeiten? Nein! Ein Instinkt riet ihr, alles zu geben, was ihr Körper in petto hatte und so spurtete sie den Parkweg entlang, ein flüssiger Schatten zwischen den Lichtinseln der niedrigen Weglaternen. Kies spritzte auf, als sie durch den um diese Zeit verlassenen Park hetzte. Der Schweiß formte sich zu kleinen Bächen, die ihr über den Rücken, zwischen den Brüsten und entlang der Arme rannen, ohne ihren Körper wirklich zu kühlen.

Waren das nicht Schritte hinter ihr? Noch in weiter Ferne, aber es waren doch Schritte, oder nicht?

Nicht umdrehen, Goeland, mach dich nicht verrückt! Du bist allein, und wenn du so weiterrennst, bleibst du es auch! Der Posten der CPU war nicht weit entfernt, an der Ecke Belassa Drive/Long Divide. Sie rauschte wie ein entfesselter Windstoß an einem betörend duftenden Blumenbeet vorbei, und da war es wieder. Es waren wirklich Schritte. Schwere, eilige Schritte.

„Zum Frell!“, fluchte sie vor sich hin, bemühte sich, noch schneller zu laufen, aber sie war bereits am Limit angelangt.

Und die Schritte waren lauter geworden, die Person rannte, und sie rannte ihr nach!

Ihre Kehle formte einen Kloß, und als sie es endlich wagte, für einen winzigen Moment nach hinten zu sehen, entdeckte sie einen riesigen Schemen, der tatsächlich auf ihrem Weg rannte. Rafale gab ein klägliches Stöhnen von sich, sie hätte vor Zorn losheulen mögen. Maniss! Zum Rodder, wie kommt der dazu? Warum macht er das? Das Spiel ist doch eh aus, ganz egal, ob er mich nun noch einholt. Sicher waren schon Polizeikräfte wegen der Schießerei auf dem Weg in die Klinik. Und außerdem… Ihr gefror das Blut in den Adern.

Klar Goeland, klar! Du hast ihm eine tödliche Giftdosis verpasst, er will dich mitnehmen, er wird dich einholen und töten! Jammernd sprintete sie weiter, das war alles, was sie tun konnte. Mit zunehmender Verzweiflung verschwammen die Konturen der Parklandschaft. Sie rauschte wie besessen davon, nur weg, nur weg! Die von den Laternen geworfenen Schatten ihrer rennenden Beine jagten mal voraus, mal hingen sie hinterher, und sie wünschte sich innig, dass sie einfach nur noch schneller vorankämen. Und doch, die Schritte des Hünen wurden lauter. Man hörte auch schon seinen Atem, er holte auf!

Verdammt! Wenn er nun schießt? Nah genug zum Zielen war er wohl. Nein, er hatte keine Waffe dabei, die hätte er längst benutzt, er hatte an der armen Rys demonstriert, wie gut er schoss. Er hatte die Waffe dagelassen, oder dalassen müssen, egal. Er würde sie auch so töten können. Schaudernd dachte sie an die riesigen Hände. Und kurz darauf wurde sie dann auch schon von einem mächtigen Schlag in den Rücken von den Beinen gerissen. Sie strauchelte, fiel hin, schlug sich beide Knie und die Hände auf, kam dann schließlich zum Liegen. Und er stürzte sich mit der unwiderstehlichen Wucht eines wütenden Raubtieres auf sie. Drehte sie auf den Rücken, und noch bevor sie wirklich bei Sinnen war, klammerten sich seine riesigen, gnadenlosen Hände um ihre Kehle. Ihr blieb die Luft weg! Eine einsame Laterne warf ein dämonisches Schlaglicht auf seine verzerrten Gesichtszüge, eine Grimasse der puren Mordlust.

Zum Rodder, er hat drei Injektionen bekommen und läuft noch wie ein Colympia-Athlet hinter mir her? Warum fällt er nicht endlich tot um, warum stirbt er nicht, verfrellt nochmal? Oh bitte! Stirb doch endlich! Wie ein zweites Ich sprachen ihre Vorwürfe gegen die Gerechtigkeit der Galaxis los, während ihr langsam der Atem wegblieb. Hilflos lag sie da und er auf ihr. Es wirkte fast ein wenig lächerlich, wie ihre zierlichen Hände versuchten, diese Mordwerkzeuge von ihrem Hals wegzureißen. Genauso gut hätte sie versuchen können, einen XL-Frachter von ihrem Fuß zu stoßen! Ihr wurde zuerst schwindlig, dann schwarz vor Augen.

Ihre Gedankenstimme neben sich sprach für sie.

„So fühlt es sich also an, Goeland. Gerade eben noch dem Tod von der Schippe gesprungen und nun erwischt es dich doch noch. Warum stirbt der Kerl nicht einfach und lässt die Geschichte ihren Lauf nehmen? Sind solche Riesenbabys vielleicht gegen das Gift immun? Oder hast du den Injektor falsch benutzt? Dumme Rafale!“

Sie nahm ihre verbliebene Kraft zusammen, um ihm ein Knie in die Flanke zu treiben, aber sie konnte das Bein gerade mal anheben, mehr war nicht drin. Mit der pneumatischen Reserve der Synth-O-Flex hätte sie ein dünnes Blech einschlagen können, aber die war verbraucht, verbraucht beim sinnlosen Fluchtversuch! So ging es also mit ihr zu Ende.

Da war es wieder, dieses Kratzen im Hals, diesmal durch würgende Hände ausgelöst. Die nächste Clitch-Flatrate im *Dusty's* würde ohne sie stattfinden. Sie spürte, dass sie bereits fantasierte. Wie sie sich vornahm, der *Galaxis im*

Spiegel-Redaktion einen bösen Leserbrief zu schreiben für diesen blöden Artikel über die Reticulitis (endlich einmal den Namen richtig ausgesprochen!). Alles vorbei, gleich würde sie die Ewigkeit kennenlernen. Da, ihre geschundenen Knie schmerzten schon nicht mehr… ihr wurde kalt, wenn auch nicht fröstelig… Ein Gewicht legte sich auf ihren Brustkorb und den Druck auf ihrer Kehle spürte sie kaum noch.

Vorbei, Goeland. Ein Zeichen, dass du hin bist, Mädchen. Dass du… Moment? Der Druck lässt nach? Sie kniff die Augen fest zu. Zwang sich zu atmen. Ihr Stimm-Ich war verschwunden, sie fühlte einen Hauch kühler Nachtluft durch ihren schmerzenden Hals zischen. Es war mehr instinktiv als bewusst, denn ihr Verstand litt noch immer unter dem Sauerstoffmangel, aber schließlich regte sie sich und schob mit einigem Kraftaufwand Maniss' leblosen Körper von sich. Es war Zeit, ins Warme zu kommen.

Injektion Nr. 22: Wie Recht Sie haben, Officer!

Rafale torkelte wie eine wild gewordene Windfahne, mal zur einen Seite des nächtlichen Parkweges, mal zur anderen. Mehrfach hätte sie fast den Blumenbeeten einen unfreiwilligen Besuch abgestattet, aber sie fing sich doch immer wieder im letzten Moment. Und mit jeder Minute, die sie ihren Weg in Richtung der Antalus-Klinik fortsetzte, vertrieb die gnädige Nachtluft die Benommenheit aus ihrem brummenden Kopf. Sie hatte sich nur ein einziges Mal nach dem toten Maniss umgedreht, der wie ein dunkles, gefallenes Gebirge mitten auf dem Weg zurück geblieben war, dann trieb sie ihre Gedanken mit aller Konzentration auf die kommenden Dinge zu.

Ob schon Planetenpolizei vor Ort war? Was war aus Antalus geworden? War sie geflohen? Oder hatte man sie festnehmen können? Und… Rys. Erst jetzt realisierte sie mit voller Konsequenz, was da passiert war. Armes Mädchen. Auch, wenn ihr unerwartetes Auftauchen Rafales Leben gerettet hatte, das hatte sie doch nicht verdient! Die Kehle wurde ihr wieder eng, diesmal allerdings aus einem Gefühl der Trauer heraus, und sie kämpfte mit mäßigem Erfolg gegen die Tränen an. Die winzigen feuchten Bahnen auf ihren Wangen fühlten sich kühl an in der Nachtluft.

Nach der Jagd durch den dunklen Park empfand sie das geöffnete Lichtmaul des Klinik-Eingangs als aufdringlich hell, fast blendend. Blinzelnd stolperte sie hinein, unsicheren Schrittes. Viel mehr als gemächliches Spaziertempo war nicht drin: Ihre pneumatische Knieprothese war vollständig entladen und ihre Muskeln und Bänder trugen den Mix aus geheiltem Fleisch und Kybernetik noch nicht zufriedenstellend. Im Hauptgang angekommen, mündete sie in Scharen von aufgeregt diskutierenden Menschen ein.

Die Panikschreie und Fluchtbewegungen waren abgeebbt, aber dafür waren die Gespräche umso energischer. Laute, harte Stimmen, die durch Modulation so etwas wie Autorität und Ordnung ausstrahlen wollten, versuchten das Chaos einzudämmen:

„Bitte, gehen Sie wieder in Ihre Zimmer!“

„Hier gibt es nichts mehr zu sehen!“

„Bitte machen Sie Platz für die Spurensicherung!“

„Bitte bleiben Sie hinter den Absperrungen!“, hieß es.

Niemand kümmerte sich darum, und Rafale konnte es nachempfinden. Hier war schließlich etwas Unfassbares geschehen. Ungelenk schob sie sich durch die Menschentraube, sie wusste, wohin sie wollte. Gelegentlich bekam sie einen Ellenbogen in die Seite, man trat ihr auf die Füße, aber sie registrierte es nicht wirklich. Ihre Gedanken waren schon in Antalus' Büro vorausgeeilt. Einmal stieß sie sich das Knie an einem in der Menge eingekeilten Servier-Bot. Ein halb bewusster Griff und sie hielt ihr Lang Tsu-Stirnband in der Hand. Sie betrachtete es kurz, dann schüttelte sie den Kopf und stopfte das Band in die Hosentasche ihres verschmutzten und zerrissenen Sportanzuges. Das war nicht der Moment für David Quarrantine, hier ging es nur noch um das Aufräumen.

Endlich erreichte sie den Eingang des Büros. Sicherheitskräfte hatten ein schmächtiges rot-gelbes Absperrband davor gespannt, es wirkte geradezu lächerlich angesichts der Ereignisse und der aufgebrachten Leute. Ohne sich darum zu scheren, schlüpfte Rafale unter der Barriere hindurch. Rys' Körper lag noch immer niedergestreckt mitten in der Türöffnung, aber jemand hatte ihr gnädigerweise ein Laken übergeworfen. Mit unsicheren Schritten, als müsste sie Angst haben, Rys versehentlich zu treten, stakste sie über die Leiche hinweg. Dann war sie drin.

Im hell erleuchteten Büro war noch alles so, wie sie es verlassen hatte. Seltsam. Es kam ihr vor, als sei sie vor Stunden aufgebrochen und fast hätte sie etwas anderes erwartet. Der einzige, wenn auch bedeutende Unterschied war Dr. Dr. Antalus: Zusammengesunken saß sie an ihrem mächtigen Schreibtisch, den Kopf vornübergebeugt und auf der Tischplatte abgelegt. Die schicke, modische Brille lugte halb verbogen darunter hervor. In ihrer rechten, erschlafften Hand hing die Plasma-Pistole, die Schusswunde in ihrer Schläfe war unübersehbar. Sie hatte sich in den Kopf geschossen. Eine abstoßende Melange aus ionisierter Luft, versengtem Haar und verbranntem Gewebe reizte die Schleimhäute. Bei ihrer Flucht durch den Lüftungsschacht war Rafale nicht einmal aufgefallen, wie gering der Luftdurchsatz doch eigentlich war. Mittlerweile wußte sie aber auch, daß in dieser Klinik hinter den Kulissen nichts so war, wie es schien, und der beste Beweis lag genau vor ihrer Nase.

Vorsichtig kam Rafale näher, sie konnte ihre Blicke nicht von der Toten lassen. Sie nahm nicht wahr, dass sie während der gesamten Zeit ständig den Kopf schüttelte. So ging es also zu Ende: Antalus hatte den einzigen Ausweg aus dem Deal gefunden. Als sie endlich vor dem Schreibtisch stand, fiel ihr der kleine handgeschriebene Zettel auf, der am Rand der Platte lag. Vielleicht hatte der Luftdruck des Schusses ihn so weit weggeschoben. Rafale nahm ihn behutsam auf, blinzelte kurz und las: „Ich versuche nach Möglichkeit, gerecht zu bleiben." Das war alles. Antalus hatte es zu ihr gesagt, noch vor kurzem erst! Nie hätte sie gedacht, dass diese Worte den Schlussstrich unter Antalus' Leben ziehen würden. Sie blickte auf die Tote. Wahrscheinlich sie beide nicht.

„Miss?“, unterbrach eine Männerstimme Rafales Gedanken, sie drehte sich um.

Es war ein Polizist von der CPU.

„Miss, würden Sie bitte diesen Raum verlassen? Sie sollten wirklich nicht hier sein.“

„Ja… ja… Wenn Sie wüssten, wie Recht Sie haben, Officer.“

Epilog

Der Platinstrand bei Bel Visa, Coleria. Sanft rauschen die Wellen an den nächtlichen Strand. Aus einiger Entfernung schwebt Tanzmusik von einer der zahlreichen Strandbars herüber, eine wunderschöne laue Nacht im Spätfrühling, eine von vielen. Rafale Goeland liegt etwas entfernt vom Party-Trubel in ihrem Liegestuhl, es ist noch immer warm genug für einen Badeanzug und einen eisgekühlten Nufa Libre. Einige Monate sind nun schon vergangen seit den Ereignissen in der Antalus-Klinik (welche man eilig-beschämt in *Conoret PolyMedCenter* umbenannt hatte), aber hin und wieder – so wie gerade jetzt – holen die Erinnerungen sie ein. Dann setzt sie sich etwas abseits von Familie und Freunden, schnappt sich ihr Datenpad und blättert in ihren Aufzeichnungen, allein mit sich, den Sternen und ihren Gedanken.

Bilder der Klinik. Ein Bild mit einer Clitch-Dose darauf. Eine Holo-Grußkarte von Geda Greson aus einer Kurklinik in Tynera. Ein Zeitungsartikel der Colerian News Landscape CNL. In großen Flacker-Lettern steht da:

„Schwester im Praktikum deckt Seuchen-Skandal in Conoret auf! Betrügerische Klinik-Leiterin tötet sie und begeht danach Selbstmord, ihr Komplize richtet sich nach kurzer Flucht ebenfalls selbst. Lesen Sie mehr über das größte medizinische Drama seit der Suri-Pelzpest auf Seite…“

Rafale schaltet das Pad ab und legt es beiseite. Diese Interpretation ist ihr nur recht. Mehr als recht. Noch für einen Moment lang hält sie zur Adaption die Augen geschlossen, dann blickt sie nach oben, zu den Sternen, die sie so liebt. Direkt über sich erkennt sie die Leier, ihr Sternbild. Sie zählt die winzigen Lichtnadeln am nachtblauen Himmel durch, jede einzelne kennt sie mit Namen. Dann schickt sie ein sanftes Lächeln nach oben und murmelt:

„Rys, du wolltest einmal Leben retten. Und, zum Frell, du hast mehr Leben gerettet, als du es dir hast träumen lassen. Auf dein Wohl!"

Mit diesen Worten erhebt sie ihren Nufa Libre, und mitten im Sternbild, zwischen dem Zeta und den Horizontalsternen, meint sie, das lächelnde Gesicht einer jungen Frau zu erkennen.

Nufa Libre

Nufa Libre

Der Abend war gut. Und er sollte noch viel besser werden. Rafale scannte das „Dance Galaxy“ mit ihren Blicken. Es war voll wie immer, die Ump-Musik einer bekannten Roboterband dröhnte durch den Saal, dass die Gläser klirrten. Geräusche, Lichter und Gerüche mengten sich zu einer die Sinne aufpeitschenden Melange und Rafale stand mittendrin!

Sie nickte sich selbst zu. Oh ja, und der Abend würde noch wesentlich besser werden! An der Bar hatte sie sich einen dreifachen Nufa Libre mixen lassen, ihren liebsten Cocktail in der ganzen weiten Galaxis. Noch während sie dem Barmann beim Mixen zusah, leckte sie sich gierig die vollen roten Lippen, über die demnächst der herrlich kühl-aromatische colerianische Rum rauschen würde. Vorfreude war doch immer noch die schönste Freude.

Schon als sie sich einen Weg durch die zahllosen Tische bahnte, auf der Suche nach einem freien Platz, an dem sie ihre Beute vernaschen konnte, klingelten die Eiswürfel in der großen, gläsernen Schale ihr verführerisches *kling-tick-ingel-trink-mich-ich-schmecke-lecker-ingeling!* Sie fand einen freien Tisch und setzte sich, warf die topmodische, weiße Synthleder-Jacke über die Lehne des ebenso topmodischen Stuhls. Erwartungsvoll gereckt saß sie da, betrachtete verzückt das kleine alkoholische Kunstwerk, den Kopf von einer Seite zur anderen legend, um jeden Blickwinkel auszukosten. Der Lohn einer harten Arbeitswoche voller Strapazen, Schlafmangel und Gefahren durch schießwütige Patrouillenraumschiffe.

Den ersten Schluck würde sie in der Nähe der Tiras-Limette entnehmen, welche sich am Rand der großen Schale festklammerte wie ein Nichtschwimmer am Beckenrand. Ihre schlanke feingliedrige Hand griff nach dem Trinkhalm und…

„Zum Rodder!“ Rafales colerianischer Fluch ging in der lauten Ump-Musik unter, die gerade eine neue Sprosse auf der Lautstärkeleiter erklommen hatte.

Den Trinkhalm vergessen, du dumme Kuh! Nach einem kurzen, verdrießlichen Schnaufen beschloss Rafale, sich nicht die Laune verderben zu lassen und schob ganz bewusst wieder das Lächeln auf die Lippen. *Na egal, jeder Gang macht schlank, hol ich mir eben einen.* Widerwillig ließ sie den Nufa Libre zurück.

"Warte auf mich, mein Süßer“, flötete sie dem Glas zu. „Ich komme gleich zurück, und dann gibts nur noch uns zwei!“ Sie tänzelte durch das Meer der Bistro-Tische, wie die Mädchen in der Arcadi-Werbung mit dem Hintern wackelnd. Unter dem waagerecht ausgestreckten, zeigenden Arm eines Gastes hindurch machte sie einen Limbo, dabei fröhlich glucksend. Sie war allerbester Laune.

An der wimmelnd gedrängten Bar griff sie nach einem der bunt geringelten Trinkhalme, steckte ihn sich dekorativ hinter das linke Ohr und tänzelte zurück, stumpte dabei übermütig einen stehenden Gast mit der Hüfte an. Ein kurzer Kampf mit dem Tischchaos und sie stand wieder vor ihrem Nufa Libre… *Verfrellter Droyk, zum Rodder!*

Ihr Cocktail war nicht mehr allein! Ein großer, athletisch aussehender Kerl mit dunklem Teint und einer schwarzen Locke, die ihm in die Stirn hing, saß an ihrem Tisch! Und – schlimmer noch – er hatte einen Trinkhalm in ihren Nufa Libre gesteckt und nuckelte ebenso fröhlich wie ungeniert daran!

„Das kann ja wohl nicht wahr sein!“, murrte Rafale in die laute Musik hinein. Ihre Miene verfinsterte sich, die gute Laune war genauso schnell verschwunden wie die frische Luft im Lokal.

Reflexartig vereinbarten ihre Brauen ein Meeting und zogen sich eng zusammen, tödliche grüne Blitze kumulierten sich in ihren Augen. Sie fuhr die imaginären Krallen einer Raubkatze aus und machte sich sprungbereit, um den frechen Mundräuber im Rhythmus der Musik in ein Coleria Prime-Geschnetzeltes zu verwandeln. Ohne Scharf und nicht zum Mitnehmen. Ungerührt saß der Fremde weiter über ihrem Libre und harrte seiner Vernichtung.

Doch dann ging ihr ein anderer Gedanke durch den Kopf. Ihre Gesichtszüge entspannten sich wie eine losgelassene Sprungfeder und ein schalkhaftes Grinsen stellte sich ein. Mit gekonntem Schwung schnappte Rafale sich einen unbeteiligten Stuhl und setzte sich an den Tisch, zog den schussbereiten Trinkhalm aus seiner Verankerung hinter ihrem Ohr und steckte ihn ebenfalls in die große Schale. Sie stützte einen Ellenbogen auf die Tischplatte. Auf der Handfläche kam ihr Kinn zur Ruhe und mit geneigtem Haupt und großen grünen Augen blitzte sie den Kerl an. Nach einem demonstrativen Nuckeln wandte sie sich an ihn. Die Ump-Musik hatte gerade eine kurze Feuerpause eingelegt.

„Na, schmeckts dir?"

Der Fremde sah sie keinesfalls überrascht oder gar schuldbewusst an.

„Mh ja, ist wirklich gut, das Zeugs!"

Das ist ja die Höhe, so ein Skrag von einem… einem… einem…! Rafale suchte nach Worten, fand aber keine, trotz hilfesuchender Blicke zur Limettenscheibe. Sie nuckelte einfach weiter an dem Cocktail. *Na, der ist ja einer von der ganz schamlosen Sorte. Aber warte nur, Freundchen!*

„Freut mich sehr. Ich heiße übrigens Rafale und mir schmeckt es auch!" Sie grinste das süßliche zahnige Grinsen der Raubkatze.

„Slim nennt man mich hier. Und neben Nufa Libre mag ich hübsche junge Damen, die einen mit mir trinken." Er lächelte charmant und überspielte damit sein übles Diebeswerk derart geschickt, dass Rafale fast sprachlos war. Das kam nicht oft vor.

Wahrscheinlich weiß er, dass er gut aussieht und meint jetzt, er könne sich alles herausnehmen, dachte sie bei sich. *Aber nicht aufgeben, Raf! Nur nicht einwickeln lassen!* Der Kampf um den Nufa Libre hatte gerade erst begonnen. Einander wortlos anlächelnd machten sich beide über das Getränk her, als ginge es um einen strittigen Streifen Grenzland zwischen zwei Warlords. Die Ump-Musik wechselte zu langsameren, tanzbaren Nummern.

„Lust zu tanzen, Rafale? Ich mag das Stück!"

„Oh, mit Vergnügen", warf sie ihm entgegen. „Ich trete frechen Kerlen gern auf die Füße!"

Aber anstatt auf ihre subtile und, wie sie empfand, äußerst einfallsreiche Drohung hin den Rückzug anzutreten, erhob er sich! Er forderte sie doch glatt noch zum Tanz auf! So viel Chuzpe war entwaffnend. Außerdem konnte er sich nicht mehr über ihren Drink hermachen, wenn sie ihn auf der Tanzfläche im Auge behielt. Und so ging sie mit.

Nach einigen Tänzen legte die Band eine Pause ein, um bis dahin verschlissene Instrumente und Musiker zu ersetzen und die beiden gingen wieder an den Tisch, um ihr Eroberungswerk fortzusetzen. Eigentlich war der Kerl ja nicht so übel, dachte sie insgeheim. Ein Halunke, sicher, aber ein charmanter. Während der Libre-Pegel in der Schale sank und im Kopf stieg, unterhielten sie sich angeregt. Rafale vergaß bisweilen sogar, dass sie mit einem dreisten Mundräuber an einem Tisch saß. Immerhin war es kurzweilig, selten hatte sie sich so gut unterhalten.

Es folgten lange Blickkontakte, verwechselte Trinkhalme, eine geteilte Limette, weitere Libres, weitere Gesprächsthemen, schließlich klickte Rafale, ganz aus Versehen wie sie sich immer wieder sagte, auf den Knopf *Adressdaten über*

Blacktooth senden an ihrem KomLink. Gut, es war ein schöner Abend, warum sollte man Grenzkonflikte in einen offenen Rosenkrieg ausufern lassen? Man würde sich wieder treffen. Morgen, *Galaxy*, selbe Uhrzeit. Und, wie Rafale hoffte, mit bis dahin regenerierten Trommelfellen.

Slim, der Fremde, erhob sich dann, um heimzugehen, was sie insgeheim ein wenig bedauerte. Schließlich war es gerade so nett. Aber auch für Rafale war die Zeit zum Rückzug gekommen. Heiß und verrauscht flossen die Eindrücke des Abends durch ihr Hirn und schuld war – natürlich – allein der Alkohol. Natürlich. Leicht wackelig erhob sie sich, wollte nach ihrer Synthleder-Jacke greifen. Doch da war nichts, ihre Hand ertastete eine jungfräuliche Stuhllehne. Diebstahl! Schon wieder! Gerade wollte sie ihren offen stehenden Mund mit Worten des Protestes füllen, da wanderte ihr Blick umher und fand ihre Jacke an einem Nachbartisch, ordentlich über die Lehne gehängt, wie sie sie vorhin geparkt hatte. Und auf diesem Tisch stand auch ein einsamer Nufa Libre ohne Trinkhalm darin, sein Eis war mittlerweile geschmolzen. Rafale taumelte.

„Raf, ist etwas?“, fragte Slim.

„Ehm… ach nein, ist schon in Ordnung. Was die Leute so alles herumstehen lassen… ts."

Alles war perfekt

Alles war perfekt

Da! Ein unverkennbares Geräusch! Das leise Maunzen eines Elektromotors, dann der erleichtert klingende Seufzer einer pneumatischen Verriegelung, die endlich loslassen durfte, die Zugangsluke des Raumschiffes hatte sich geöffnet. Er war da. Er würde kommen. Zu ihr.

Sie räkelte sich voll zufriedener Zuversicht. Es war eine perfekte Überraschung für ihn, sie hatte jedes Detail dieser Nacht genau geplant. Es war bei Weitem nicht damit getan, den Zugangscode für sein Raumschiff zu erfragen, ohne dass er Verdacht schöpfen würde. Nein, es bedurfte auch des perfekten Momentes, um sich ungesehen Zutritt zu verschaffen. Es bedurfte der perfekten Voraussetzungen, dass er nicht die Nacht zum Tage machen würde und dass er schließlich irgendwann müde, aber nicht zu müde, seine Kabine aufsuchen würde. Es bedurfte der perfekten Vorbereitung, damit sie attraktiv und begehrenswert war. Und es war perfekt. Alles war perfekt. Wie in einem dieser überpathetischen Schnulzenholos, die Colerias Filmindustrie auf das Konsumvolk herabrieseln ließ wie Herbstbäume ihre Blätter. Alles war perfekt.

Seine Kabine lag im Dunkeln und in seinem Bett lag sie. Erwartungsvoll. Bereit. Heiß. Sanft streichelte das Bettlaken, auf dem sie ausgebreitet lag, ihre nackte Haut und steigerte die Vorfreude. Kaum noch konnte sie es erwarten, bis er seine Hände in das Meer der Laken tauchen und nach ihrem sehnsuchtsvoll daliegenden Körper fischen würde. Und sie würde sich fischen lassen. Sie bewegte prüfend Arme und Beine. Nach kurzem Weg wurden sie zurückgehalten vom dezenten, aber restriktiven Griff der Elast-O-Bond-Fesseln, die ihre Knöchel mit dem Bett verbanden. Der Chip zum kontaktfreien Lösen der Verschlüsse hing an ihrem samtenen Halsband, der einzigen Kleidung, die sie in diesem Augenblick trug.

Sie warf dem Eingang der dunklen Kabine ein verruchtes Grinsen entgegen. Es machte ihr eine geradezu diebische Freude, sich ihm so hemmungslos auszuliefern. Wie Wachs wollte sie dahinschmelzen, wehrlos und formbar. Allein der Gedanke ließ eine weitere Welle der Hitze durch ihren Unterleib schießen. Wie erst würde die Wirklichkeit sie entflammen? Und wie sie es genießen würde! Ohne ihr Zutun zuckten ihre Bauchmuskeln, sie rieb, so weit es die Fesseln zuließen, ihre Schenkel aneinander. Sie quietschte voll erregter Vorfreude, unterdrückte es dann glucksend. Nicht alle Hitze verpulvern, sonst geht es viel zu schnell, wenn er dann endlich kommt. Nur mit Mühe konnte sie sich selbst überzeugen. Alles war perfekt.

Durch das Dunkel kroch der Duft der klimatisierten Raumluft. *Tynera-Waldaroma.* Lieber wäre ihr *Heißes Verlangen* gewesen, aber das gab es in der phantasielosen Vorstellung der Klimaanlagen-KI nicht. Sie würde den Job selbst übernehmen und sie würde es gut machen. Vor ihrem geistigen Ohr formten sich die Dinge, die sie ihm sagen würde. Schmutzige Dinge. Dinge, die sie sich nicht einmal leise auszusprechen traute, um deren Magie nicht vorzeitig zu verbrauchen. Er würde es ihr besorgen und sie würde ihm sagen, wie sehr es ihr gefiel.

Seine Schritte hallten durch die leeren Gänge des Schiffes, brachen sich an den Wänden, so dass es klang, als würde er mehrfach da sein. Die Schritte wanderten durch das Schiff, begleitet von einem leisen Murmeln seiner rauchigen, maskulinen Stimme. Amüsiert fragte sie sich, was er dort wohl trieb? War er schon so betrunken, dass er sich eine Führung durch sein eigenes Raumschiff leistete? Dummer,

dummer Junge! Aber sie konnte warten, wie die Spinne in ihrem Netz der Lust, früher oder später musste er ja seine Kabine aufsuchen und sie würde ihn… Sie unterdrückte nur mühsam ein Gickeln, als sie bei der Metapher der Spinne an das Wort *Aussaugen* dachte. Ein letzter Blick an ihrem nackten, gefesselten Körper hinab, auch wenn sie im stock-düsteren Raum nichts sah. Sie wusste, wie sie sich präsentierte und es war perfekt.

Dann kam seine Stimme endlich näher! Ihr Herz schlug schneller, sie hatte kurz die Furcht, man könnte das verräterische Ding schier schlagen hören, so wie seine noch immer erzählende Stimme. Aber nein, das war nur die Aufregung. Genau wie ihr Gefühl, er würde noch immer in einer Mehrzahl umher laufen, genarrt durch ihre kochende Lust und das Echo der stählernen Flurplatten. Dann konnte sie ihn endlich genau verstehen. Und ihr gefror augenblicklich das Blut in den Adern.

„Also, wirklich, keine Ursache! Ich fliege doch eh nach Coleria Prime Spaceport, warum sollte ich einen alten Kollegen denn da nicht mitnehmen? Sie müssen sich auch keine Gedanken machen wegen meiner Kabine, ist alles frisch bezogen und beileibe unkomplizierter, als die Passagierkabinen schnell mal zu entrümpeln!“

Dann erklang das Lachen zweier Männerstimmen, kurz vor der Kabinentür…

Danksagung

Besonders bedanken möchte ich mich an dieser Stelle bei: Meiner weit besseren Hälfte für Geduld, Recherche und Leidensfähigkeit. Henning und den Silverstars für die ersten Ideen zu Rafales „Geburt". Mike, Sylvia, Thomas, Gerrit, Daniel, Volker, Lieschen und so vielen anderen für die stete Mit- und Weiterentwicklung von Rafales Geschichte, welche viel weiter reicht als dieses bescheidene Buch beschreiben kann. Annika, Sophia und Sonja für das tapfere Erdulden ihrer wahrscheinlich ersten SciFi-Krankenhaus-Krimi-Komödie. Gloria H. Manderfeld (www.ghm-illustrations.de) und Stephanie Sigel (www.merios.net) für die tollen Artworks.

Sylvia van Wijhe im BoD Verlag:

Wijhssagungen
Meinungen, Deinungen, Ihrungen und Wirungen eines ganz normalen Lebens
2. Auflage

(erscheint im vierten Quartal 2015)

Lyrik, aus dem Leben gegriffen: Ein ge- und erlebter Mix aus Gedichten, Erinnerungen und Reflexionen sowie Anekdoten und mehr oder weniger liebevollen Schmähungen. Euphorisch bis ernüchtert, verkopft bis verspielt, zynisch bis zuversichtlich. Kurzum: Ein lyrischer Streifzug quer durch den Alltag, wie ihn jeder erleben kann.

ISBN 978-3-7386-4630-6